說中國戲曲史

國家圖書館出版品預行編目資料

圖說中國戲曲史 / 劉彥君著 ; —初版.
—臺北市：揚智文化，2003 [民 92]
面；公分.

ISBN 957-818-513-8(平裝)

1.中國戲曲 - 歷史

820.94   92007420

圖說中國戲曲史

作　　者/ 劉彥君
出 版 者/ 揚智文化事業股份有限公司
發 行 人/ 葉忠賢
總 編 輯/ 閻富萍
執行編輯/ 范湘渝
地　　址/ 台北縣深坑鄉北深路三段 260 號 8 樓
電　　話/ (02)8662-6826
傳　　真/ (02)2664-7633
登 記 證/ 局版北業字第 1117 號
印　　刷/ 鼎易印刷事業股份有限公司
法律顧問/ 北辰著作權事務所 蕭雄淋律師
初版二刷/ 2010 年 1 月
定　　價/ 450 元
ISBN：957-818-513-8

中國是世界四大文明古國之一，以歷史文化的悠久綿長著稱於世，而燦爛的中國藝術多彩多姿的發展，又是這古文明取得輝煌成就的一大標誌。中國藝術從原始的"混生"開始，到分門類發展，源遠流長，歷久而彌新。中國各門類藝術的發展雖然跌宕起伏，却絢麗多姿，而且還各以其色彩斑斕的審美形態占據一個時代的峰巔，如原始的彩陶，夏商周三代的青銅器，秦兵馬俑，漢畫像石、磚，北朝的石窟藝術，晉唐的書法，宋元的山水畫，明清的說唱與戲曲，以及歷朝歷代品類繁多的民族樂舞與工藝，真是說不盡的文采菁華。它們由於長期歷史形成的多樣化、多層次的發展軌跡，形象地記錄了我們祖先高超的智慧與才能的創造。因而，認識和瞭解中國藝術史每個時代的發展，以及各門類藝術獨具特色的規律和創造，該是當代中國人增強民族自豪感與民族自信心，乃至提高文化素質的必要條件。

中國藝術從"混生"期到分門類發展自有其民族特徵。中國古代詩歌的第一部偉大經典《詩經》，墨子就說它是"誦詩三百，弦詩三百，歌詩三百，舞詩三百"。《禮記》還從創作主體概括了這"混生藝術"的特徵："金石絲竹，樂之器也。詩，言其志也；歌，詠其聲也；舞，動其容也。三者本於心，然後樂器從之。"如果說這是文學與樂舞的"混生"，那麼，在藝術史上這種"混生"延續的時間很長，直到唐、宋、元三代的詩、詞、曲，文學與音樂還是渾然一體，始終存在著"以樂從詩""采詩入樂""倚聲填詞"的綜合的審美形態。至於其他活躍在民間的藝術各門類，"混生"一體的時間就更長了。從秦漢到唐宋，漫長的一千多年間，一直保存著所謂君民同樂、萬人空巷的"百戲"大會演。而且在它們相互交流、相互借鑒、吸收融合、不斷實踐與積累中，還孕育創造了戲曲這一新的綜合藝術形態。它把已經獨立發展了的各門類藝術，如音樂、舞蹈、雜技、繪畫、雕塑（也包括文學），都融合爲戲曲藝術的組成部分，按照戲曲規律進行藝術創作，減弱了它們獨立存在的價值。這是富有獨創的民族藝術特徵的綜合美的創造。同樣的，中國繪畫傳統也具有這種民族特徵。蘇軾雖然說過："詩不能盡，溢而爲書，變而爲畫。"但在他倡導的"士夫畫"（即文人畫）的創作中，這詩書畫的"同境"，終於又孕育和演進爲融合著印章、交叉著題跋的新的綜合美的藝境創造。

中國藝術在它的歷史發展的主要潮流中，無論是內涵與形式，在創作與生活的關係上，都有異於西方藝術所重視的剖析與摹寫實體的忠實，而比較強調藝術家的心靈感覺和生命意興的表達。整體來說，就是所謂重表現、重傳神、重寫意，哪怕是早期陶器上的幾何紋路，青銅器上變了形的巨獸，由寫實而逐漸抽象化、符號化，雖也反映著

總序

• 李希凡

社會的、宗教圖騰的需要和象徵的變化軌跡，却又傾注著一種主體的、有意味的感受和概括，並由此而發展形成了富有民族特色的審美追求，如"形神""情理""虛實""氣韻""風骨""心源""意境"等。它們的內蘊雖混合著儒、道、釋的哲學思想的滲透，却是從其特有的觀念體系推動著各門類藝術的創作和發展。

"圖說中國藝術史叢書"推出的這六部專史：《圖說中國繪畫史》《圖說中國戲曲史》《圖說中國建築史》《圖說中國舞蹈史》《圖說中國陶瓷史》《圖說中國雕塑史》，自然還不是中國各門類傳統藝術的全面概括。但是，如果從中國藝術的發展軌跡及其特有的貢獻來看，這六大門類，又確具代表性，它們都有著琳琅滿目的藝術形象的遺存。即使被稱爲"藝術之母"的舞蹈，儘管古文獻中也留有不少記載，而真能使人們看到先民的體態鮮活、生機盎然的舞姿，却還是 1973 年在青海省上孫家寨出土的一只彩陶盆，那五人一組連臂踏歌的舞者形象，喚起了人們對新石器時代藝術的多麼豐富的遐想。秦的氣吞山河，漢的囊括宇宙，魏晉南北朝的人的覺醒、藝術的輝煌，隋唐的有容乃大、氣象萬千，兩宋的韻致精微、品味高雅，元的異族情調、大哉乾元，明的浪漫思潮，清的博大與鼎盛，豈只表現在唐詩、宋詞、漢文章上，那物化形態的豐富的遺存——秦俑坑、漢畫像石、磚，北朝的石窟，南朝的寺觀，唐的帝都建築，兩宋的繪畫與瓷器，元明清的繁盛的市井舞臺，在藝術史上同樣表現得生氣勃勃，洋洋大觀。

這部圖說藝術史叢書，正是發揚藝術的形象實證的優長，努力以圖、說兼有的形式，遴選各門類富於審美與歷史價值的藝術精品，特別重視近年來藝術與文物考古的新發掘和新發現，以豐富遺存的珍品，圖、說並重地傳遞著中國藝術源遠流長的文化信息，剖析它們各具特色的深邃獨創的魅力，闡釋藝術的審美及其歷史的發展，以點帶面地把藝術史從作品史引伸到它所生存的自然環境與人文空間，有助於讀者從形象鮮明的感受中，理解藝術內涵及其形式的美的發展規律與歷程。我們希望這部藝術史叢書能適合廣大讀者，以普及中國藝術史知識。同時，我們更致力於弘揚彌足珍貴的民族藝術遺產，爲振興中華，架起通往 21 世紀科學文化新紀元的橋梁，做一點添磚加瓦的工作。

是所願也！

2000 年 5 月 13 日於北京

目錄

第一章

戲 劇 的 曙 光

渾沌初開，天荒地老，原野廣袤，林木葱鬱。在岩壑的坪壩間，在荒原的厚土上，我們忽然聽到亢奮的鼓聲，聽到了用足踏出的有力節拍，伴隨著一陣充滿生命力的粗獷吼叫——我們知道，最初的人類戲劇曙光，就在這種原始生命狀態中升起了。

戲劇的起源

戲劇源起於人類文明的初級階段，即來自原始人類的藝術性創造，儘管這種創造最初可能並不具備藝術的自覺，而是出於宗教信仰的目的。

戲劇起源於人類對於自然物以及自身行爲的行動性或象徵性模仿，用專業概念來定義就是：戲劇起源於擬態和象徵性表演。在這種模仿行爲裏，模仿者成爲或部分成爲角色而不再完全是其自身，其行動受到被模仿者行爲方式的限制。站在這個認識基點上來觀察戲劇的發生，我們必然會追溯到人類最初尚未最終脫離動物性時期的遊戲和模仿天性，今天對於幼畜模仿成畜捕食行爲以及對於靈長類動物具有更多模仿能力的觀察，可以證實人類最初所具備的這種天性。

交感巫儀模仿

原始人類的蒙昧思維對於自然界神秘精神的感應，以及長期的共同採集和狩獵活動，使他們逐漸產生了共有的靈的崇拜——萬物有靈觀。原始思維對於靈的理解，導致了交感巫術信仰的誕生，其大體時間約在舊石器時代晚期，距今五六萬年以前。交感巫術作爲一種原始宗教信仰的產物，

新疆呼圖壁岩畫儀式圖／位於呼圖壁縣西南天山深處雀兒溝崖壁上，敲鑿而成，時代不明。

雲南滄源岩畫儀式圖／位於滄源縣勐省區水泥廠後山崖壁上，繪以朱紅顏料，時代處於新石器至青銅器時期。

雲南晉寧石寨山銅鑼儀式繪刻／圖繪佩劍酋長1人，以鳥羽作頭飾和衣飾、手持羽幡人物22人，結隊舞蹈。

爲宇宙萬物賦予了"靈"的精神和内在生命，認爲它們控制著自然與生命體的繁衍和變化，而人透過實施特定的巫術儀式可以實現與萬物之靈之間的溝通。交感巫術思維普遍存在於人類發展的初期，是人類思維過程中一個重要的階段。

交感巫術的實踐帶來了人類自覺的和大量的模仿行爲——原始人試圖透過巫術儀式對現實的模仿過程，實現對於"靈"的控制和操縱，他們以爲這種施加了巫儀的模仿可以直接作用於現實，從而決定實際生活的結果。近代人類學家在未接觸現代文明地區(澳洲、美洲、一些太平洋島嶼以及中部非洲等)許多保有原始文化狀況的氏族部落裏所進行的考察表明，原始人常常透過模仿狩獵與戰爭的行爲，來求取狩獵和戰爭的成功，其模仿過程貫穿著行爲摹擬和帶有强烈節奏的儀式歌舞表演。由於其中出現了擬態形式，這類經常性和有目的性的扮飾活動，可以被視爲原始戲劇的雛型。今天我們在包括中國在内的世界各地的史前岩畫裏，可以看到很多這類初級擬態和象徵性表演。例如雲南省滄源縣發現的新石器至青銅器時代的岩畫中，有著生動的戰陣摹擬表演，許多人持劍舞盾，或手執弓箭，按照一定的節拍作出節律性的動作。廣西壯族自治區寧明縣明江岸邊崖壁上發現的戰國時代花山岩畫中，也有衆多形體動作一致的人物，在按照同一節拍進行儀式舞蹈。這些表演有一個共同的主題，即透過擬態動作來完成儀式，實現結果。

很明顯，由交感巫術意識出發而實施的模仿行爲，並非出於審美的動機，甚至也不是直接出於實用的動機，而是一種純粹的宗教與信仰行爲，是原始人試圖抗爭命運並尋求解脱方向的精神實踐行動，因而它與審美意義上的戲劇觀念還遠遠不可同日而語，後者的出現仍需經歷一個由宗教目的向審美目的轉化的漫長過程。

利用交感巫術控制自然的嘗試自然是走向了失敗，其結果使原始人類由企圖操縱"靈"轉向對"靈"的敬畏和乞憐，於是作爲"靈"的象徵體現物的神和鬼便出來統治大地，從而導致了原始人類的自然神崇拜、圖騰崇拜等一系列的信仰和祭祀行爲。伴隨這些行爲出現的，是對神明的訣頌和取悦，對神的事蹟的禮讚和模擬。

這一階段的原始戲劇，混雜在祈神和娛神的宗教儀式中，呈現出宗教儀式依附物的面貌。

圖騰擬態

在中華文化所留存的一些神話傳説和古籍記載裏，透示出原始祈神扮飾的影子，儘管它們見於記載的時代都過晚，例如反映自然神崇拜的沅湘流域的擬神表演(體現爲《九歌》)，反映圖騰崇拜的中原擬獸表演(見於《尚書》《呂氏春秋》)等。中華先民進入父系社會的後期，氏族部落間連續爆發大的戰爭，逐漸由黄帝所統帥的氏族統一了中原，產生了後世文字可以追溯到的比較可信的歷史，摻雜於宗教祭祀儀式中的原始扮飾表演記載也就不絕於史書了，其典型形象特徵就是摹擬鳥獸徵貌。史書裏有著衆多染有神話色彩的有關記載，例如《呂氏春秋·仲夏紀·古樂》説到"帝嚳"讓"鳳鳥、天翟舞之"，其中的"鳳鳥"當然是由人裝扮的。又説到"帝堯"讓人"舞百獸"，就是當時擁有不同野獸圖騰的部落裝扮成動物進行的舞蹈。

今天在一些上古岩畫、陶器、銅器上看到的鳥獸扮飾，伴隨著有節律的人體動作形象，應該是這類表演的反映。滄源岩畫中有一幅獸形扮飾儀式圖，繪有很多頭戴羽毛頭飾、肩飾、肘飾、膝飾的人物，有的還用雙臂張開身上的大羽毛披風，所扮飾的應該是鳥形圖騰。又有兩個身體呈長方形的人物，頭部繪有直立毛髮，所扮飾的應該是獸形或神怪一類形象。青海省大通縣上孫家寨出土的新石器時代彩陶盆，上面繪有5個飾以鳥羽的人物在連臂舞蹈，雲南省晉寧縣石寨山出土銅鑼鑼面繪有佩劍酋長1人，以鳥羽作頭飾和衣飾、手執羽幡人物22人，結隊舞蹈，其表演都屬於相同性質。而青銅器上常常見到的獸面饕餮形象，以及一些獸形面具，則有可能被用於這類圖騰祭祀裝扮過程中。例如河南省禹縣出土一具西周時期青銅獸形面具，高15公分，寬18公分，面積約等同於常人面部，眼睛中部留孔供戴者觀視，另有小孔4對供穿繩固定面具，説明它是供人配戴使用的。

驅儺仿生

擬獸扮飾的儀式表演在周代的遺留體現在驅儺活動中。儺產生於原始人類驅除災疫之靈的心理要求，由原始氏族部落戰爭的現實映像所啓發而形成的以神驅鬼或以惡逐惡的觀念，是原始人類萌發趕鬼或驅儺意識的基礎。我們在周代驅儺儀式的文字記載中可以看到當時的扮飾表演，《周禮·

雲南開化銅鼓鼓面儀式繪刻／圖繪以鳥羽作頭飾和衣飾人物4組16人，每4人爲一組，各執物舞蹈。

夏官司馬》說："方相氏掌蒙熊皮，黃金四目，玄衣朱裳，執戈揚盾，帥百隸而時儺，以索室毆疫。"頭部扮爲熊形的方相氏，揮舞兵器，搜索室屋，不斷地作出驅趕毆打的模擬動作，用以象徵對於魑魅魍魎各類鬼怪的鎮闢和驅逐。這種表演有著固定的裝扮形象、一定的程式化擬態動作，以及與人們的想像結合的戲劇情境和最終結局，具備了初步的戲劇框架，較之上述體現圖騰觀念的純粹擬獸裝扮表演，更加接近戲劇形態。

1953年於山東省沂南縣北寨村發掘的東漢墓中有一幅完整的石刻大儺圖，作爲古人驅儺活動的形象圖景而足資參考。該墓分前、中、後三個墓室，大儺圖刻於前墓室北壁上面的橫額上，共繪刻狀貌怪異的神人鬼物36個，神人分別作追趕、驅捉和嚙食狀，鬼物作逃避掙扎狀。儘管圖繪筆法誇張，神怪形象狀摹的是人們的奇異想象，與現實驅儺表演有很大距離，但我們却可以據以揣測到表演的大致情形，其場面一定也是同樣生動而具有戲劇性。

儺祭的主角是方相氏，它的裝扮爲首蒙熊皮，上開四孔爲四目，身穿黑衣紅褲，一手持戈，一手持盾，是一位凶神惡煞的形象。這在漢代文物裏有著生動刻繪。山東省沂南縣北寨村東漢墓前室北壁正中室門支柱上，有一個熊首神物，面目猙獰，四肢各執箭戟，頭支立弓搭箭，腹下立一個盾牌。後室靠北壁的承過梁的隔牆東西兩側，也各有一個熊首神物，或張巨口露利齒，手足並舞，或手揚板斧作砍斫的狀態。

原始擬獸表演發展到儺祭儀式，可以說最初級的原始戲劇已經產生。它成爲後來巫覡擬神（人）扮飾和再後來優人表演的先聲，爲之提供了

山東沂南北寨村東漢墓石刻儺儀圖／於前墓室北壁橫額上，繪刻狀貌怪異的神人鬼物36個，分別作追趕、驅捉和嚙食狀。所畫當爲墓室逐疫活動。

廣西花山岩畫儀式圖

四川郫縣東漢墓石棺儺儀石刻／1973年於四川郫縣新勝鄉出土。棺外壁一側剔刻大儺圖，另一側剔刻庭院百戲圖。大儺圖高68公分，寬237公分，其中可見方相氏執桃杖開道，衆儺神將鬼物集中在一起，拖拉肩扛、驅趕撲捉的情景。

借鑒和思維基礎。同時，作爲人類的一種戲劇經驗，它長期存在於後世的各類表演之中。漢魏六朝百戲裏的鳥獸假形扮飾內容之多、形式之成熟當然是對於前代繼承的結果。邊緣文化區域更是將這種表演形態牢固地保存下去，今天在西南少數民族地區仍舊能夠看到許多帶有遠古圖騰氣息的節令儀式性擬獸扮演，例如彝族、白族、哈尼族、布朗族的祭龍儀式，彝族的跳虎節，壯族的螞蚜(蛙)節，壯族、侗族、土家族、瑤族、仡佬族、苗族、納西族、哈尼族的敬牛節或牛舞等，雲南納西族的摩梭人的"打跳十二像"則在表演中扮出熊、虎、獅、象、狗、兔、鼠、雁、鷄、蛇、蛙、蛤蟆等12種動物。另外，藏族在每年一度的雪頓節開幕儀式裏裝扮犛牛的表演也與此相類，當然藏族文化歷來有其獨自的發展軌跡。我們是否可以把這些擬獸表演理解爲原始戲劇的遺存？

巫祭表演

隨著原始圖騰觀念的退化和人爲神明意識的抬頭，原始擬獸表演逐漸發展爲鬼神祭祀人神交接活動中的擬神扮飾。這個過程在儺祭中已經出現，但儺祭之神仍爲獸狀圖騰形象，以後人們漸漸不滿意於此，而開始按照自己的形貌來塑造神明，於是，人格化的神靈就出現了。在與神明相溝通的努力中，從業者——巫成爲神明情態的模仿者，人化的擬神戲劇因素就從巫的摹態儀式中產生出來。

巫是在長期的自然神崇拜、圖騰崇拜和祖先崇拜祭祀過程中，逐漸產生出來的專職組織者和執行者，他們行使溝通天人際遇的職責，具備代天神示喻的功能。甲骨文中的"巫"字寫作"十"，其上面一橫爲天，下面一橫爲地，加上左右兩個豎道又表示自然環宇，意爲巫是溝通天地環宇的人。巫在舉行祭祀活動時，要進行迎神、降神、祈神和娛神的儀式表演，這些表演具有擬態性和歌舞性。所以東漢許慎《説文解字》將"巫"解釋爲："女能事無形，以舞降神者也。"巫透過祈求殷請，以及娛情歌舞而招致神靈下降，下來的神靈依附於巫的體內，此時巫就成爲神的代理，他不再是他自身而成爲他所模仿的神明，像神那樣行動與發言，而把自我隱藏起來，就像戲劇演員融入角色一樣。供神明附體的巫被稱作"尸",《儀禮·士虞禮》説:"祝迎尸。"漢代鄭玄注解爲:"尸,主也。"漢代何休注《公羊傳》宣公八年"壬午"條記載:"祭必有尸者,節神也。""尸"就是神主,每舉行祭祀儀式時由巫人裝扮來接受祈祀敬獻,因而從事裝扮的巫人慣常從事這類擬神表演。

原始氏族社會中的部落酋長通常都是巫,因爲只有通天神的人才能做酋長,因而後來的王也具備巫的職能。其時巫的權力極大,可以決定部族和國家的命運。巫最初的職能也較寬,通占卜,知天象,能療疾,會歌舞。以後巫漸漸與王權相脱離,成爲專設職務,巫的部分職能也轉由師、古、祝、史、醫等擔任,巫的職司就成了單純祈神迎神了。隨著理性精神的增長,官方意識中巫的信仰漸漸被正史觀念所取代,巫就在與史官的長期鬥爭中逐漸衰敗下去,這個過程明顯體現在從殷周到春秋戰國的演進歷史中。

商人好鬼,巫風盛熾,當時的巫儀發展出濃郁的歌舞娛樂功能,《尚書·商書·伊訓》説:"恒舞于宮,酣歌于室,時謂巫風。"這反映了商代巫祭已經具備明顯的世俗化傾向,成爲一種爲人所喜於從事的娛樂表演。周代取得政權後,巫風受到限制,巫儀的歌舞娛樂功能被儀式的莊嚴性所制約,不能順利苗長。周代在傳統巫祭活動的基礎上,根據王權需要,結合節氣承代、氣候順逆和農事豐歉等農耕文化基本因子,主要形成三種官方主持的祭儀活動:祈求農事豐稔的蠟祭、驅邪避疫的儺祭和求雨的雩祭。其中儺祭的驅儺過程最具有戲劇性,並且形成了專門的巫職方相氏,上面已經提到了。

《九歌》爲楚國民間祭祀自然神的巫儀歌詞,其中透示了當地巫祭表演的情況。《九歌》一共十一章,前七章每章爲迎取一兩位神靈的歌詞,一

甘肅黑山岩畫儀式圖／位於甘肅省嘉峪關西北黑山,進入鼓心溝15里左右的石壁上,敲鑿而成,時代約爲春秋至西漢。圖繪戰爭模擬儀式場面。

河南信陽戰國錦瑟巫師／1957年出土於信陽市長臺關1號楚墓。瑟已碎裂,木胎彩繪。巫師形象多著博袖曳地長袍,頭戴奇異高冠,起舞作勢。

長沙馬王堆西漢墓漆棺神獸圖／1972 年出土於長沙市馬王堆 1 號西漢墓。爲外棺，長256.5公分，寬118公分，高114公分，木胎彩繪。上繪大量雲氣，中有諸種異獸持武器驅逐追趕怪物。

山東濟寧漢墓像人石刻／1970 年於濟寧縣喻屯公社城南張村漢墓出土。石高154公分，寬50公分。畫面分作四層，其首層和三層均刻一碩大獸形人作舞蹈狀，第二層刻諸多小人表演百戲。

共祭祀8位神靈，他們分別是尊貴的天神（東皇太一）、雲神（雲中君）、湘水配偶神（湘君、湘夫人）、掌握壽命的神（大司命）、掌握生育的神（少司命）、太陽神（東君）、河神（河伯）和山神（山鬼），然後有祭悼戰士亡靈一章，最後一章是送神曲。從歌詞可以看出，祭祀表演的場面很大，上場人物很多，身穿艷麗的服裝，手拿香花瑤草，使用了衆多的樂器如鼓、瑟、竽、簫、鐘、篪等，喧囂熱鬧。

《九歌》中祭祀的自然神，其裝扮已經完全具備了人的衣飾形貌，例如：雲中君爲"龍駕兮帝服"，"華采衣兮若英"；大司命爲"雲衣兮被被，玉佩兮陸離"；湘君是"美要眇兮宜修"；山鬼是"若有人兮山之阿，被薜荔兮帶女蘿。既含睇兮又宜笑，子慕予兮善窈窕"，等等。其中神明的人格化和個體化，使得巫儀扮飾朝向特徵和個性的方向發展。而表演過程中神靈的歌唱幾乎全部用代言體，這是更值得注意的地方。咏唱這些具備相當長度的代言體詩歌的同時，需要裝扮者的擬神表演也占據相同的時間長度，於是夾雜於迎神祈神過程中的戲劇扮飾就擁有了較大的空間跨度，它甚至接近了正規戲劇表演的時空概念"場"。這樣，祭神儀式中的巫師表演自然而然就向戲劇跨步了。

果然，《九歌》歌詞中所描述出來的神明，已經不再是那種神格鮮明、高高超絕於人類之上、享有無比神力、凜然不可犯而令人敬畏的非自然力量化身，而大多具備了和人親近

的、神態笑貌畢具的人的形象，其中多數還顯露出人間的眷顧、愛憐的纏綿之思，例如其中充滿了這樣的詩句："結桂枝兮延竚，羌愈思兮有當。愁人兮奈何，願若今兮無虧。" "悲莫悲兮生別離，樂莫樂兮新相知。" "長太息兮將上，心低徊兮顧懷。" "日將暮兮恨忘歸，惟極浦兮寤懷。" "怨公子兮恨忘歸，君思我兮不得閑。"神的人格化與世俗化，使巫師裝扮神明的表演與現世人生的距離拉近，使觀賞者體驗到了人類社會的經驗與情懷，戲劇的魅力已經從中展露了。

《九歌》祭儀裏由神的人格化與個體化所帶來的人世情懷，以及在此基礎上構築的戲劇情境，遠非蠟祭一類巫祭裏崇高化、類型化的神格所能體現。《九歌》裏的神靈都是自然神，它們所產生的時代可能回溯到人類自然崇拜的古老階段，但神的過於人格化說明這種祭儀在戰國時代已經有了很大的民俗改變。儘管《九歌》表演仍然是未脫離巫祭儀式的擬態歌舞，離純粹戲劇還有距離，但它使我們看到了原始祭儀向戲劇靠攏的最大可能性。當祭儀中的表演繼續朝向獨立性邁進一步，儀式過程中的審美趨勢繼續朝主導地位發展一步，真正的戲劇就會出現。晚近的西南地區的儺祭表演恰恰提供了這樣的實例。

史詩型祭祀樂舞

巫覡扮飾以外，原始祭祀表演也發展出另外一種形式，就是廟堂祭祀樂舞——部族裏祭祖拜社、歌頌先人開闢之功的史詩型歌舞，它們同樣是包含有象徵和擬態表演成分的儀式，所不同的只是：在內容上前者表現神話傳說，體現爲天神信仰，徵者表現歷史傳說，體現爲祖先信仰與英雄信仰。在形式上，前者以個體表現爲主，後者以群體表現爲主。在意象上，前者以具體現爲主，後者以象徵體現爲主。

部族樂舞

傳說每一個氏族公社都有自己的部族樂舞，伏羲氏時爲《扶來》，神農氏時爲《扶持》，黃帝時爲《咸池》，堯時爲《大章》，舜時爲《大韶》，其內容跟氏族來源的神話傳說及部族的興旺史有關。

農耕時代的氏族社會逐步過渡到國家形式，人們的原始宗教也漸漸向體現英雄崇拜的天帝信仰發展，於是，歌頌英雄業績的大型廟堂樂舞就產生了。一般認爲第一個國家政權的確立者爲夏禹，夏禹即位擔任了部落聯盟的大酋長以後，就命令皋陶爲他創作了歌功頌德的樂舞《大夏》。以後商、周開國之君都效法其事：商湯滅夏，命伊尹爲之作《大濩》，周武王克商，命周公爲之作《大武》。周朝定鼎後，繼承了前代的宮廷樂

山東益都商代人面鉞／1965年出土於山東益都市蘇埠屯。通長31.7公分，刃寬35.8公分，鉞身作鏤空人面紋飾。

青海大通上孫家寨儀式舞蹈陶盆／爲新石器時代物品。高14.1公分，口徑29公分。圖繪人物5個，飾以鳥羽，連臂舞蹈。

舞，形成六代樂，在祭祀中分別使用。

這類表現重大歷史功績並作爲神聖祭社儀式演出的廟堂樂舞，在審美傾向上追求的是場面的莊嚴與宏闊、氣勢的裹卷與吞吐、儀式的神秘與聖潔，因而不可能包含具體的敘事成分，但其中的象徵和擬態表演却是不可缺少的。讓我們以周代樂舞《大武》爲例來作一些剖析。

《大武》

根據《禮記·樂記》的記載，《大武》的內容包括了周武王出師克商、掃平南疆、回師鎬京、封周公召公采邑分而治之、建立周朝的全過程，一共有六節。裏面有對武王威武形象的模擬，也有對戰鬥場面的象徵，是一場模仿武王伐紂歷史事件的演出。當然，其形式更多地還是一種隊列舞蹈，仍舊帶有強烈的儀式性，表演動作中的成分象徵性多於寫實性，由之造成舞蹈氣氛的濃郁，而戲劇氣氛則相對比較薄弱。

今天可以在《詩經·周頌》裏找到《大武》的一些零散段落，從中可以看到《大武》的歌詞面貌。例如表現武王出師滅商的軍事行動，其歌詞爲："於皇武王，無競維烈。允文文王，克開厥後。嗣武受之，勝殷遏劉。耆定爾功。"翻譯成現代漢語爲：啊!偉大的武王，功勳卓著無與倫比。享有盛德的文王奠基了事業，武王繼往開來，戰勝殷商，結束戰爭，完成了大業。從歌詞看，《大武》的表演基本沒有敘事成分，而以抒情爲主。

《詩經》裏面的《商頌》《周頌》《魯頌》，都是這一類廟堂樂舞的歌詞，從中可以看出，其抒情體的讚頌遠遠超過敘事體的描寫比例，因而表

河南密縣打虎亭村漢墓神獸壁畫／發現於密縣打虎亭村2號漢墓，於1960～1961年發掘。圖繪二熊形人正在進行角力爭雄。

演中的擬態成分不會占據很大比重，從這類廟堂樂舞中是不可能產生更多的戲劇因素的。

宴饗樂舞

比較而言，當時的朝會樂舞和宴饗樂舞中史詩一類內容的表演，因爲是作爲娛樂而非用於祭祀，受到的限制較小，反而可能帶有更多的擬態和裝扮表演因素。這類樂舞的歌詞收在《詩經》的"大雅""小雅"裏，其中有些是具備較多敘事因素的。例如《詩經·大雅·生民》，共有八章七十二句，篇幅比較長，描寫周人先祖后稷從生到長成、到發明稼穡、到開創周民祭祀的種種神異經歷，可以看作華夏部族一部較詳細的英雄史詩。后稷之母姜嫄出祀郊禖之神，見上帝足印踩之，心動而有孕，生下后稷。把他

抛在狹巷中，牛羊都來餵他吃奶；抛在林子裏，又被砍伐木材的人帶回；抛在寒冰上，有大鳥來遮覆他。后稷長到六七歲時，就喜歡種麥種瓜，成人後所種植莊稼極其豐碩，他把優良品種送給人民，獲得豐收，於是用最好的食品來祭祀祖先。把這樣的內容用歌舞表演出來，如果沒有足夠的擬態與象徵動作，是不可想像的，而且，它比前述《詩經》諸頌所體現的廟堂歌舞內容具體、細致得多，人物也更爲個體化、特徵化，由演出的場所和目的決定，它的過程具備了更多的娛樂性而減弱了儀式性，因而可以想見其表演中戲劇性的增強。

當然，即使是日常宴饗樂舞的演出，也仍然受到禮的節制，不能夠更充分地發揮其娛樂功能，因此表演中戲劇性因素的增長就總是受到制約。以後，隨著王權政治的削弱，時代進入禮崩樂壞的戰國階段，宴樂就在進一步滿足貴族階層需要的基礎上迅速朝向戲劇性表演的方向發展了。

戰國曾侯乙墓漆棺神獸圖／1978 年出土於湖北省隨縣擂鼓墩曾侯乙墓，木胎彩繪。圖繪獸面裝扮人物 6 個，各持長戈，按照同一節律舞動手臂。

山西渾源西漢陶壺神獸圖／1972 年出土於渾源縣畢村西漢墓。壺高 44 公分，腹徑 26.7 公分，陶質彩繪。壺腹繪一人身獸首物，作舞蹈狀。藏大同市博物館。

第二章

龐雜的秦漢百戲

秦漢立國，縱橫數千里，上下五百年，奠基了物質的和精神的華夏大一統文化，從此中華文明進入一個新的歷史時期。中國戲劇也從與宗教儀式混雜的原始階段跨入了體現藝術價值和實現娛樂功能的初級階段。與希臘和印度不同，中國未能從祭祀儀式直接轉換出成熟的戲劇樣式，二者之間還要經過一個漫長的過渡——初級戲劇階段，中華文化的特殊性造成了中國戲劇發展的這種特殊歷程。秦漢六朝百戲，則是初級戲劇雛型的顯現。

倡優與優戲

當原始氏族公社爲奴隸制取代以後，社會爲滿足奴隸主娛樂生活的需要，逐漸形成歌舞奴隸與優戲奴隸的專門職業分工，這就是女樂與優人的出現。女樂係由女巫歌舞演化而來，周朝女巫在長期的舞覡求雨等祭祀過程中發展了舞蹈藝術和技能，轉爲女樂所繼承，用於人世的宴樂表演。優人則由供人調笑戲弄的身體發育不足者——侏儒轉變而來。由於巫祭表演受到限制，其中的戲劇因素無法茁長而出，巫的歌舞扮飾經驗就都爲女樂和優人承襲與發揮。女樂與優人結合爲一類表演型人物，稱作"倡優"，從事百戲演出，其中逐漸產生出初級的戲劇形態。

倡優來源

先秦時期對倡優有許多不同的稱呼，如倡、俳、伶、侏儒、弄人等等。倡優是透過表演來娛人的人物，表演的內容以歌舞和戲弄調笑爲主，其過程中加以樂器伴奏。

夏商周三代的傳說裏都出現了倡優的行踪，但具體情形已經無法臆測。到了春秋戰國時期蓄優已經成爲各國國君的普遍愛好，如《國語・鄭語》說鄭桓公"侏儒、戚施，實御在

濟南無影山漢墓百戲陶俑

側"。《國語·齊語》說齊襄公"優笑在前,賢材在後"。《韓非子·難三》說齊桓公"近優而遠士"。《史記·范睢蔡澤列傳》說"楚之鐵劍利而倡優拙"。《賈子新書》卷六還說衛懿公喜歡仙鶴和倡優,而輕視大臣,後來翟國伐衛,快要攻上城牆了,衛懿公垂淚懇求士民勉力却敵,士民們却說,你為何不讓你的仙鶴和倡優去打仗呢?

優戲這種純粹娛人的表演藝術具備極大的審美吸引力,所以造成各國國君普遍好優的局面。魏文侯對於此種心理的坦白具有代表意義:他說自己一聽廟堂古樂就想睡覺,而聽起鄭衛之樂來就不知道疲倦。那麼什麼是鄭衛之樂呢?就是宴樂中間夾雜著優戲樂舞,是一種產生於民間而與廟堂古樂相對的俗樂。

把民間俗樂施之於朝廷宴享禮儀始自周朝,稱之爲散樂。戰國時散樂進一步吸收民間樂舞,發展成所謂"靡靡之音"的鄭衛之樂,優戲也就在其中成長起來。當然,散樂——鄭衛之樂中樂

舞的成分很大,優戲還沒有獨立出來,而樂舞更多地由女樂承擔。

女樂以表演歌舞爲職業,據說夏桀宮中已經有大量的女樂藝人,《管子·輕重甲》說:"昔者桀之時,女樂三萬人,晨噪於端門,樂聞於三衢。"這種貶抑女樂的態度與前引對優的評價基點是一致的。女樂對於戲劇的貢獻在於爲優戲積累了歌舞經驗,並與之共同創造了漢代《公莫舞》一類歌舞小戲,在以後的歷史中成爲各朝歌舞戲的參加者,並最終進入宋金雜劇成爲掌管歌舞的引戲、進入元雜劇成爲主角正末。

優戲表演

秦代以前的優戲表演,戲劇化程度並不強,主要是透過便捷戲謔的語言,運用諧音、誇張、歸謬等手段處理談論素材,使之產生詼諧滑稽的效果,逗人發笑。這裏舉一個優孟的例子:

楚莊王愛馬,給他心愛的馬穿上繡衣,讓牠住華麗的房子,給牠吃棗泥。馬因爲太胖而死掉了,楚莊王讓大臣都來爲牠吊喪,並準備用安葬大夫的標準來葬牠。群臣都說不可,楚莊王於是下令,誰敢再說不行就殺頭。一位叫孟的優人聽說了,進殿大哭。楚莊王問他爲什麼,他說:"王的愛馬死了,僅僅享受到大夫的待遇,太對不住牠了。我請求用君王的待遇來安葬牠。"(見《史記·滑稽列傳》)

這裏,優孟不是作

山東微山漢百戲畫像石／高69.5公分,寬130公分。正面刻出一座堂屋,屋裏主人居中端坐,旁邊排列賓客侍從,堂屋前面的庭院裏有伎人在表演樂舞百戲。

成都天回山東漢百戲俑

四川大邑東漢百戲畫像磚／高38.2公分,寬44公分。磚雕3位優人正在進行疊案、盤鼓舞和跳丸表演。

河南南陽漢墓百戲畫像石／石高41公分，寬138公分。繪刻優人、盤舞伎和疊案擲倒伎以及樂工共5人。

爲演員介入戲劇情境，而是作爲現實生活中的對話者介入社會事務，"優"的這種價值實現體現了他在當時社會裏的重要角色功能。使用的方法是語言歸謬法，在違背常情的基礎上，按照對象的行爲邏輯推衍，把其中的荒誕不合理誇張到極端，使對象自己都覺得無法理解和接受，從而製造一種滑稽幽默感。再舉一個例子：

楚國的宰相孫叔敖是一個賢相，死後家徒四壁，他兒子貧困潦倒，不得已求助於優孟。優孟就裝扮成孫叔敖的樣子，去參加楚莊王的宴會，一舉一動都像孫叔敖，弄得楚莊王大吃

一驚，以爲孫叔敖復生，要讓他仍舊當宰相。優孟說："我回去和妻子商量一下再說，三天後答覆你。"三天後優孟又來，楚莊王問商量得怎麼樣了，優孟說："我妻子說楚國的宰相不能當，你看孫叔敖死後，兒子窮成什麼樣！"說完又唱了一首歌，講述貪官、清官都不能當的理由。莊王於是賜給孫叔敖的兒子許多封地(見《史記·滑稽列傳》)。

優孟身穿孫叔敖的衣冠，裝扮成他的模樣，言語行動都以對他的模仿爲準，因而使得人們分辨不清究竟是否孫叔敖復生，顯示了很高的模仿和表演才能。這確實是先秦優戲扮演的一個極好例子。當然，這次表演僅僅是對於某個人物日常生活動作的摹擬，還缺乏戲劇情境與一定的情節設置，不具備較完整的戲劇性。

宴樂百戲

重慶東漢百戲俑／1975年出土於重慶市鵝石堡山東漢墓。高31公分，紅砂石質。此人肥唇厚頤，大腹便便，腆腹仰坐，仰臉承歡，爲一滑稽戲弄俑。

漢代優戲表演最初名爲角抵戲，後來又稱爲百戲。百戲是伴隨著秦漢封建經濟和文化高漲而興盛的新興表演藝術，它是漢代表演藝術的主體部分。百戲不是一種成形的、完整的、規範的藝術形式，而是混合了體育競技、雜技魔術、雜耍遊戲、歌舞裝扮諸種表演於一爐的大雜燴，一種"俳優歌舞雜奏"。但是，它卻生動體現了漢代氣勢雄渾、兼收並蓄、包羅萬象的時代精神，成爲中國表演史上的一代創舉。它的餘瀾直接波及了六朝文化，而對於中國後世表演藝術各個分支的影響則意義更爲深遠。

百戲內容結構

漢代的繪畫雕塑遺存，爲我們保存了大量百戲演出的視覺形象，從中可以看到其內容極其豐富。僅以兩幅場面較爲完整的百戲雕繪爲例：

(一)山東省沂南縣北寨村漢墓百戲畫像石演出項目：跳丸、跳劍、擲倒、尋橦、跟挂、腹旋、高絚、馬技、戲龍、戲鳳、戲豹、戲魚、戲車、七盤舞、建鼓舞。從演藝人28人，伴奏樂器品類有：鐘、磬、鼓、鼗、排簫、豎笛、笙、瑟、塤。樂隊22人。全部場面共50人。

(二)內蒙古自治區和林格爾市新

山東沂南北寨村東漢墓百戲畫像石／1953年發掘。百戲畫像石位於中室東壁上額。圖中描繪的是廣場演出，場面闊大，上場人物衆多。

店子村東漢墓彩繪百戲壁畫演出項目：跳丸、跳劍、擲倒、尋橦、跟挂、腹旋、舞輪、疊案、角抵(?)、歌舞小戲、建鼓舞。演員約16人。伴奏樂器品類不辨。樂隊約9人，另有觀賞者6人。全部場面共約31人。

這兩幅百戲繪刻並未囊括漢代百戲表演中的全部技藝。如果將全國各地漢畫百戲的品類集中統計一下，那麼至少還應該增加以下名目：旋盤、頂碗、扛鼎、衝狹、吐火、蹴踘、長袖舞、巾舞、鼓舞、鼗鼓舞。伴奏樂器也應該添上竽、鐃等。將上述百戲內容按照今天的觀點進行粗略分類，大約可以劃分爲五個部分：一、雜技；二、舞蹈；三、競技；四、假形扮飾；五、戲劇。

以上統計漢代百戲演出的品類，僅以今存漢代繪畫雕刻所表現內容爲限。如果徵引當時文獻，則會大大超越這個極限。更甚者，還有許多奇幻變化在漢畫中無法表現，就像"海鱗變而成龍"、"含利化爲仙車"之類，在這裏就省略不談了。

組成百戲的各個基本表演單位都是相對獨立的，彼此之間並沒有實質性的聯繫和制約。它們共同構成一個鬆散的聯盟來進行一場表演。隨便哪幾種成分湊在一起，或多或少，都可以進行演出。這也是漢代百戲文物組合表現爲自流性、隨意性的原因。真正聯繫百戲各因子的紐帶——把它們組合爲一場統一演出的，是宴樂——在酒宴中間進行娛目性的表演。

内蒙古和林格爾東漢墓百戲壁畫／1972年發掘。圖繪於中室東壁，其中幕府庭院裏正在表演百戲，墓主人端坐屋中觀看。

宴樂

宴樂爲宴飲之樂。我們在漢代畫像石、畫像磚和壁畫裏常常見到浩大的宴樂百戲演出場面，正是其寫照。宴樂多以俗樂爲之，所以《論語·季氏》説："樂宴樂，損矣。"然而戰國時期，雅樂已經失去了它所有的美感，成爲凝固僵死的純形式軀殼，而民間俗樂却受到從諸侯到平民的歡迎，魏文侯聽古樂則想睡覺，梁惠王則"直好世俗之樂"。雅俗樂的消長反映了樂舞的演進和時代審美心理的變遷。

河南洛陽漢百戲俑

漢世俗樂大興，漢武帝元鼎五年（前112年）設立宮廷樂府機構，採集民間歌曲樂章，其主要目的就在於用之宴饗。漢代桓譚《新論·離事》說："昔余在孝成帝時爲樂府令，凡所典領倡優伎樂，蓋有千人之多也。"這些倡優伎樂就是在宴饗時進行演出的。漢代宮廷宴樂機構的建立，對百戲表演的興盛起到了推波助瀾的作用。

百戲演出

散樂百戲演出，場面闊大，聲勢宏偉，奇幻變化，帶有熱烈的情緒氛圍和強烈的感官刺激力量，因而一旦出現，就爲統治者所傾心沉湎。最初的演出記載爲秦時，秦二世胡亥在甘泉宮，開始作角抵俳優之戲。後來經歷了秦火之亂，到漢武帝時再次崛起，聲威大振。元封三年（前108年）春一次百戲會演，三百里內的人都跑去觀看，可謂吸引力巨大、影響廣遠。三年之後，武帝又在上林苑平樂觀前，廣聚京師軍民，再舉百戲。史籍尚有一次武帝招待"四夷之客"而饗之以百戲的記載。

宮廷宴樂百戲演出只是當時時代風氣的集中代表和突出反映。今天所見遍及全國許多省區的漢畫百戲墓，都是王公貴族、豪强達官、富商巨賈的葬所，在這些大大小小的墓葬中，有著許多相同的漢畫主題，除去神話歷史祥瑞異獸不論，在表現現實社會生活方面，幾乎毫無例外地都包括有車騎出行、炊爨庖厨和宴飲百戲的畫面，這種現象反映了漢人對於生活享樂的理解及其社會實踐。而宴飲百戲，則成爲漢人文化娛樂生活中最爲普遍和不可或缺的一部分。

山東微山漢墓百戲畫像石／高81公分，寬138公分。堂屋中賓主列坐；堂屋兩旁有兩座闕。庭院裏有優人在表演百戲。

角抵戲的興盛

漢代宴樂百戲中間，最具戲劇性的表演部分爲角抵戲。角抵戲最初由格鬥競技發展而來，由於它具有矛盾對立的演出結構，適宜於戲劇衝突的體現和展開，因而其表演實質逐漸轉移到戲劇體裁上來，發展爲具備一定情節結構和表演内容的小戲，成爲這一個時期中初級戲劇的主要代表。

角抵戲與百戲

角抵戲來源於戰國時期的武備訓練，到了秦時，由於烽烟止息，就被納入優俳表演之中，成爲一個和平娛樂生活中的表演項目，而得到正式命名。漢代以後，角抵戲兩兩角力的矛盾對立形式被優戲採用，以增加演出的戲劇性效果。

漢畫中的角抵場面很多，而形式不一，有兩人手搏，二人械鬥，人與獸鬥等等。中國最早的娛人戲劇採取了角抵形式，與武備訓練相關，因而中國人的戲劇觀念最初竟然就是爭鬥角力。東漢人許慎《説文解字》解釋"戲"字，説它是軍兵執戈格鬥的徵象。解釋"劇"字，説它是老虎與野猪相鬥的徵象。這裏的老虎與野猪不

一定是實指動物，或許就是由圖騰裝扮而來的假形扮飾充任。下面即將述及的《東海黄公》小戲的表演中也仍然承襲了這種格鬥角力以及假形扮飾方法，説明角抵戲對於中國初級戲劇表演形式的影響是很深的。

湖北江陵秦墓出土木篦角抵圖

角抵戲在仍然尚武嗜勇的漢代，對於人們娛樂心理的影響是不可低估的。事實上，漢代很長時間内未能出現"百戲"這個名稱，而當時指稱百戲表演的名稱就是"角抵戲"。張衡《西京賦》描述平樂觀前廣場"角抵之妙戲"的表演，就羅列了雜技、戲象、魚龍曼延、幻術、《東海黄公》戲等幾乎全部的百戲項目，並不專限於角力競技表演。

"百戲"名稱的初見，未能詳考，似乎應該是《後漢書·安帝紀》："乙酉，罷魚龍曼延百戲。"這裏的"百戲"還是"種種戲"的意思。真正以百戲指稱全部此類演出，有待於漢代以後了。

角抵戲進入百戲，它的假形扮飾傳統也被百戲繼承。西漢時宮廷裏面擔任百戲演出的樂工裏有一類被稱作"象人"，他們的職責就是裝

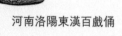

河南洛陽東漢百戲俑

山東曲阜漢百戲畫像石

山東臨沂漢墓帛畫角抵圖/1976年出土於山東省臨沂縣金雀山九號西漢墓，覆於棺上，縱200公分，橫42公分。局部繪二佩劍寬衣人角抵競技，旁立一人裁決。

扮各類假形。戴假面具，裝扮蝦、魚、獅子一類的假形表演，在漢代畫像石裏有著生動的表現：山東沂南漢墓百戲畫像石裏一隻鳳鳥，上身鳥首彩羽，下面卻露出一個人的下身，束裙穿褲著鞋，歷歷在目。另一隻巨魚，魚身上部露出二人上身，各戴平巾帽，穿交領大袖衣，右手執鼗鼓。江蘇省銅山縣洪樓村出土漢代百戲畫像石中，刻一魚形下出四條獸腿，應該是戲魚形象的變形。結合沂南、銅山二圖，可以知道漢代戲魚即如後世之划旱船、跑毛驢、騎竹馬一類舞蹈。

角抵戲的戲劇性展開

百戲中假形扮飾舞蹈這部分內容，把吉獸祥禽、仙女神人統統拉在一起，共同表現一個五彩繽紛、飄忽迷離的神話境界，增添了百戲演出的神秘色彩和戲劇性。東漢張衡《西京賦》描寫了西安平樂觀前的一場盛大廣場百戲演出，涉及的表演內容極其豐富，幾乎包羅萬象，有雜技，有幻術，有歌舞，有戲劇，扮飾艷麗，變化無窮，同時伴以奇幻莫測的音響和場景效果，使表演達到了動人心魄的強烈效果。其中的人物扮演，表現了神話傳說裏眾多的仙人神獸，這些仙人神獸多有各自的故事，或許表演中也會有一定程度的展現。漢代壁畫、畫像石、畫像磚裏保存了大量扮獸擬形表演的形象，典型者如山東省沂南縣北寨村東漢墓百戲畫像石，其內容大概都與上述相類。

《東海黃公》

張衡《西京賦》中還簡略地描寫了一個帶有巫術性質的角鬥故事《東海黃公》。這是一個古代方士以術厭獸遭致失敗的故事，被陝西民間敷衍成小戲，又被漢朝宮廷吸收進來。它之所以成爲角抵戲表演之一種，大概正由於其中人獸相鬥的格式吧。

《東海黃公》具備了完整的故事情節：從黃公能念咒制服老虎起始，以黃公年老酗酒法術失靈而爲虎所殺結束，有兩個演員按照預定的情節發展線進行表演，其中如果有對話一定是代言體。它的演出已經滿足了戲劇最基本的要求：情節、演員、觀衆，成爲中國戲劇史上首次見於記錄的一場完整的初級戲劇表演。它的形式已經不再爲儀式所局限，演出動機純粹爲了觀衆的審美娛樂，情節具備了一定的矛盾衝突，具有對立的雙方，發展脈絡呈現出一定的節奏性，這些都表明，漢代優戲已經開始從百戲雜耍表演裏超越出來，呈現出新鮮的風貌。

歌舞小戲

《東海黃公》不是當時僅見的完整戲劇表演，漢代角抵百戲中有一類歌舞小戲，都展示了類似的戲劇情節，雖然缺乏文獻記載，但在出土文物裏時常見到其形象。最具特點的是河南省滎陽縣河王水庫東漢墓出土兩座陶樓上的彩畫。二樓形制一致，在兩座陶樓的前壁上各繪一幅色彩艷麗的男女表演圖。其一畫一位裸脊男優追逐戲弄一位舞女，女子迅疾逃避、踏盤騰躍、長袖翻飛。另一圖，兩人位置顛倒過來，舞女呼天搶地、飛身相撲，男優則倉皇回顧、踉蹌奔逃。很明顯，這兩幅圖景展現了一個簡單的人世故事，具備了一定的衝突，其結構接近於《東海黃公》，有起始，有結

成都漢百戲畫像磚／高42公分，寬46公分，出土於四川省成都市西門外。雕雜技舞蹈戲弄優人4人正在表演，旁有伴奏樂人4人。

內蒙古和林格爾東漢墓歌舞戲壁畫／墓1972～1973年於內蒙古自治區和林格爾市新店子鄉小板申村東發掘，墓內遍布壁畫，其中室北壁右下角繪有一幅百戲圖，高80公分，寬110公分。其中部建鼓高豎，圍繞建鼓有諸多優人在表演跳丸、擲倒、疊案、舞蹈戲弄等內容，上部有樂人伴奏。

山東臨淄漢百戲畫像石／出土於山東省臨淄縣。石已殘去屋宇，僅餘屋檐一角。其存留部分可見庭院中一樹，優人正在表演百戲。

局，按照一個事先約定的線索發展。這顯然是從世俗生活裏提取情節的歌舞小戲表演，當然其中吸收了盤舞的成分。與之相類，內蒙古和林格爾漢墓百戲壁畫裏有一幅舞女揚袖奔逐、男優逃避的場面，河南南陽漢代百戲畫像石裏有舞女男優對舞的圖景。這些表演都帶有角抵戲的痕跡，但却在矛盾對立面的設置方面有所演進：變男子相鬥或人獸相鬥爲男女對立，這就爲表現內容向世俗化發展奠定了基礎，同時又在表現手段上實現了歌舞與優戲的結合，成爲唐代《踏搖娘》《蘇中郎》一類歌舞小戲的濫觴，而開宋以後成熟戲曲歌舞與滑

稽念白表演綜合運用的先河。

這類歌舞小戲演出的是什麼內容呢？今人在《宋書·樂志》和《樂府詩集》裏可以找到一則漢代的《公莫舞》歌詞，其內容爲子別母出門謀生，形式爲巾舞，應該就是文物圖像上所表現的對象。大約當時有眾多這類歌舞小戲存在，所以才能大量保存在文物形象中，可惜歌詞大多失傳，以致我們不能更詳細地知道其演出情況。

優戲的發展

漢代以後，魏晉六朝一直到隋，歷代朝廷都增加百戲表演的項目，使之在北齊時超過了百餘種，真正成爲名副其實的“百戲”。但其內容却日益增添了雜技色彩，從文獻裏也看不到其中戲劇表演的情況，大概統治者更爲重視的是百戲場面驚世駭俗的效果，以求取一種宏大壯觀聲色心理的滿足，戲劇就漸漸被雜耍淹沒了。其中的優戲和歌舞戲儘管逐漸走向成熟，但要到唐代以後才重新抬頭並取得大的進展。

歷代增修百戲

東漢末群雄逐鹿，爭霸割據，天下擾攘，百戲潛跡。至三國魏明帝曹叡時，三分勢成，局勢漸緩，於是魏帝開始仿照漢制而興百戲，以後六朝諸帝紛紛增修百戲品類。到隋煬帝，集中全國散樂伎人，舉行了百戲表演史上規模最爲宏大的大檢閱。在八里長的“戲場”裏，有三萬人參加演出，每日從早演到晚，連演半月，可謂宴樂娛樂的極致。至此，百戲表演達到

了它歷史上的鼎盛時期，但也從此開始走下坡路，以後隨著唐代風習的轉移，歌舞戲和優戲就逐漸取代了宴樂主角的地位。

優戲演進

但是，我們還可以去尋覓另外一條戲劇發展的路徑，那就是帝王御駕前面一些寵優弄臣的活動。相對於夾雜在正式百戲裏的表演來說，這類習常戲劇演出更加具備獨立藝術的品格，也許更能對戲劇的發展作出貢獻。

倡優表演的本質在最初並不是裝扮故事，而是透過滑稽戲謔、詼諧機敏的言語措辭來製造笑料。優人表演的技能之一是流利的念誦口才，這種捷才辯辭的能力可看作宋金雜劇裏副淨角色技能以及科諢表演的先聲。

歷代優人在君主面前因諧謔得寵的例子不勝枚舉，漢代如郭舍人，北齊如石董桶，唐代如黃幡綽等，司馬遷作《史記》曾專門為這類人開列"滑稽列傳"。優人詼諧滑稽的特性，符合喜劇演員的一切要求，因此以喜劇形式來娛人也就成為優人的專利。

六朝史籍裏有關優戲表演的記載，值得注意的有如下兩條：一、《三國志·許慈傳》說，劉備的兩個博士官許慈和胡潛不和，每逢要論定掌故儀禮時，二人就彼此不服、互相攻訐，書籍也不相借，甚至有時動手毆鬥，後來就被劉備的優人演以為戲了。二、《太平御覽》卷五六九引《趙書》說，後趙的石勒統治時期，有一個參軍周延犯了貪污罪，後來優人就以之為戲。最初周延本人被列入優人叢中，充作被羞辱的對象，他還不是角色，後來由優人代替周延演出，真正的扮演就形成了。這個例子是唐代十分盛行的優戲種類——參軍戲的起始，其時間是在東晉時期。僅從文獻記載的字面上看，這個戲與劉備博士戲相比，情節性反而稍弱，但或許以後的優人演出會把周延從做官貪污到入獄以及受優人辱弄的整個過程都表演出來，那就不可同日而語了。

總括這兩個小戲演出的情形，都是以取笑某種社會現象或人物為題材，以引人發笑歡娛為目的，同時收到鑒戒的效果。這類以滑稽調笑和諷刺為旨歸的戲劇演出，長期成為優戲表演的基本形式，當它的手法被以後的成熟戲劇吸收以後，就奠定了中國戲曲的基本喜劇格調，充分體現了中國藝術的樂感文化特色。

四川郫縣東漢百戲俑／1963年出土於四川省郫縣宋家林東漢磚室墓。高66.5公分，灰陶質，作曲身擊鼓狀。藏四川省博物館。

山東微山漢百戲畫像石／出土於山東省微山縣。高 89 公分。寬 147 公分。正面刻出一座堂屋，屋裏主人居中端

第三章

繁興的唐代優戲歌舞戲

從六朝文化的傾仄崎嶇、山迴路轉中跋涉出來，眼前忽然亮出的是一望無際的平川，地廣天高，展現出博大、雄渾、曠遠、深沉的盛唐氣象。到處充滿了藝術的天籟，到處氤氳著創造的神思與靈感。戲劇，也就在這樣的豐厚土壤中滋長。

儘管由於中國文化特質所決定,成熟的戲曲形態的誕生還要留待下一個歷史時段，但是沒有唐朝的豐潤哺育，戲劇的步伐就會更加遲緩。

宮廷優戲機構

唐代宮廷，特別是唐玄宗李隆基本人對於歌舞戲劇的愛好，使之採取了各種措施和步驟來促進其繁榮，為戲劇的生存和發展提供了豐裕的條件，這是唐代戲劇得以興盛的前提。其最基本的措施就是對於宮廷樂部機構的建設與充實。

唐初宮廷樂部

唐初宮廷樂部機構主要繼承隋朝散樂而來，而隋朝散樂曾經在隋煬帝的經營下得到了極高的發展。隋煬帝曾下令把南北朝各國的樂人子弟都徵集到京，編為樂戶，同時又將從百姓到六品官員中擅長音樂和優戲表演的人，統統劃歸宮廷樂部機構太常寺掌管，並對每一門表演藝術都設置博士子弟來學習和傳承。這樣，隋朝宮廷樂人數量激增，達到了三萬多人。這是一個龐大的隊伍，後來基本上為唐代所接收。唐朝立國後，仍然不停地從民間搜羅散樂伎藝人，送入宮廷樂部機構，因而到了武則天時，僅敲大鼓的就已經有兩萬人。

太常寺是政府機構中設置的主管

西安唐三彩駱駝樂俑／西安出土。於駝身上鋪氍毹，上坐樂伎五人，正在演奏樂器。駝高48.5公分，俑高11.5公分。

24

宮廷禮樂儀式的一級部門，其主要任務在於主持國家的祭儀大典一類正規活動，這從它的組織結構就可以看出。太常寺下設八署：一、郊社；二、太廟；三、諸陵；四、太樂；五、鼓吹；六、太醫；七、太卜；八、廩犧。雖然它也兼管平日的宴饗演出，但皇帝要想讓它來滿足自己的日常樂舞娛樂却受到很大的限制。唐高祖李淵時，宮廷裏還設有教坊的機構，但掌管雅樂，不包括散樂百戲，其娛樂功能不足。於是，到了唐玄宗時，開始改造教坊，並在太常寺另外設置專門供皇帝個人使用的樂舞俳優機構。

教坊與梨園

唐玄宗李隆基在即位以前，有自己的蕃邸散樂一部。登基之後，他仍然保留了這部散樂，並對之愛護倍

加，而鄙視太常樂人。他曾讓寧王帶領這些散樂樂人與太常寺樂人進行雜技比賽，看到太常樂人自負技藝，心裏不高興，就暗中命令五、六十位宦官，各在袖內藏鐵馬鞭、骨朵等擊打之物，立身太常樂人身後，當他們爲自己人表演而歡呼鼓噪時，抽出亂打，使太常樂人遭致失敗。第二天，唐玄宗就以太常樂爲禮儀機構，不適合表演散樂百戲爲由，下令設置左右教坊，而把自己的散樂樂人統統隸入。從此以後，教坊就成爲唐代戲劇發展的棲身之地。

教坊共五部，分爲内教坊和外教坊。内教坊一部，置於禁中蓬萊宮側。外教坊四部，分置東西兩京，西京長安右教坊在光宅坊，左教坊在仁政坊，東京洛陽右教坊在明義坊南，左教坊在明義坊北。内教坊又分兩院：

敦煌莫高窟唐172窟伎樂壁畫/《西方淨土變》圖局部。於佛像前方水池上設方形露臺一座，四周圍以欄杆，上鋪氍毹，二樂伎正在表演反彈琵琶和杖鼓舞，兩旁有坐伎16人，演奏各種樂器。

25

敦煌莫高窟唐 144 窟伎
樂壁畫

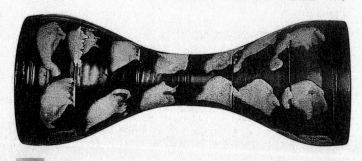

唐魯山窯瓷杖鼓／腰
鼓本是西域樂器，大
約在北朝時經絲綢之
路傳入我國，唐代的
腰鼓為瓷質。

宜春院、雲韶院。前者身分高貴，技藝也高超，身佩魚袋，常在帝王跟前出現，稱為"內人"。後者身分較低，技藝也較差，常作為前者的替補。外教坊在技藝上也有分工，例如長安右教坊善歌，左教坊善舞。教坊表演的內容主要是歌舞戲和優戲，所謂"新聲、散樂、倡優之伎"。例如《舊唐書·音樂志》說："歌舞戲有《大面》《撥頭》《踏搖娘》《窟礧子》等戲，玄宗

以其非正聲，置教坊於禁中以處之。"唐玄宗另外還選揀太常寺坐部伎子弟三百人，親自教其"絲竹之戲"，安置在禁苑的梨園旁邊，稱為"梨園弟子"。又設宮女數百，置於宜春北院，也稱梨園弟子。後世稱戲曲藝人為梨園弟子，就是從這裏來的。在唐玄宗的經營下，宮廷宴樂機構成為一個龐大的組織，《新唐書·禮樂志十二》說："唐之盛時，凡樂人、音聲人、太常雜戶子弟隸太常及鼓吹署，皆番上，總號音聲人，至數萬人。"有皇上的愛好與支持，有完備的組織機構，由六朝繼承而來的散樂百戲，就逐漸發展出更具戲劇性的優戲和歌舞戲來。

儘管安史之亂後，宮廷樂部機構遭到破壞，許多宮廷藝人流入民間，

以後社會動蕩逐漸加劇，宮廷戲劇不復以往之盛，但藝術由集中轉爲分散，也就意味著由高寡轉爲普及，環境形勢促使戲劇的發展從中心膨脹式改爲多點萌發式，五代時期的割據文化以及戲劇多發狀況就產生了。

優戲水平

唐代優戲發展到了一個新的水平，演出經常，記載衆多，從宮廷到州府以至民間都有其身影。如果按照表現內容將唐代優戲集中歸納，可以看到，至少有七種類型的優戲名稱可以提出：一、弄參軍，表演以當時卑微官職"參軍"爲內容的戲。唐代宮廷裏歷朝都有一批擅長表演參軍戲的優人。段安節《樂府雜錄》説："開元中，黃幡綽、張野狐弄參軍……開元中有李仙鶴善此戲，明皇特授韶州同正參軍，以食其祿。是以陸鴻漸撰詞云'韶州參軍'，蓋由此也。武宗朝有曹叔度、劉泉水。咸通以來，即有范傳康、上官唐卿、呂敬遷等三人。"一共記載了三代八位著名優人的姓名。二、弄假官(假吏)，表演以官吏生活爲內容的戲。唐代趙璘《因話錄》稱肅宗時"女優有弄假官戲"。《全唐文》卷四三三《陸文學自傳》説陸羽"以身爲伶正，弄木人、假吏、藏珠之戲"，其中的"假吏"也是此類戲。三、弄孔子，就是演出與孔子有關的戲，其中孔子要上場。四、弄假婦人，就是男人裝扮成婦人進行表演。《樂府雜錄》"俳優"條説："弄假婦人，大中以來有孫乾、劉璃瓶，近有郭外春、孫有熊。僖宗幸蜀時，戲中有劉真者，尤能，後乃隨駕入京，籍於教坊。"列舉了唐代後期從宣宗到僖宗幾十年間五位因表演此類戲而著名的優人姓名。從中可以看到，晚唐時除了都城長安以外，四川也出現了精於此戲的名演員，説明其演出活動的普及。五、弄婆羅門，就是表演以僧侶生活爲內容的戲。《樂府雜錄》"俳優"條説："弄婆羅(門)，太和初有康迺、米禾稼、米萬槌，近年有李伯魁、石瑤山也。"也舉出文宗到僖宗的五位優人爲例。六、弄神鬼，即以神鬼爲內容的戲。七、弄三教，即以儒釋道三教經義論難爲內容

唐侏儒優俑／高 12.8 公分，陶質彩繪。俑作侏儒體形，狀類胡人，或即爲優人造型。藏河南省博物館。

敦煌莫高窟唐445窟伎樂壁畫／北壁《彌勒變》圖局部。於一家庭院大門外面，臨時以屏板隔爲看場，內設座榻，賓主列坐，中有樂伎舞蹈，旁坐樂人若干，演奏簫、鈸、拍板等樂器。

西安唐鮮于庭誨墓優俑／左高45.3公分，右高45.5公分，陶質綠釉。兩人簇眉努唇，拱手並立，似乎在表演一場優戲。

的戲。八、弄痴大，即裝呆弄傻。

上述唐戲都屬於優戲，或稱"雜戲"，意思是優人扮作各色人等來進行表演。這些不同種類優戲的影響在宋金雜劇中都可以找到痕跡。當時優人扮戲，並沒有形成分工專門化的演出，需要扮演哪類戲，只是根據內容需要而決定。黃幡綽是名優，一定會弄許多類戲(即扮演多種類型的人物)，只是扮演參軍戲更加拿手而已。陸鴻漸爲伶正，可以同時兼"弄木人、假吏、藏珠之戲"。下面將要說到的崔鉉命樂工集其家僮"教以諸戲"，"諸戲"應該是指各類雜戲。劉采春等人"善弄陸參軍"，玩其語義，也並不排除她能兼演其他種類戲，只是以演陸參軍戲更爲拿手罷了。

唐代優戲的戲劇化程度則可以從下引資料裏歸納出來。唐代無名氏

《玉泉子真錄》說：

"崔公鉉之在淮南，嘗俾樂工集其家僮，教以諸戲。一日，其樂工告以成就，且請試焉。鉉命閱於堂下，與妻李坐觀之。僮以李氏妒忌，即以數僮衣婦人衣，曰妻曰妾，列於旁側。一

僅則執簡束帶，旋辟唯諾其間。張樂命酒，不能無屬意者，李氏未之悟也。久之，戲愈甚，悉類李氏平時所嘗爲。李氏雖少悟，以其戲偶合，私謂不敢而然，且觀之。僮志在發悟，愈益戲之。李果怒，罵之曰：'奴敢無禮！吾何嘗至此？'僮指之，且出曰：'咄！咄！赤眼而作白眼，諱乎？'鉉大笑，幾至絕倒。"這個戲表現的已經是官吏家庭裏的日常生活，雖然內容爲宣揚女德，不足取，但它的表演形式卻極其值得注意！上場人物已有數個：妻、妾、扮官者，應該各有扮飾，而戲裏模仿李氏日常舉止所爲，各優人間必定互有科白。很明顯，它的表演接近於今天的戲劇小品，在場景中展現了一個完整的生活片段，這大概可以視作唐代優戲共同的特徵。

此外，由這段記載，還可以看到兩個情況：一、其時官僚貴族家庭中已經開始擁有戲劇家班(雖然此例中僅僅由僮僕充任)，有專門的樂工進行教練。二、李氏"以其戲偶合"自己平日所爲，久不敢怒，可見當時已有非即興式的日常生活小戲盛行，李氏因爲經常觀看，已經習慣。這表明了唐代優戲演出在民間的普及。

歌舞戲盛況

唐代歌舞戲極其興盛，其著名的如《樂府雜錄》"鼓架部"開列的《代面》《鉢頭》《蘇中郎》《踏搖娘》等，以及見於其他記載的《樊噲排君難》《蘇莫遮》《秦王破陣樂》等，都具備了初步的情節結構和載歌載舞的特徵，這爲它以後與優戲結合形成戲曲奠定了基礎。

《大面》是一種戴面具的戲，出自北齊蘭陵王的臨陣戴木面具以嚇敵。大概這個歌舞戲最初創作出來是爲了歌頌蘭陵王攻戰勇跡的，名字就叫作《蘭陵王入陣曲》。《蘭陵王》戲在中國已經失傳，但卻在東瀛日本的宮廷樂舞中長期保留了下來。今天還可以看到與之有關的面具文物計64件，最早的一件有1211年銘文(其時爲南宋嘉定四年)。面具表情都作猙獰狀，下巴懸吊，頭頂有雕刻的翼龍盤踞。另外，日本古畫《信息古樂圖》中也繪有蘭陵王舞圖，署作"羅陵王"，該畫爲12世紀物，相當於中國的南宋時期。畫中蘭陵王的舞姿婆娑，手持短棍(摺扇?)，已經遠非戰陣形象。

很明顯，《蘭陵王》被稱作《大面》是因爲其中有戴面具的舞容，而事實上《大面》這種面具舞的形式，和唐代其他一些很著名的歌舞戲如《鉢頭》《渾脫》《蘇莫遮》等，最初都傳自西域(詳見下)。《蘭陵王入陣曲》的表演大概借鑒了西域《大面》的形式，而由於其膾炙人口，遂取而代之，成爲《大面》的代表性劇目。

《蘇莫遮》也是一種面具戲，表演者配帶各種怪異面具。今日本所見《蘇莫遮》古歌舞圖像也是戴獸面(題作"蘇莫者")，並有古面具遺存。另外，日本

《蘭陵王》面具／日本鐮倉市鶴岡八幡宮藏，爲日本鐮倉時代(13世紀)物。

藏有一個新疆庫車出土的唐代舍利盒，盒面即畫有《蘇莫遮》表演的場面。從圖中可以看出，舞者 8 人，前後舞頭、舞尾並戴獸形頭套、身穿獸服，手持一杖引舞，中間 6 位舞者連臂扯巾而舞，每人各戴頭套、面具，另外有一隊樂師爲之伴奏。

日本傳演的唐代歌舞中還有一個《秦王破陣樂》，它的原創是爲歌頌秦王李世民的征戰業績，但是後來在宮廷中演變爲雅樂節目，就增加了儀式性而減少了摹擬表演。《秦王破陣樂》分爲大型與小型兩種，分別用 120 人和 4 人表演，披甲執戈。唐玄宗時甚至用幾百個宮女從事演出。

《鉢頭》也是從龜茲傳來的歌舞戲。唐杜佑《通典》卷一四六說："《鉢頭》出西域。胡人爲猛獸所噬，其子求獸殺之，爲此舞以象之。"表演者扮作服喪的模樣，邊歌邊舞，表演登山尋父的情節，一共唱八疊曲，最後則應該以殺虎報仇爲結局。

《蘇中郎》在唐代的記錄僅僅一見，即《樂府雜錄》，其文曰："《蘇中郎》：後周士人蘇葩，嗜酒落魄，自號中郎，每有歌場，輒入獨舞。今爲戲者，著緋、戴帽，面正赤，蓋狀其醉也。"這是一個模仿醉人形態的戲。這個戲傳入日本後，轉形爲歌舞《胡飲酒》，同樣留有面具和舞姿圖。

上面談及的《大面》《蘇莫遮》《鉢頭》《蘇中郎》《秦王破陣樂》等戲，還都偏重於歌舞形態，雖然有個性化的扮飾和一定的敘事因素，但在表演中並不占主要地位，真正接近戲劇的劇目還是《踏搖娘》。《教坊記》記敍《踏搖娘》歌舞的源起和表演形式十分詳

細，轉錄如下："北齊有人姓蘇，齙鼻，實不仕，而自號爲郎中。嗜飲，酗酒，每醉，歸毆其妻。妻銜怨，訴於鄰里。時人弄之：丈夫著婦人衣，徐步入場行歌，每一疊，旁人齊聲和之云：'踏搖，和來！踏搖娘苦，和來！'以其且步且歌，故謂之踏搖；以其稱冤，故言苦。及其夫至，則作毆鬥之狀，以爲笑樂。"

1173 年日本《鉢頭》面具

《踏搖娘》表現一個醉鬼毆打妻子的故事，主角踏搖娘由男人扮演，爲正劇角色，其程序先是由"她"入場表演一段歌舞，邊歌邊舞，並由衆人在曲尾進行人聲幫和，然後與之相對立的角色——丈夫入場，爲丑角，二人開始爭執毆鬥。前半部分女主角的歌舞充滿悲劇情調，後半部分兩人的毆鬥具有喜劇效果。

《踏搖娘》的表演形態直接由漢代《公莫舞》類男女倡優歌舞小戲發展而來，仍然保留了其中角色矛盾對立的角抵路數，而將女樂歌舞與優人戲弄結合在一起，詞曲演唱與世俗表演結合在一起，美學風格傾向於悲喜統一或者說悲喜轉化，已經奠定了後世戲曲的主調。其主角歌唱，旁人幫和，男扮女裝，且、丑相對的表

新疆吐魯番阿斯塔那唐墓《踏搖娘》俑

唐舍利盒《蘇莫遮》歌舞圖／新疆龜茲出土。圖繪於盒子外壁，上有21人表演《蘇莫遮》舞蹈。其中成人舞者10人皆戴面具，另有3童子，樂隊8人。

演形式，也開了宋代南戲的先河。就一個具體劇目來說，《踏搖娘》在運用歌舞裝扮等綜合表演手段揭示人物心態方面也達到了一個新的層次，不愧爲唐代歌舞戲的突出代表。

1960年出土於新疆維吾爾自治區吐魯番阿斯塔那336號唐墓的泥俑造型別致，與《踏搖娘》歌舞文獻記載的情景接近，或許就是其形象塑造。俑共二人，一男一女，男俑穿肥厚長袍，面赤似醉，步履踉蹡，女俑似爲男人裝扮（臉上似帶有面具），曲腰扭臀，二人相向作舞。

陸參軍

新疆吐魯番阿斯塔那唐張雄墓優俑

在唐代優戲表演中，弄參軍戲是最有代表性的一類。它以當時社會結構裏最重要的元素之一——官吏爲表現對象，其主僕相從的矛盾對立面設置也適宜於增強戲劇性和喜劇效果，因而演出極其普遍。在其發展過程中，逐漸又將歌舞戲的因素吸收進來，形成更完美的表演性和娛目性，迎合了當時社會欣賞心理，更加受到歡迎，在唐代戲劇樣式中產生了最大的影響。

中唐以後，參軍戲表演出現了與歌舞戲結合的趨勢。唐代范攄《雲溪友議》卷下"艷陽詞"條記載了一則江浙民間戲班演出"陸參軍"的佚事：女優劉采春扮演參軍角色，伴以風流秀媚的歌舞表演，吸引了衆多的閨婦行人。"陸參軍"裏

的參軍可以由女性扮演。元稹贈劉采春詩裏有"正面偷輪光滑笏，緩行輕踏皺文靴"的句子，從裝扮看，她演的正是參軍的角色。"陸參軍"的表演中已經加進了歌舞，歌唱的內容雖然與劇情表演並不連貫，但以一個主角主唱，其他人配合表演，開了後世戲劇這種慣例之端。主唱角色在演出中是觀衆娛目的主要對象。"陸參軍"是一種"正劇"，不以滑稽調笑爲主，而以表演與歌唱取勝，歌唱動之以情，重在主角演員的才色和歌舞藝術，戲班則以她（他）的才藝作爲演出基礎，其他演員的滑稽表演成爲主角歌舞的陪襯，這已經開了宋代戲文和元雜劇的先河。

"陸參軍"已經在朝向正式戲曲發展的道路上大大邁進了，有了它，我們才能夠很容易地找到宋代成熟戲曲形式在唐代的前身或雛型。

五代優戲的承啓

五代時期的優戲演出繼承了唐代傳統,而被畸形的社會政治局面刺激起一度繁榮。五代十國,軍閥混戰,政權更迭頻繁。統治者或者朝不慮夕,日耽淫樂,或者偏安一隅,歌舞昇平。因此各割據政權都養有大批優人樂伎,有些國主本人就精於俳優之道。金代燕南芝庵《唱論》所列舉的"帝王知音律者五人"中就有"後唐莊宗、南唐李後主"二人。藝術的幸運卻建立在政治的不幸之上,這也是歷史的一個特異現象。

割據的局面使全國形成了三個優戲盛行區域,即地處中原的後唐、僻處東南的吳越和南唐、偏居西部的前、後蜀。

後 唐

後唐莊宗李存勗建都洛陽,宮中優戲盛行,他本人也常常躬踐排場,是著名的優伶皇帝。李存勗有兩則盛傳的演劇佚事,被人們所津津樂道,從中可以看到五代優戲演出的情景。一是他曾扮作劉皇后之父劉叟來取笑她。劉氏出身低微,其父賣藥善卜。劉氏生子後,與嫡夫人爭寵。恰值此時,劉父來訪女,劉氏欲隱瞞出身,深以

爲恥,不但不認父,還命人用鞭子抽打父親於宮門外。李存勗因爲這件事,就裝扮成劉叟來嘲弄劉氏。二是李存勗在庭院中與優人一起表演優戲,因爲呼叫"李天下"而被優人鏡新磨藉機打了一個嘴巴。優人與皇帝社會地位相去懸殊,冒犯了就有殺頭之虞,但鏡新磨竟然敢於批打李存勗,是因爲當時的優戲演出中,優人以互相擊打來製造笑料。果然,李存勗不僅不處罰,而且還賞賜了他。從這則資料還可以看出,五代優戲的表演手法較之唐代有所發展,由單純運用便捷語言製造喜劇效果,發展到利用角色之間的互相擊打來進行插科打諢。這種手法後來成爲宋雜劇製造喜劇場景最常用的手段,並且從手批改爲用杖抽和棒打。李存勗終日與優人爲伍,最後國政被伶人所亂,死後屍體還被雜入樂器堆中焚化,也是一件可悲之事。

當中原軍閥正在逐鹿稱雄時,偏安於繁庶的東

南京六朝優人磚雕/共二塊,各浮雕一位優人。磚爲灰色,空心,高22公分,寬25公分,厚12.5公分,傳出土於南京。優人作相向舞蹈狀,面部造型極度變形,十分誇張。

江蘇江寧南唐李昇陵優俑

南和西部的小國吳越，南唐，前、後蜀等，却在統治者的酣歌醉舞中等待國祚的完結。

南唐

南唐的前身爲吳，居地南京。其時盛演參軍戲，因此專權的徐知訓得以逼迫幼主楊隆演跟他一起演參軍戲來侮辱他。徐知訓的義兄弟徐知誥(李昇)篡吳，改國號爲南唐，仍然一生好優，例如他生前寵幸優人申漸高，死後還在墓中以優人俑陪葬，開王公之先例。

南唐優戲已經發展到很高的水平，出現了接近於宋雜劇的演出形式。宋代馬令《南唐書》卷二十五載：李家明，盧州西昌人，詼諧敏給，善爲諷詞。元宗好遊，家明常從。初景遂、景達、景邁皆以皇弟加爵，而恩未及臣下。因置酒殿中，家明排戲，爲翁、媼列坐，諸婦進飲食，拜禮頗頻。翁、媼怒曰："自家官、自家家，何用多拜耶?"元宗笑曰："吾爲國主，恩不外覃!"於是百官進秩有差。(原注："江浙謂舅曰官，謂姑爲家。")

這一場戲，角色多(有翁、媼、諸婦等，至少五六人)，場面鋪排大，表現題材也轉向平民生活的家庭瑣事，已經是宋雜劇的開端。不過，主演李家明仍然不是宮廷中的專職優戲演員，而是常從皇帝的侍優，他的職能不僅是演戲，還要跟隨皇帝左右，用語言爲之逗樂解悶，這種性質是五代以前的所有宮廷優人都具備的。一直到宋代，才出現專職宮廷雜劇演員，並且有了角色的固定分工。那時的優人已經不能在皇帝跟前說笑打諢，而只能進行戲劇表演了。

吳越

吳越僻處江浙,遠離中原戰亂，因而優戲也得以發展無礙。1987年在浙江省黃岩縣潮濟鄉潮濟鋪村靈石寺塔內發現的吳越國乾德三年(965年，吳越奉宋朝正朔)前後優戲人物雕磚六塊，正是這種現實的反映。雕磚高22～36公分，寬15～30公分，各陰線剔刻戲劇角色一二人，人物形象生動，造型充滿戲劇性，似乎有著某種故事場景，但彼此之間並沒有內在的

南唐顧閎中《韓熙載夜宴圖》大曲舞局部／圖爲絹本設色，無款。圖中舞者爲王屋山，執桴擊鼓者爲韓熙載。

《韓熙載夜宴圖》中優
人像／桌後坐者爲教坊
大使李家明，抱琵琶伎
爲其妹，旁立一雛伎爲
王屋山。

聯繫，不像宋代雜劇雕磚或壁畫人物
那樣四五人一組，爲角色展示，説明
此時的優戲演出較之宋雜劇尚爲簡
略，角色配制還沒有完善。

前、後蜀

與南唐、吳越同樣僻處一隅，地
處四川盆地的前、後蜀也是一個優戲
中心。那裏政局較爲穩定，君主又都
愛好文藝，聚集了一批文人詞客，形
成當時與南唐並立的另外一個經濟文
化中心。前蜀王建生前好歌舞，死後
還在墓棺座基上浮雕出一支龐大完備
的宴樂樂隊。後蜀孟昶則愛好俳優之
戲。孟昶的兒子孟玄喆更是終日混雜
於優人隊中，置國家大事於不顧。宋
乾德二年(965年)趙匡胤遣將伐蜀，孟

昶命其子玄喆統兵拒戰，玄喆離開成
都時，攜帶了衆多的姬妾、伶人和樂
器，晨夜嬉戲，不恤軍政，遂致使後
蜀亡於宋。

唐、五代戲劇已經接近了成熟的
面貌，儘管它的形態還不夠完善，不
能容納完整的人生故事而常常切取片
段，用成熟戲曲的標準來衡量，它的
音樂結構尚未發展到程式化的階段，
表演的行當化也剛剛開始，但它卻爲
中華戲曲的正式形成鋪墊了決定性的
一步。唐代優戲和歌舞戲的表演形式
被宋、金雜劇大量吸收。以後成熟的
戲曲出現，但初級形態的戲劇樣式仍
然長期保存而與之並存。元、明戲劇
裏有院本，其表演形式"大率不過謔
浪調笑"，仍類似於唐代的優戲。

第四章

調笑諷世的宋金雜劇

歷史的步伐邁入宋金，我們耳畔的市井喧囂漸漸響起，中國傳統文化來到了它的世俗化發展階段。熱鬧繁華的街市景象，殷實富貴的家庭生活，都在爲它塗抹油彩。作爲初級戲劇向成熟戲劇過渡的樣式是宋金雜劇，它們在這種繁盛的市井文化中生存、發展和演變，逐漸開啓了戲曲的嶄新局面。宋金時期獲得大發展的木偶戲和皮影戲，屬於特殊的戲劇樣式，它們與戲曲的發展相伴始終。

宋金雜劇的變遷

雜劇的興起

雜劇産生於何時，限於資料，今天不可確知。晚唐時期已經出現"雜劇丈夫"的名稱。北宋初期，汴京的宮廷雜劇演出已經制度化，宮廷樂部機構中設置有確定數額的雜劇演員，例如宋代陳暘《樂書》卷一八六"樂圖論・俗部・雜樂・劇戲"條説："聖朝戲樂：鼓吹部雜劇員四十二，雲韶部雜劇員二十四，鈞容部雜劇員四十。亦一時之制也。"這些雜劇演員負責在各類節日慶典和宴會酒席上演出。

北宋宮廷宴樂機構的完備，爲宋雜劇的發展和提高創造了條件。它使雜劇演出發生了第一個質的變化，即專職雜劇演員的出現。宮廷樂部裏的

雜劇員,其惟一的職分即進行雜劇演出,與前代優人在皇帝面前作滑稽調笑的職掌已經有了明顯的不同。分工的專門化使雜劇藝人具有了精心研磨表演技藝的條件,而宴樂機構又負責訓練和挑選雜劇演員,例如教坊中每年由教坊大使和副使審閱雜劇,將"把色人"分成三等,訂立了嚴格的培養和淘汰標準,以供集英殿、紫宸殿、垂拱殿君臣宴筵時應奉,這就更加刺激了雜劇表演水平的提高。

宋初商業經濟興盛之後,汴京城裏陸續產生了眾多的市民冶游點,亦即商業性的遊藝場所,當時人稱之為"瓦舍"。瓦舍是從唐代寺廟戲場過渡來的市井商業遊樂區,擁有很大的面積,内設眾多的表演棚——勾欄。瓦舍勾欄裏聚集了各類時興的表演伎藝,每日進行演出,其品類有小唱、嘌唱、雜劇、傀儡、雜手伎、球杖踢弄、講史、小說、散樂、舞旋、小兒相撲、掉刀蠻牌、影戲、弄蟲蟻、諸宮調、商迷、合生、說諢話、雜班、說三分、說五代史、叫果子等等。瓦舍勾欄成為雜劇和各種伎藝的薈萃之地。勾欄演出使宋雜劇發生了質的變化,即產生了商業化的雜劇演員,它導致雜劇邁

出宮廷,走向市井民間,雜劇藝人脫離皇室貴族的豢養而與市民觀眾建立起一種新型的商業性經濟依存關係。勾欄裏眾多表演伎藝共同生存的環境,又促進了雜劇對其他表演成分的吸納與融化,催發了宋雜劇形式的進化,使之朝向成熟的戲曲形態靠攏。

汴京雜劇的繁興

宋仁宗朝以後,汴京已經成為一座東方最大的遊藝場,雜劇則是其中最為活躍的表演藝術之一。在瓦子中的各個勾欄棚裏,平日都有"富工""閑人"在遊蕩,往往聚集數千人觀看雜劇以及各種伎藝表演,並且"不以風雨寒暑,諸棚看人,日日如是"(《東京夢華錄》)。

除了日常性的演出以外,一年中還有許多大的節日慶祝活動如元宵、上巳、中元和皇帝誕辰、神祇生日等,屆時勾欄露臺弟子與教坊、軍中以及開封府衙的演員一起在人烟稠密、交通要鬧處臨時架設的露臺上演出雜劇百戲,引起萬人聚觀、城市空巷。在這種以市民為觀眾的演出中,雜劇藝術的發展也日益受到市民階層審美趣味的影響。

勾欄雜劇的演出可以不受限制,對於演出的內容可以自由選擇,由於他們活動於民間,熟悉下層人民的生活,因而所表現的內容也多是反映了民眾

汴京雜劇女藝人丁都賽雕磚/磚高28公分,寬8公分,厚3公分,色青灰,平面淺浮雕。

宋張擇端《清明上河圖》汴京街市説唱/此為街市十字路口一角,於一敞臉店鋪檐下,立一叢髻老者,似在表演說唱漁鼓類節目,周圍叢立聽者,勾肩搭背,環繞不去。

宋張擇端《清明上河圖》汴京街市說唱／此為街市一隅，一席棚之下，環設條凳，聽衆挨坐，圍繞一據桌而坐持扇老者，聽說唱評書。

的觀點；它的表演方式可以隨意發揮，非常詼諧活潑。這對於宮廷雜劇來說是根本不可能辦到的。宮廷雜劇總是受到各種封建禮儀和倫理道德的束縛，演出很不自由。例如當時屢有禁止以先聖先師為戲的情況出現，又《東京夢華錄》卷九"宰執親王宗室百官入內上壽"條載："內殿雜戲，爲有使人預宴，不敢深作諧謔。"從中也可以窺見平時演出時會有其他種種避諱和講究，這就捆住了藝人們的手腳，使他們的才能得不到最大限度的發揮。正是由於勾欄雜劇具有自己的優越性，它才在民間日益發展，對於宋雜劇表演方式的不斷成熟，對

河南溫縣北宋墓雜劇雕磚／共5塊，各雕一個雜劇角色，凸面浮雕。磚色青灰。出土情況不明。藏河南省溫縣文化館。

於後世更加進步的戲劇形式的出現，起到了極大的推動作用。

臨安雜劇的繼承

靖康之變後，宋室南渡，京師和中原一帶百姓也大批向南方移民，流寓臨安的伎藝人又仿照汴京之制，創立瓦舍勾欄進行演出。從此，臨安又開始了類似於汴京的那種雜劇伎藝演出的繁榮，而且愈演愈烈，"直把杭州作汴州"，一直到南宋滅亡。

臨安市肆雜劇演出的活躍，首先可以從宮廷不設教坊，臨時"但呼市人使之"的辦法看出來。宮廷需要雜劇演出，就去"和雇"瓦舍裏的藝人前來承應，"乾淳教坊樂部"裏就有"和雇"的雜劇演員30人。宋代西湖老人《繁盛錄》說，臨安北瓦中的一座蓮花棚勾欄"常是御前雜劇：趙泰、王芙喜、宋邦寧、何宴清、鋤頭段子貴"。這些勾欄演員都是經常被宮廷"和雇"在皇帝面前演出的。其次，臨

安市肆各種伎藝紛紛組建社團，其中就有專門的雜劇社團。例如周密《武林舊事》卷三"社會"條所載二月八日霍山桐川張王廟會，就有雜劇社團"緋綠社"參加。

　　南宋雜劇的另外一個興盛地區是蜀地。蜀地雜劇被當時人稱作"川雜劇"，演出水平很高，頗有值得稱道的劇目及演員。川雜劇的演出與臨安一樣已經具有了相當的水平，另外，其演出形態也與臨安雜劇接近。

　　南宋雜劇在演出結構上較北宋有所發展，即由兩段結構改爲三段結構，又在後面添上了一段雜扮表演。雜扮在北宋時是一種與雜劇相類似的裝扮表演技藝，大致是裝扮爲鄉巴佬兒弄乖裝傻來逗樂取笑，進一步發展就成了裝扮各類人物。大概雜扮的故事性不如正雜劇那麼強，主要著重點在於模仿表演。南宋以後，開始把雜扮作爲雜劇演出的"散段"，放在雜劇後面演出，使之成爲雜劇表演結構中的一部分。所謂"散段"，就是在正式演出過後，留一個餘頭來滿足觀眾的餘興，類似於後來元雜劇正劇結束以後補充表演的"打散"。其表演形式也較雜劇爲簡單。

　　南宋雜劇三段演出的內容仍然是互不相連的，這就限制了它

朝向南戲那樣演出一個完整的長篇故事的方向發展。儘管南宋雜劇已經開始上演諸多富有故事內容的劇目，但它無法像南戲那樣在舞臺上充分展開情節。這一點，從南宋雜劇仍然與眾多其他技藝一起夾雜於宮廷宴飲節次裏演出的事實可以推測出來。

金代雜劇

　　當北宋雜劇在汴京一帶蓬勃發展的時候，北部由女真部落組成的大金國逐漸強盛，於1122年滅遼，1127年滅北宋，擁有了北半部中國的大片國土。從此，北方雜劇的發展中心北移到金朝統治區域內。由於來源途徑的不同，金代雜劇形成兩個系統，一是由遼、宋宮廷雜劇承襲而來的燕京雜劇，一是由汴京地區民間雜劇流播而來的河東(今山西南部和河南北部地區)雜劇。

河南滎陽東槐西村北宋墓石棺雜劇雕刻／1978年出土。石棺係用整塊青條石雕鑿而成。棺蓋有"紹聖三年"(1096年)銘文，棺主爲朱三翁。棺左側外壁陰線刻棺主夫婦並坐桌後宴飲，前有雜劇演員4人在表演一場世俗戲劇。

山西稷山馬村3號金墓雜劇雕磚／墓於1978年發掘，爲磚砌仿木結構，其南壁半圓浮雕雜劇人物5人，一字排列站立。

山西稷山苗圃1號金墓
雜劇雕磚／墓於1978年
發掘，爲磚砌仿木結
構，其南壁半圓浮雕雜
劇人物4人，其中左側
第三人副淨色咧嘴嘻
笑，表情十分生動。

金雜劇堂會演出的文物形象留存
得很多，集中出土於山西省稷山縣馬
村段氏家族墓地、苗圃墓地、化峪鎮
墓地的金代墓葬群。1978～1979年
間，山西省文物管理委員會在這裏先
後發掘金代墓葬15座，其中9座都鑲
砌有雜劇雕磚，其建造年代在金大定
至承安間(1161～1200)。這一批墓葬
都是仿木結構磚雕墓，墓室四壁一般
都用青磚雕出柱額、斗拱、屋檐等建
築形狀，而四壁共同組成一個擁有前
後廳堂、左右廂房式的四合院内天井
環境。各墓北壁大多雕出墓主人夫婦
端坐堂屋正中，有的前面設有宴席，
而朝南看戲。南壁則於前廳背面排列
雜劇藝人進行演出。這種墓葬雕刻式
樣的出現應該是當時家庭雜劇演出習
俗極其興盛的反映，演出的地點可能

是在前廳裏，也有可能是在天井中(後
世有這兩種演出形式的文獻記載和文
物遺存)。堂會雜劇雕磚墓葬的成批出
現，反映了金代河東大量雜劇演員的
存在。而這些演員在農村的演出極受
當地觀衆的喜愛，他們的演出場面才
能被砌入墓葬，成爲神主的永久陪
伴。

山西省侯馬市出土的金代董氏墓
則是河東地區的另外一種雜劇演出形
式——神廟祭祀演出。侯馬董墓於
1959年1月出土於牛村古城南，墓室
方形，邊長約300公分，高約400公
分，磚雕仿木結構，四壁遍滿雕刻，並
於北壁上方屋檐之上砌出磚雕戲臺模
型一座，内有5個彩繪磚質戲俑。由
墓志可知，該墓建於金泰和八年(1208
年)到大安二年(1210)之間。從侯馬

董墓戲臺模型的樣式來看，應該是依據當時神廟戲臺的建築形制雕造，這從晉南保存至今的金、元戲臺可以得到印證。更重要的是，董墓戲臺模型和雜劇演出俑的位置不是像稷山金墓那樣置於墓主神像的對面——南壁正中，而是砌於北壁上方，正在墓主人夫婦神主雕像之上！若依據常理來説這是悖禮的，然而或許正因爲此類演出本爲娛神而非娛人，有著比世俗觀賞更爲崇高的目的，因此戲臺模型才被給予了特殊的尊重。與董氏墓相隔幾十公尺出土的侯馬104號金墓，墓室結構與董墓相同，墓主夫婦雕像與董墓同模，其中也有一座磚雕戲臺模型，形制也與董墓完全一樣，其中的4個磚俑也與董墓的同模。只是它鑲砌於墓室南壁墓門上方，但其性質與董墓是一樣的。

雜劇發展到金代以後，開始了其由北宋的滑稽科諢小戲向元代的演唱完整大套曲子轉化，在演出形態上已經較之北宋雜劇有很大的進步，晉南金代墓葬雜劇雕磚提供了實例。山西省稷山縣馬村金代雜劇雕磚墓群裏，有三座墓皆雕出了伴奏樂隊。以之與

宋雜劇雕磚樂隊的位置安排相比較，可以看出一個重大的變化，即稷山墓中已無一例外地將樂隊安置在雜劇演員身後，與元代忠都秀壁畫所顯示的雜劇作場形式完全相同，反映了金代雜劇體制已經開始向歌唱爲主過渡。因爲雜劇表演中唱的比重加強，它與樂器伴奏的關係日益密切，樂隊的重要性就突出了，不但成爲雜劇演出裏必不可少的組成部分，而且成爲必須與演出人員一起登場的表演主體，以便能夠與演員的表演和歌唱達到和諧的配合。儘管從雕磚形象中，我們尚不能估計其歌唱的情景究竟怎樣，但從前排表演、後排伴奏的場景看，歌唱在其中占有遠較北宋雜劇中更爲重要的位置，這一點却是可以肯定的。

稷山馬村雜劇雕磚墓的建砌時間大約在金世宗、章宗時期，距離北宋40～80年，從其樂隊設置可以看出，滑

稽科諢小戲向歌舞大戲的過渡正在進行。宋雜劇歷金代而轉化爲元代的北曲雜劇，其音樂方面主要是受到諸宮調的影響，而恰在金章宗世，諸宮調的創作發展到了頂峰。這些跡象表明，平陽雜劇開始吸收諸宮調的歌唱體制，逐漸改變自己的演出形式，這個歷史的轉折發生在金章宗時期，是完全有可能的。

但是，稷山墓葬雕磚也證明了其時北曲雜劇一人主唱的體制尚未確立，它的角色排列方式仍然接近於北宋雜劇雕刻，無論有無伴奏樂隊，都沒有發現主唱者的明顯痕跡，甚至常

常是副淨、副末等角占據了中間位置。它表明，當時山西平陽雜劇演出的重點仍然在於滑稽調笑，以歌唱爲主的正劇大戲的完善尚有待時日。值得注意的是，侯馬金大安二年(1210年)董氏墓舞臺模型戲俑，已經是紅袍秉笏、身扮官員的角色居中站立，而副淨、副末侍立兩旁，其排列形式極其類似元代文物形象，只是由於雕造省簡的緣故，後面未出現樂隊。大安二年爲金衛紹王二年，也就是離章宗的朝代後錯兩年。董墓這種角色排列法是否意味著正末主唱體制的開端？

宋金雜劇的體制

演出結構

北宋雜劇演出的結構體制較唐、五代優戲有所發展，例如它已經不是像前者那樣僅僅進行一段即興式的隨意表演，而有其演出結構上的定制，即通常有兩段互相接續的演出：一場"艷段"和一場"正雜劇"。南宋灌圃耐得翁《都城紀勝》"瓦舍眾伎"條説，雜劇演出的規矩是："先做尋常熟事

一段，名曰'艷段'；次做'正雜劇'。通名'兩段'。"所謂"艷段"，就是開場引子的意思，先演出一段比較簡單的雜劇段子。"正雜劇"顧名思義就是正式演出的雜劇。

角色行當

行當制是中國戲曲獨特藝術精神的特徵之一，其奠基則起自宋雜劇。唐代參軍戲裏雖然也出現了參軍、蒼

山西垣曲金雜劇雕磚／出土於山西省垣曲縣坡底村，一共4塊，凸雕5人，皆凸目，稚拙可愛。藏山西省運城地區河東博物館。

鶻的準角色，但並不出現在所有優戲裏。其所裝扮的人物類型僅限於一定的範圍以內，例如參軍只演假官，蒼鶻只演僕從，其角色職能還不夠完善，所能表演的社會內容範圍也很窄，因而只可以視作正式戲劇角色的雛型。宋雜劇通常有5個角色，其中有末泥、引戲、副淨、副末，有時還增添一個裝孤，而以"末泥爲長"。《都城紀勝》說："雜劇中末泥爲長，每四人或五人爲一場……末泥色主張，引戲色分付，副淨色發喬，副末色打諢，又或添一人裝孤。"

音樂結構

雜劇出場時有器樂伴奏，稱爲"斷送"。《都城紀勝》說雜劇演出中：

"其吹曲破斷送，謂之把色。"意思是"把色"在雜劇開場時要先吹奏樂曲曲破來爲雜劇演員上場進行"斷送"。今天出土的宋金墓葬雜劇雕刻裏，有些出現了配器完整的樂隊，例如河南省禹縣白沙鎮沙東宋墓和溫縣前東南王村宋墓雜劇磚雕，各出現一支由6～7人組成的伴奏樂隊，四川省廣元縣〇七二醫院宋墓雜劇石刻，就在一塊石面上既雕出表演者，又雕出樂隊。

南宋雜劇已經將音樂成分大量引入自己的體制。周密《武林舊事》所載"官本雜劇段數"280本裏，半數以上都配有大曲等曲調名字。事實上，"官本雜劇段數"裏，正雜劇配合曲調演出的很多，而艷段、雜扮劇目則基本不配曲。

河南禹縣北宋墓大曲壁畫／1951年發掘於河南省禹縣白沙鎮。大曲壁畫繪於前室東壁闌額下，共繪女樂11人立於帷帳下，一人起舞，餘人奏樂器大鼓、杖鼓、拍板、觱篥、笛、笙、排簫、琵琶。

河北張家口1號遼墓大曲壁畫／1971年發掘於河北省張家口市宣化區下八里村。其前室東壁繪大曲圖，共12人，一人舞蹈，餘人奏大鼓、杖鼓、拍板、觱篥、笛、笙、排簫、琵琶。

南宋雜劇裏加入了歌唱，這一點見諸史籍。吳自牧《夢粱錄》卷二十"妓樂"條在講述雜劇表演形態時，說到"唱念應對通遍"，亦即南宋雜劇表演有唱有念，這一點是對北宋雜劇的發展，或許是受到了南戲的影響。"官本雜劇段數"裏存在著眾多的配曲段子，這些段子所採納的音樂旋律無論是大曲還是流行詞調，其中都會要求運用歌唱手段來表現。還有一個證據。

周密《武林舊事》卷三"社會"條裏有"緋綠社，雜劇"一條記載，意即在臨安的眾多社團裏，緋綠社是表演雜劇的團體。而《夢粱錄》卷十九"社會"條記有"豪富子弟緋綠清音社"，灌圃耐得翁《都城紀勝·社會》還說："豪貴緋綠清樂社，此社風流最盛。"緋綠社演雜劇，被稱爲"清音社"或"清樂社"，可見它是以歌唱知名的。

表演

宋雜劇的表演與唐、五代優戲一樣，仍然以滑稽調笑式的短劇爲主。灌圃耐得翁《都城紀勝》說，雜劇"大抵全以故事世務爲滑稽，本是鑒戒，或隱爲諫諍也，故從便跣露，謂之無過蟲"。這類演出通常都是先表演一段故事，然後由滑稽角色發一科諢，一語點題，造成滑稽的感覺，逗人發笑。宋雜劇演出的基本目的是逗笑，如果達不到讓觀者發笑的目的，演出就告失敗。這一點，可以從下引資料

河北張家口6號遼墓大曲壁畫／1993年發掘於河北省張家口市宣化區下八里村。其前室西壁繪大曲圖，共8人，一人舞蹈，餘人奏大鼓、杖鼓、琵琶、笛、笙、觱篥、拍板。

山西平定西關村１號金墓雜劇壁畫／1994年發掘，磚雕仿木結構墓，於東壁彩繪雜劇圖一幅，上有4人作場，一人擊鼓伴奏。

裏看得很清楚："東坡嘗宴客，俳優者作技萬方，坡終不笑。一優突出(突然出場)，用棒痛打作技者，曰：'内翰不笑，汝猶稱良優乎?' 對曰：'非不笑也，不笑，所以深笑之也。' 坡遂大笑。蓋優人用坡《王者不治夷狄論》云：'非不治也，不治者，所以深治之也。'"(宋楊萬里《誠齋集》卷一四〇"詩話")觀者不笑，説明演員技藝不強，因而北宋的雜劇表演以製造強烈的笑料爲旨歸。上述文字裏的優人，爲了達到目的，甚至還研究並掌握了具體觀者(蘇軾)的心理，最終還是獲取了成功。

　　金代雜劇仍然以滑稽調笑爲主要目的，其表演最重三類演技：念誦、筋斗、科泛。夏庭芝《青樓集·志》曰："國初教坊色長魏、武、劉三人，魏長於念誦，武長於筋斗，劉長於科泛。"這三類演技都主要集中在副淨身上，因而陶宗儀《南村輟耕錄》卷二十五

"院本名目"條説："其間副淨有散説，有道念，有筋斗，有科泛。"其中，念誦表現的是口才，念詩誦詞，唇天口地，花言巧語。打筋斗的表演在宋雜劇裏似乎不占明顯地位，到金代雜劇裏發展了筋斗、顛撲一類武功戲，成爲元雜劇綠林戲表演經驗的來源。科泛指表演技巧，包括趨蹌、做嘴臉、打哨子等。

山西侯馬金代董墓雜劇雕磚及戲臺模型／於北壁屋檐上磚雕戲臺一座，面寬65公分，進深18.5公分，高101公分。臺面安放5個磚雕戲俑，繪彩，高19.4～22.1公分不等。

宋金雜劇角色裏的引戲是由舞蹈表演的舞頭轉化而來，在雜劇開場時首先登場舞蹈，其舞姿在文物形象裏保存很多。只是這種引戲舞蹈，還沒有與戲劇本身的表演融合在一起，只是作爲一種開場形式而存在，當戲劇表演開始時，舞蹈就退場了，因此它只是作爲外在的成分而出現在雜劇裏。

劇本內容

南宋周密《武林舊事》卷十收錄了南宋的"官本雜劇段數" 280種，元代陶宗儀《南村輟耕錄》卷二十五"院本名目"條裏記載有金元院本(院本即雜劇)劇目690種。從這些劇目中可以考見的情節來看，宋金雜劇的內容已經包含了衆多歷史和傳說中的人物故事，神話志怪故事，文人仕女的愛情傳奇，以及世俗生活故事等等。除了這些記載以外，還有一些雜劇演出的情況零星見於當時人筆記。

唐代以前，看不到優戲演出的劇本，當時優人通常都是進行即興演出，不需要劇本。北宋以後，隨著雜劇表演形式的發展，人們開始進行劇本創作。《宋會要輯稿·樂五·教坊樂》曰："真宗不喜鄭聲，而或爲雜劇詞，未嘗宣布於外。"灌圃耐得翁《都城紀勝》"瓦舍衆伎"條說："教坊大使在京師時，有孟角球，曾撰雜劇本子。"教坊大使職掌宮廷裏的雜劇演出，而且宋代許多教坊大使都由雜劇演員充任，因此由他撰寫雜劇劇本是很自然的事。宋真宗趙桓以皇上之尊，也參加雜劇劇本的寫作，則是當時宮廷雜劇演出十分興隆，並成爲宋真宗個人愛好的反映。劇本的出現使戲曲從此脫離臨場的即興式表演而走上文學化的道路，改變了以前優戲創作的程序——通常是在一個大概的思路指導下的臨場發揮，而必須遵循一定之規，按照劇本所規定的情境進入角色，唱詞、說白都會有具體的要求，雖然即興發揮的機會仍然很多，但是不可能由著演員的性子任意馳騁了。既然有了劇本，就需要事先排練，這對於雜劇演技的提高也有推動。

河南修武大位村金墓雜劇雕磚／1992年發掘。墓爲六邊形，磚砌仿木結構，於東北壁鑲砌一組5塊雜劇磚雕，皆凸面浮雕，高22.5～27.7公分不等。此爲副末角色，幞頭諢裏，袒胸露腹，一手拇指和食指放在口中打嗯哨，這是副末角色的慣常動作。

木偶戲與影戲

宋代一些特殊的戲劇樣式有了進一步的發展，木偶戲則達到了其歷史上的最興盛階段；一種新型戲劇樣式——影戲，又在這其間誕生並走向繁榮。

木偶戲的繁盛

木偶戲在唐代已經出現，而其全盛時期是在宋代。從兩宋筆記掌故著作裏可以看到，當時民間的瓦舍勾欄伎藝演出，木偶戲占了很重要的一項，而以木偶戲伎藝謀生的藝人有很大的數量。木偶戲表演受到市民觀衆的歡迎，例如孟元老《東京夢華錄》卷五"京瓦伎藝"條說："枝(杖)頭傀儡任小三，每日五更頭回小雜劇，差晚看不及矣。"這是日常的勾欄演出，另

宋李嵩《骷髏幻戲圖》/
李嵩為南宋畫院待詔，
多有風俗畫傳世。此圖
繪一大骷髏以數絲懸吊
一小骷髏作劇，是當時
市井木偶演出場景的摹
擬。

外每年元宵節還有成批的傀儡舞隊，周密《武林舊事》卷二"舞隊"條即載有"大小全棚傀儡"，吳自牧《夢粱錄》卷一"元宵"條也說有"二十四家傀儡"。

木偶戲也成為宮廷宴樂演出裏的常設節目，《文獻通考》卷一四六載，宋代宮廷樂部機構雲韶樂里，就有樂工人額"傀儡八人"。這些木偶樂伎的執掌是在宮廷宴會上進行表演。

木偶戲在民間則被用來祭神，《夢粱錄》卷十九"社會"條記杭州衆多行社參加神廟祭祀，其中就有"蘇家巷傀儡社"。另外宋代朱彧《萍洲可談》卷三更是記錄了一個具體的例子："江南……又以傀儡戲樂神，用禳官事，呼為弄戲。遇有係者，則許戲幾棚。至賽時張樂弄傀儡。"這種利用木偶戲還願謝神的演出，後來成為木偶戲最重要的活動方式。

觀衆的歡迎和頻繁的演出，促進了木偶戲種類的發展。宋代木偶戲的品種，見於記載的有五種之多，如《武林舊事》卷六"諸色伎藝人"條曰："傀儡：懸絲、杖頭、藥發、肉傀儡、水傀儡。"這五種木偶戲，當時都非常盛行，但後世却以懸絲木偶和杖頭木偶的演出最爲普遍，一直到今天仍然是常見的木偶戲演出形式。

　　懸絲傀儡即提線木偶，其來源古老。北宋汴京勾欄裏著名的提線木偶藝人有"懸絲傀儡張金線"，南宋臨安勾欄裏又有"懸絲傀儡盧金線"。以"金線"稱呼藝人而作爲藝名，是由於以線提弄木偶技巧純熟的緣故。《夢梁錄》卷二十"百戲伎藝"條評價懸絲木偶藝人的技巧說："如懸線傀儡者，起於陳平六奇解圍故事也。今有金線盧大夫、陳中喜等，弄得如真無二，兼之走線者尤佳。"其中藝人也以"金線"稱。

　　杖頭傀儡即用木竿操縱的木偶，演出時需要帳帷一幅，把觀衆和操縱者隔開，戲弄人將其舉於頭上進行表演。宋代勾欄裏杖頭木偶同樣受到極大歡迎，《東京夢華錄》卷五說，杖頭傀儡任小三每天清晨五更就開始演出。又《夢梁錄》卷二十"百戲伎藝"條說："更有杖頭傀儡，最是劉小僕射家數，果奇。"劉小僕射是南宋臨安勾欄裏表演杖頭木偶最爲出色的代表。

　　藥發傀儡顧名思義，應該是用火藥發動作爲助推力來幫助木偶動作的。《都城紀勝》把它歸入"雜手藝"一類："雜手藝皆有巧名：……燒烟火、放爆仗、火戲兒、水鷄兒……藥

法傀儡……"從其他"雜手藝"項目都是弄巧伎來看，這種推論大概不會相去太遠。《東京夢華錄》卷六有"李外寧藥法傀儡"的記載。

　　肉傀儡是小兒騎在成人身上裝扮成木偶進行的表演。《都城紀勝》"瓦舍衆伎"條說："肉傀儡，以小兒後生輩爲之。"《武林舊事》卷六"諸色伎藝人"條裏有"張逢喜：肉傀儡"、"張逢貴：肉傀儡"，點出了臨安兩位著名肉傀儡藝人的名字。肉傀儡的演出形式一直沿用到今天，福建沙縣的"肩膀戲"、四川和"大木腦殼"木偶同臺表演的幼童乘肩戲都是例子。

　　水傀儡是利用水流作動力的木偶戲。水流可以發動機關，便於製造工巧的機械裝置。吳自牧《夢梁錄》卷二十"百戲伎藝"條說："其水傀儡者，有姚遇仙、賽寶哥、王吉、金時好等，弄得百憐百悼。兼之水百戲，往來出入之勢，規模舞走，魚龍變化奪真，功藝如神。"

　　上面提到的五種木偶戲形式，不全是作故事表演的，如其中的藥發傀儡只是一種技巧，肉傀儡大概也只有舞蹈身段表演，而水傀儡則以百戲雜技內容爲主。只有懸絲傀儡和杖頭傀儡兩種，是模仿現實戲劇，進行有完整故事情節表演的形式。其演出的內

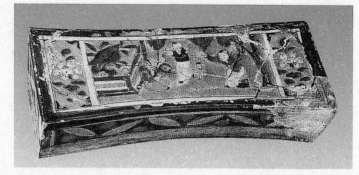

河南濟源宋三彩瓷枕懸絲傀儡圖／1976年出土，通體施以綠釉，間以黃釉和褐紅釉。枕面長48.8公分，寬18公分，繪三嬰，一執懸絲偶人耍戲，二執笛、鼓伴奏。

山西繁峙岩上寺金壁畫影戲圖／位於岩上寺南殿東壁。繪一嬰兒於立起的影屏後耍弄兩個挑於杖頭的影人，影屏前面有3個兒童正在觀看談論，旁另有一嬰孩亦在雙手耍弄兩個杖挑影人，頭歪向影屏一旁，似在模仿表演。地面放有一鼓，大概爲影戲伴奏樂器。

容廣泛，傳奇性强，具有極大的吸引力。

影戲的産生

影戲形成於宋代。高承《事物紀原》卷九"影戲"條説："宋朝仁宗時，市人有能談三國事者，或採其説，加緣飾作影人，始爲魏、吳、蜀三分戰爭之像。"説得很具體：在宋仁宗朝，有人爲了使説書形象化，創作了"影人"，於是以三國故事爲題材的影戲就産生了。

大概在宋仁宗朝以後，北宋京城汴梁已經盛行影戲，爲市民觀衆所喜好，其内容則以三國故事爲本。

宋代的影戲分爲手影戲、紙影戲和皮影戲幾種。手影戲是用手指造型投影的遊戲，屬於最簡單的影戲種

類，它的表現力受到很大局限，表演内容也受到很大的限制，所以不是影戲的正宗。紙影戲和皮影戲，《都城紀勝》是這樣説的："凡影戲乃京師人初以素紙雕鏃，後用彩色裝皮爲之。"稍後的《夢粱錄》卷二十"百戲伎藝"條進一步發揮説："弄影戲者，元汴京初以素紙雕簇，自後人巧工精，以羊皮雕形，以彩色妝飾，不致損壞。"這兩種用紙或皮做成影人，由藝人操縱影人進行表演的影戲，才是真正的影戲。從中我們還可以知道，最初的影人是用不上色的紙做的，後來改進了工藝，變成皮影。皮影的好處是堅固耐用，羊皮的透明度又比紙高，可以繪成彩色的人像，增加表演的娛目性，因此後來皮影成爲影戲的主要種類。羊皮薄而不韌，又有用牛皮、驢

皮的。不過，紙影也一直延續下來，明清還時常見到紙影戲的演出。

影戲演出在北宋後期已經非常興盛。汴京元宵節時，每一坊巷口都設立影戲棚子，進行演出。南宋影戲的發達，使雕刻影人成爲專門的職業，並且出現了"社"的組織，如周密《武林舊事》卷三"社會"條裏有"繪革社"。

可貴的是，宋代無名氏《百寶總珍》"影戲"條爲我們留下了當時影戲戲箱具體內容的記錄：

大小影戲分數等，水晶羊皮五彩裝。自古史記十七代，注語之中子(仔)細看：影戲頭樣並皮脚，並長五小尺。中樣、小樣，大小身兒一百六十個。小將三十二替(屉)，駕前二替(屉)。雜使公二，茶酒、著馬馬軍，共計一百二十個。單馬、窠石、水、城、船、門、大蟲、果卓(桌)、椅兒，共二百四件。槍、刀四十件。亡國十八國，《唐書》《三國志》《五代史》《前後漢》，並雜使頭，一千二百頭。

這一個戲箱的容量真是驚人，包括了表演宋前十七史所有故事的影人造型1200個，僅將帥造型就有32屉，這在後世影箱裏是絕對找不到的，它反映了宋代影戲所達到的高度表現力和繁盛度。但也只有如此，影戲才能夠真正隨心所欲地表演當時講史所包括的一切內容。從這條記載裏還知道，當時影戲演出中還運用了豐富的場面布景和道具，如城、船、門、桌、椅、水、窠石等，又有動物形象如馬、虎的出現。這些輔助了影人對豐富複雜社會生活的表現。

宋人繪《百子嬉春圖》／無名氏作。圖繪嬰戲場景滿幅，內容有拂琴、舞獅、耍木偶、放風箏、弄影戲等。其中獅舞上方，豎立一幅巨大的影屏，下坐一兒手持影人正在舞弄。對面有觀看嬰童爲之雀躍。

第五章

詠嘆人生的宋元南戲

九流十折，峰迴路轉，最終境界是海天面貌、極頂風光。經過秦、漢以來的悠久積累，經過唐、五代以來的長期醞釀裂變，一種蘊有極大生命力的南方民間小戲在北宋開始悄悄孕形，兩宋之交時忽如出水芙蓉，亭亭玉立，頓令北宋雜劇無光、南宋雜劇失色，歷史上第一種成熟的戲曲形態——南戲出現了。

南戲的興起和發展

南戲的興起

南戲是中國戲曲達到成熟程度後的第一個標誌，它具有比較完備的大型體制和結構，又是一種與唐、五代優戲和宋雜劇完全不同的新型戲劇樣式。南戲形成於浙江南部的溫州一帶地區，是一種在吳越文化領域裏形成的戲劇樣式。

晚唐以後藩鎮割據，為僻處江浙一帶的割據政權提供了發展優戲的環境，吳國、南唐和吳越都成為當時的優戲活動中心。宋朝統一以後，吳越一帶的優戲在遠離中原、與汴京雜劇難以交流的情況下，逐漸自發地走上了南曲演唱之路，形成與汴京雜劇不同的載歌載舞的表演路數。其實，東南地區戲劇發展的這種歌舞趨勢，早在中唐時期已經有所顯露，那就是與長安宮廷參軍戲不同的陸參軍的出現。唐代從揚州到杭州都是陸參軍的活動地區，而這一

宋無名氏《大儺圖》／絹本，設色。舊題《大儺圖》，但根據其畫面內容，當為迎春社火舞隊圖。其中人物都扮為鄉民，頭上簪戴梅花、柳葉、松枝、雀翎和蝴蝶、雪蛾等物，手持簸箕、掃帚、水瓢、炊帚、糧斗之類道具，以及樂器，邊走邊舞。

帶後來成爲吳、南唐和吳越國的統治地區，所以這裏具有優戲傳統的淵源，而其特點在於對戲劇體制中歌唱成分的重視。

經過了北宋的長期成型階段，在12世紀初葉的南、北宋之交時，南戲終於形成於南方的浙、閩交合地區，並且以溫州作爲其據點，很快繁衍開來。大約在南宋中期，南戲有了一個比較大的傳播，向北傳入了杭州，向南傳到了閩南，向西傳入了江西，南戲成爲一個足跡遍布浙江、福建、江西的聲腔劇種。

南戲的發展

元朝統一中國後，由於北方政治文化勢力的南下，元雜劇迅速占領了南方諸多文化陣地，並深入到江、浙、閩等南戲的基地。這造成對南戲的極大衝擊，削減了其發展的勢頭。但是，南戲並沒有停止在當地民間的發展，它的活動遺跡仍然隨時可見。它更以自身深厚的文化底蘊逐漸爭得了北方人的喜愛，於是，一旦元代後期中央皇權失控的局面形成，它就利用南方人民的反元情緒，趁時而起，迅速實現了繁榮。

南戲的重新興盛是順帝時期的事，明人徐渭《南詞敘錄》說元代戲劇的發展情形：「順帝朝，忽又親南而疏北，作者猥興。」元順

帝是元朝最後一個皇帝，此時元朝的統治已經進入末路，漢人反抗的戰亂已起，因而此時的南戲勃發，或可說是有漢人的民族之思在爲之作助。於是，南戲的發達時期來到了，出現了衆多的作者與作品，今天知道的「荊、劉、拜、殺」四大南戲劇本，以及有元代存本的《宦門子弟錯立身》和《小孫屠》南戲劇本，大都成於此時。南戲在當時文人匯聚的南方第一都市杭州，已經大有市場。例如《宦門子弟錯立身》署有「古杭才人新編」，《小孫屠》標明「古杭書會編撰」，都顯示了南戲在杭州的勢力，同時還告訴我們，杭州這時已經出現了類似於南戲產地溫州「九山書會」那樣的民間劇社。這時一些文人也開始參與南戲創

宋無名氏《百子戲劇圖》／爲一扇面畫，繪一庭院欄杆間空場，有諸多嬰孩在進行種種模仿戲劇和社火的表演，氣氛熱烈，形象生動。

民國山西剪紙《貂蟬女》／出自民間藝人手。王允為殺太師董卓，施美人計，先將貂蟬許給呂布，又將貂蟬獻給董卓。呂布不堪，與貂蟬調情，董卓怒不可遏，提矛刺之。

作，例如杭州人蕭德祥，"凡古文俱隱括為南曲，街市盛行，又有南曲戲文等"(鍾嗣成《錄鬼簿》)。另外一位杭州名士沈和則創"南北調和腔"，嘗試將南曲和北曲結合演唱。這不能不是南戲本身壯大的結果。

就在這種南戲勃發的時代背景下，溫州人高明寫出了千古名作《琵琶記》，奠定了元代南戲的歷史地位。

南戲的演出結構

南戲具有完整和獨立的長篇演出結構，與宋雜劇的分段演出以及表演與其他伎藝相穿插不同，它以在舞臺上表現完整人生故事為目的，每次演出以一個完整故事的展現為起訖，表演具備單純的戲劇性質，而不和其他伎藝表演相混合，在戲劇發展過程中有時出現一些伎藝表演必然與劇情有著某種聯繫。

開 場

宋代南戲的開場，從《張協狀元》看，是先由副末登場，念誦兩首詞文吸引觀衆，交代前因後果，這種形式在元代以後固定下來。但是，副末接著又說唱了一大段諸宮調，內容就是張協的故事，説到驚險處打住，再喊生角登場，重新開始。這段諸宮調表演，卻又明顯透示出勾欄雜劇與其他衆多伎藝交替登場的痕跡。接下來又借鑒了宋雜劇艷段踏場的路數，由登場的主角生先踏場舞蹈一番，並與"後行"藝人相問答，然後再進入正式劇情。

開場時加添伎藝表演和踏場表演，對於南戲完整的劇情結構來講實際上是一種外在贅疣，它使本來就很

冗長的演出更為臃腫拖沓，顯現出早期南戲廣泛吸收諸種表演伎藝尚未來得及消化提純的原始面貌。到了後來的元代南戲裏，這種開場形式就被逐漸簡化，最終固定為精練明確的副末開場程式。

　　開場以後各場次的設置，主要依照劇情需要安排，當然也照顧到角色行當的勞逸和冷熱場子的調劑，可長可短，隨意性比較大。一個內容段落結束，角色全部下場，就是一場。場次的總數也沒有限定，同樣依據內容來決定，可以是二十幾場，也可以是五十幾場。

線性結構

　　從《張協狀元》看，至少在南宋中期，南戲的演出結構已經形成一定的成功範式。最突出的是運用雙線和多線展開的手段來處理複雜的情節內容，使之始終牽引住觀眾的視線。具體說就是：男女主角最先分別上場，用唱曲、說白和念詩的手段交代清楚

各自的情形、處境和心境，為後面的矛盾展開和情節發展奠定基礎，然後場景就按照雙線延伸。例如張協先上場，說明他的書生身分和正在準備進京趕考，然後說做了一個被老虎追趕的夢，為後來的赴考途中被強人搶劫、遭遇貧女埋下伏筆。張協下場後貧女接著上場，表明她的貧困處境與

江西鄱陽南宋洪子成墓南戲瓷俑

民國浙江東部窗花《秦太師東窗事犯》

清蘇州女衣刺繡《蘇武牧羊記》   召君懷抱琵琶出塞和番，下
部即繡蘇武出使匈奴被留而牧

愛情企盼。以後的情節就按照張協與貧女兩條線索分別展開，遞相發展，到一定的時候合爲一處。當最初張協與貧女交叉上場的時候，兩條線索之間並沒有必然的聯繫，在觀衆心目中形成疑竇和懸念，引起關切劇情發展的心理期待，這樣，劇情就可以自然往下延伸了。這種雙線結構範式的確立，既是南戲生、旦主角體制的必然舞臺呈現，也是演示男女愛情傳奇主題的自然形式結果，因而它成爲後世南戲的一定不變之法。

然而，社會生活的運行事實上並不呈現爲線狀軌跡，事件往往構成錯綜複雜、彼此交織的網狀結構。南戲對此的處理手段是儘量簡化其橫向聯絡，而強調其縱向血脈。當雙線結構不足以表述生活內容時，就用同樣的手段再增加一條或幾條線索，總之以便於舞臺時空的表現爲宜。《張協狀元》已經透示出這種處理的努力並且取得了效果。《張協狀元》的主線事實上不是兩條而是三條，即另外還有宰相王德用和他女兒的一條線，它的存在爲張協與貧女的關係帶來牽制，但並不沖淡二者的主角地位。這是因爲，劇本在處理上把這條線擺在了次要的附屬地位，其最重要的手法就是將其代表人物的登場時間向後推，使之與主角的登場時間拉開一定距離，它的出現已經不能干擾主線的發展。劇中王德用的女兒勝花出場是在第十三齣，已經在張協與貧女兩條線索匯合之後了。只是，副線的增添也不能夠太晚，否則有可能會出現得太過突兀，《張協狀元》將其放在兩條主線剛剛匯攏時，處理得恰到好處。這説明

在《張協狀元》的時代，南戲已經能夠比較自如地處理錯綜交織的情節線索。線性結構是中國戲曲美學特徵之一，它在宋代南戲裏已經奠定了。

當然，《張協狀元》裏的線索設置不盡合理，還有湊合、勉強的地方，有時顯得累贅。例如爲了接續第三條線，第十五齣由外扮次角宰相夫人，獨自登場歌唱念白一場，就完全沒有必要。其中交代的內容，與前面勝花的出場(第十三齣)和後面夫人、勝花一場戲(第十七齣)重複，推測設置這一場戲的原因，大概只是爲了與張協、貧女一條線構成穿插，同時避免這條線過於潛隱。類似敗筆在其他地方還有，這種缺陷給後世南戲帶來一定的不良影響，造成其場景繁雜瑣碎、過場戲頻仍、演出拖沓冗長的弊病。

在主要由生、旦承擔的劇情主線之外，南戲常常分別穿插了許多由淨、末、丑角充任的插科打諢片段，構成它的一個特色。例如張協想請人圓夢，就有幾個文人狐朋狗友以及後來圓夢先生的科諢，張協入古廟前，就有廟神、判官、小鬼的一場打鬧等。科諢的內容和手段常常借鑒宋

江西景德鎮南宋查曾九墓南戲瓷俑／1973年出土，共出土瓷俑37個。此爲一女俑，頭戴懸帔冠，一手舉廣袖遮唇，嬌羞作態。

南宋畫院繪《眼藥酸》雜劇圖／圖中右一人爲諢角，背插一扇中裂爲二，上書一"諢"字，手持一杖，用以擊打對方。左一人爲賣眼藥者，渾身懸滿眼睛招晃。二人正在互相對場。

雜劇，有時情景符合還可以把宋雜劇段子整段地移入，例如第二十四齣裏一個秀才賴房錢的表演，顯示的應該就是"官本雜劇段數"裏《賴房錢麻郎》的內容。這些科諢穿插有時過於勉強，沖淡了主線，增添了戲劇情節和人物的繁縟，例如狐朋狗友的圓夢就沒有什麼必要，而憑空增加幾個對於全劇無用的人物，分散了劇情和觀眾的注意力。但次角的插科打諢在演出中也有著不可抹殺的作用，一方面他們調劑冷熱場子，用輕鬆熱鬧的戲劇場景沖淡冷淨嚴肅的正劇場景，從而減緩觀眾的神經緊張度和疲勞感，以便於注意力的繼續集中；一方面他們又爲正角生、旦的休息創造了條

件，否則在長達幾十齣的演出中，主要角色會力不敷任的。這種正劇喜劇穿插的演出路數成爲後世南戲和元雜劇的程式，並一直影響到明清各聲腔劇種和地方戲的舞臺面貌，構成中國戲曲的基本風格特徵。

音樂結構

南戲的音樂曲調不是專門設計的，也不是臨時即興發揮的，而全部是利用當時民間流行傳唱的詞曲曲調，其每首詞曲的旋律都是固定的，南戲只是把它們吸收進來，並透過一些手段將諸多曲調組合在一起，讓它們共同來擔負起表現劇情的需要。南戲音樂的這種外在於劇本創作的特性，形成中國戲曲一個突出的特徵，即它的音樂的程式性。當然這種程式性在初期南戲裏還不很明顯，因爲它的曲調組合尚處於初級探索階段，還沒有形成比較固定的規範化旋律，日久以後，對於單首詞曲曲調的連接積累起經驗，逐漸形成一定的串聯程式，就出現了分宮別調的組曲約定，這時

四川廣元南宋墓雜劇石刻／1975年出土。墓爲石砌雙室，東側男墓室兩側壁石板浮雕雜劇演出圖4幅。此石刻兩位官人互相執笏敬揖。

戲曲音樂的程式性就突出了，其最集中的代表還不是南戲，而是元雜劇。

早期南戲的音樂結構比較粗糙，《張協狀元》裏的曲牌組合還看不出什麼明顯的規則，其多個曲牌的前後連綴雖然可能已經有了一定的運用習慣，但還沒有形成固定的內在規律。例如其中最主要的曲牌連綴方式就是同一個曲調的反覆運用，雖然這種音樂結構可能受到大曲音樂裏的相同曲調多遍連唱形式的啟發和影響，但更直接的原因大概還是南戲最初對於整體音樂旋律的統攝力不夠。

南戲在調式上的特點是只有五聲音階，即宮、商、角、徵、羽，不同於北方曲調的七聲音階。早期南戲的樂器有鼓、笙和簫。

在南戲的舞臺表演裏，歌唱成為最重要的手段之一，人物透過歌唱來敘事抒情、表達心境、發展劇情、渲染氣氛。其歌唱角色以生、旦為主，但各個角色都可以開口演唱，歌唱形式主要是獨唱，但也有對唱、輪唱、合唱，有時有數人遞相接唱一支曲牌，還常常由後臺幫腔合唱曲尾，總之對於角色歌唱的安排也是很隨意的。

角色行當

南戲的角色主要分為七種行當，即生、旦、淨、末、外、貼、丑，它們與宋雜劇的角色行當有著一定的聯繫，但並不完全一致。例如其中的生應該與末泥對應，旦與引戲對應而和裝旦有關，淨和末與副淨、副末對應，其他則與宋雜劇角色無關：外角是生角的擴大，貼角是旦角的擴大，丑角則是南戲的發明。丑是一位與淨一樣的花面角色，《南詞敘錄》說他是"以墨粉塗面，其形甚丑"，大概在體形上還有著特殊裝扮。丑與末時時構成一對彼此插科打諢的角色，當丑與淨同臺出場時，它們又共同構成一對裝呆賣傻、互相打鬧的角色，而由末從旁邊攛掇、譏諷、嘲笑他們。這是一種卓有成效的科諢表演程式，為幫助體制龐大篇幅冗長的南戲有效地調劑冷熱場子、改變舞臺節奏、保持戲劇性，

四川廣元南宋墓大曲石刻／1976年出土。墓為兩座，相距150公分，皆石砌雙室。出大曲石刻三石，所出墓室俱已不明。此石高60公分，寬169公分，所刻繪俱女伎，7人執三弦、拍板、笛、手鼓等樂器伴奏，一人舞旋。

南宋畫院繪雜劇圖／繪二雜劇女藝人扮為男子，在街道上相遇而彼此叉手敬揖的情景。右側一人背插一扇，中裂為二，上書"末色"二字，此人應該是副末角色。旁有架子鼓，上放鼓箭和甩子，是伴奏之物。

起到了很好的作用。這種路子形成喜劇科套，曾經在舞臺上長期使用。

七個角色的分工，生、旦只扮演男女主角，其他角色都要裝扮多個配角。早期南戲還解決不好這個問題，例如《張協狀元》裏除了生、旦能夠比較從容地完成人物的性格塑造以外，其他角色所裝扮的人物都成為面目不彰的匆匆過場者。淨先後扮演了13個人物，丑先後扮演了9個人物，末先後扮演了10個人物，淨、末、丑裝扮如此

眾多的人物，根本沒有表現角色的時間和空間，只好大多以自己的行當面目出現，常常是才下場又上場，其人物服飾大概也只是臨時更換些許衣帽而已，何談個性塑造！另外，七個角色的勞逸也不均勻，其中的外、貼兩角都是冷角，前者只扮了張協父、王夫人，後者僅扮了勝花、野方養娘，都是偶一出場，沒有多少戲，與淨、末、丑的忙如車輪相比，他們都未發揮多少作用。這種情況到了元代才逐漸改觀。

南戲的舞臺特徵

早期南戲在它成型的時候，已經奠定了中國戲曲美學特徵的基本範疇，諸如表演上時間與空間過渡的隨意自由性，表現手法的虛擬性，對唱、白、科手段的綜合運用等，即使是表演的程式性，雖然尚需實踐提供進一步的經驗積累，也已經開始孕形。

《張協狀元》裏，運用歌唱、念白和走過場的表演手段，處理劇情中時間與地點的轉移，已經十分得心應手。第二出張協從街上回家，與父親見面，在唱詞中就解決了："(生唱)徐步花衢，只得回家，扣雙親看如何底。(外作公出接)草堂中，聽得鞋履響，是孩兒來至。"第五十齣譚節使和張協的僕人兩個從譚府到張府議事，只有幾句口頭描述和幾步臺步就實現："(末)穿長街。(淨)驀短巷。(末)過茶坊。(淨)扶酒庫。(末)兀底便是了。"最突出的例子是第四十齣，張協自京城經湖北江陵到四川梓州赴任，路途跨越幾千里，只在他(生)與門子(末)、脚夫(丑、淨)四個人的一番對唱、幾個圓場後就完成了。這種舞臺時空處理手法，實在是南戲的一個重大建樹，它確立了中國

戲曲表演時空自由的美學原則，這一原則成爲後世承襲千年而行之有效的戲曲舞臺手段，又轉化爲中國戲曲舞臺最本質的審美特徵。

《張協狀元》中對於虛擬手段的運用也比比皆是，主要有擬聲音和擬動作兩種。例如第三十五齣有這樣的表演："(淨)泓!(閉門介)"淨用虛擬動作表現關門，而用嘴模擬門在閉合時所發出的聲音。其動作模擬令人想起後世戲曲舞臺上的類似表演。第四十四、四十五齣還有兩段宰相王德用騎馬趕路和下馬的模擬表演，演員一邊做騎馬、下馬的虛擬動作，一邊用嘴

清惠山泥塑《朱買臣休妻記》／朱買臣新任會稽太守，遇舊妻攔道，朱想起以前貧窮時被妻子逐出場景，拒絕相認。藏蘇州市博物館。

四川廣元南宋墓雜劇石刻／1975年出土。墓爲石砌雙室，東側男墓室兩側壁石板浮雕雜劇演出圖4幅。此石刻兩人背坐一大石上，一人反指另一人，背景爲竹子。

模擬馬後樂的音響效果。《張協狀元》裏更多的是以人代物的表演，例如用人裝桌子、用人裝門等。

這些例證都説明一個問題：南戲一開始就在觀衆面前直接承認自己的表演是在做戲，並在這一前提下進一步發揮，從而使表演産生喜劇效果。這種承認假定性的戲劇觀，一直統率了中國戲曲八百年，其表現手法在後世戲曲裏長期發揮作用，被反覆借鑒，成爲一個重要的喜劇手段。

早期南戲表演中也出現了少量的程式化動作，例如第三十二齣宰相女王勝花因狀元張協拒婚而成病，其登場後的舞臺提示爲"作病人立"，也就是説當時的舞臺上病人站立有其特殊的姿勢；第十六齣淨裝扮土地神，有這樣的提示："淨睜眼作威。"亦即裝神有瞪眼呈威的造型。但相對來説，早期南戲的程式化表演還較少，而且尚未成型。程式化是對於表演手段的提煉和抽象，它的成熟尚需要長期的實踐積累和經驗聚集，因而有待於時日。

早期南戲裏已經能夠熟練地穿插運用唱、念、做等舞臺手段，使之共同爲表現劇情、塑造人物服務。例如第三十齣，張協赴考一走無音信，貧女心中惦念，胡思亂想，忽然聽到他

江西鄱陽南宋洪子成墓南戲瓷俑／1975年出土於南宋景定五年(1264年)洪子成墓。一共21件，素胎，高16～18公分不等，各個姿態生動。此爲一女一男二俑。女俑服飾姿態類似於景德鎮查墓女俑，二地相近，時間相去12年，説明該戲俑造型在這一帶曾一度流行。男俑雙臂架起，一手上揚，一手下垂，腰中繫裀，頗似後世短打武生。藏江西省博物館。

中了狀元，心中驚疑未定，不敢乍信，其間有一段出色的表演，透過唱、白、做手段的綜合運用，把貧女從最初的愁思鬱悶到後來的聞喜乍驚、不敢相信的心理變化，絲絲入扣地表現出來，一個有血有肉的人物形象就栩栩如生地活在了舞臺上。

南戲中唱、白、做的表現手段，雖然各個角色都可以運用，但也有偏重，一般來説，生、旦同場時，以對唱與做爲主；淨、末、丑同場時，以對白科諢爲主；生、旦與淨、末、丑夾雜出場時，有唱有白有科諢。

宋代南戲在運用唱念做手段表現人物時，已經具有一定的形式自覺，亦即能夠有意識地調遣不同手段來構設特定風格，爲展現人物特徵服務。一個最普通的規則就是：生、旦扮演的主角通常用正劇手段塑造，淨、末、丑扮演的次角用喜劇手段塑造，前者的表演偏於典雅莊重，後者則偏重於詼諧滑稽。在人物語言上，前者常常運用上層交際時採取的文言官話，後者則用生活中使用的俗語白話。在歌唱曲牌上，前者注意選用通行曲調，後者時或使用民歌俚曲。

瑞圖》／絹本，
五位小兒遊戲於
宋漢臣為南宋畫
墨塗面，或掛

南戲的内容

四川廣元南宋墓大曲石刻

宋代南戲的内容特點

今天知道宋元南戲劇目的數量一共有200餘種左右，其中多少爲宋代作品，已經不易查考，大約出自元代的占大多數。可以確定爲宋代南戲劇本的，至少有《趙貞女蔡二郎》《王魁》《王煥》《樂昌分鏡》《張協狀元》5種。《張協狀元》是今存最早的南戲劇本，作者爲東甌(溫州)九山書會的雙才人。從《張協狀元》可以知道，南宋時期在溫州已經有編寫南戲劇本的書會存在，並且還不只一個，彼此展開競爭，所以其開場曲裏說《張協狀元》是"九山書會，近目翻騰"，"這番書會，要奪魁名"。書會是市井中下層文人的商業組織，他們聚集其中進行通俗文藝作品的編撰工作，雙才人則是九山書會的成員。宋代南戲作品有很多是書會才人創作，或者是產自民間而經過其加工的。

這5種戲文的内容可以分爲兩類，一類爲士人負心戲，如《趙貞女蔡二郎》《王魁》《張協狀元》，一類爲愛情遭磨難傳奇，如《王煥》《樂昌分鏡》。

由這5種南戲劇本的内容看，早期南戲選擇了最能抓取人心、牽動千萬人情感的愛情倫理和人世悲歡離合題材，作爲自己的集中表現對象，以有代表性的人生情境和心境作爲舞臺展示的重點。這些表現人生情境與心境的故事，許多都長期在人們口頭上流傳，具有極大影響力和生命力，又具有相當的社會生活空間。其内容以青年男女主人公情感發展與變化或遭受挫折爲基本模式，恰適宜於用南戲以生、且爲主角的歌唱表演體制來表現，而其較大的生活容量與完整的傳奇故事内容，也正好可以由南戲隨意延伸的鬆散舞臺結構來從容地委婉曲折地加以展示。或者，反過來，南戲在其最初形成時，就是

河南密縣清洪山廟壁畫《秋胡戲妻》/爲洪山廟正殿清代拱眼戲曲壁畫之一。圖繪秋胡牽馬，在桑園遇妻採桑不識而調戲場面。

四川廣元南宋墓雜劇石刻／1975年出土。墓爲石砌雙室，東側男墓室兩側壁石板浮雕雜劇演出圖4幅。此石刻3位樂人正爲雜劇演出伴奏，所持樂器有大鼓、杖鼓、篳篥。

在這種生、旦愛情悲歡離合內容基礎上的一種舞臺形式。另外，上述書生負心和愛情遭磨難兩類戲，都具備自己天然的矛盾衝突結構，並在主線發展的最終有一個明確的結局。它們便於舞臺的展現，便於導泄觀衆的心理情感，對於戲曲來說都是天然合宜的題材，因而中國戲曲最初的成熟形態選擇了它們也有著必然性。

從題材範圍看，早期南戲舞臺上展示社會生活的幅面，較之當時流行的話本小說和宋雜劇要狹窄得多。宋人話本的題材幾乎可以包羅社會生活萬象，襄括各類社會生活領域，羅燁《醉翁談錄·舌耕敍引》開列的話本題材包括靈怪、烟粉、傳奇、公案、樸

刀杆棒、妖術、神仙各類，南戲所表現的僅僅是其中的傳奇類。由於舞臺表現的困難，南戲不可能像說話那樣談鋒無所不至，而必須對於題材有所選擇。初生的南戲選擇了家庭生活與男女愛情關係的角度切入社會生活，這個角度最便於發揮南戲的舞臺特長。它所體現的是人生最核心的部分，也是人類情感最爲關注的部分，因而這種選擇給南戲帶來了初發生命力。但是，人類社會所發生的事件卻不可能被全部納入家庭和男女的框範來表現，所以早期南戲的舞臺表現力也有著較大的局限性，這種局限性被後起的元雜劇打破。後者在表現題材上對於南戲有一個極大的突破，反過

來又影響了南戲的演進。

元代南戲內容特點

　　元代南戲的題材內容有一個顯著的特色，即集中展現了身處動盪亂離社會中的個人遭遇、家庭夫妻間的悲歡離合。

　　南戲的產地東南沿海一帶地區的人民，經歷了宋元戰爭最後階段的慘烈，以及長期的零星抵抗，然後是長久沉浸在失國之痛的氛圍、民族被奴役的環境中。與中原地區的漢人早已失去文化心理支撐之根本，處於心靈漂泊狀態多年，變得麻木漠然不同，這些南宋屬地的人民新創之劇痛未息，又被嚴酷的民族壓迫制度時時揭破流血的傷疤。元朝政府把人民分成四等：蒙古人、色目人、漢人和南人。南宋之人的社會地位還要居於中原"漢人"之下！天下統一之後，大批爲東南富庶美麗的自然風物所誘使而南下的蒙古貴族來到這裏，驕縱不法，草菅南人，加重了人民的痛苦。天下平定後，時隔不久，此起彼伏的民間反抗和起義戰爭又在這一帶拉開帷幕，元朝統治者抽調大批軍隊進行反覆征剿，東南沿海地區狼烟紛起，人民又一次陷身水深火熱之中。就在這個背景下，南戲的創作一直在堅持開展。由於受到官方的以及自身形式的限制，南戲不能夠過多地正面反映這一背景，但它却義不容辭地將

人民所遭受的巨大苦難作爲自己理所當然的表現對象。於是，社會亂離所造成的個人與家庭悲劇就成爲它的突出主題，儘管這種亂離背景有時被隱蔽起來，或者採取變異的形式展現。

　　與宋代的南戲相比，元代南戲題材範圍的極力擴大和主題思想的深入開掘幅度是顯而易見的。宋代南戲的基本母題——負心婚變的內容已經淡化了，代之而起的是在社會離亂大背景之下的基本家庭倫理關係的理想反映：夫妻之間的互相信任和忠誠；兄弟之間的互相幫助和愛護；朋友之間的互相默契和合作……正常社會秩序與社會維繫力的破壞，對社會細胞——家庭的存活與發展造成極大的威脅，於是，失之於朝而求之於野，民間百姓寄希望於家庭倫理的黏合力，

民國浙江東部窗花《貂蟬女》／爲民間藝人作品。前繪貂蟬、呂布二人，後面半身隱於牆後窺視者爲王允。

四川廣元南宋墓雜劇石刻

民國北京戲畫《包待制判斷盆兒鬼》／趙大因謀商人劉世昌財物而將其殺死，尸骨燒作烏盆，送給張別古抵債。劉魂訴於張，張乃攜烏盆至包公處告狀，最終爲之申冤。

象一時間比比皆是。而那些出身寒門的士子們一旦及第高升後，即成爲朝中公卿大夫們擇婿的對象。他們企圖透過與新及第的狀元或進士們聯姻，以擴大自己的政治勢力。而那些新及第的士子們也想得到公卿大夫們的提攜和蔭庇，以鞏固自己剛剛得到的社會地位。於是，拋棄糟糠之妻、入贅豪門貴族成爲一個普遍的社會問題。這一悲劇的核心——士子們富貴忘本的惡劣品質，引起了廣大下層民眾的強烈痛恨，他們成爲被社會抨擊和揭露的對象。代表了小民意識的南戲對這種社會動向作出回應，就形成婚變戲。

然而，時代發展到了元代之後，社會環境發生重大變化，上述社會現象消失。有元一朝基本廢除科舉，文人士子們失去了出將入相的機會，因

這是元代南戲對於家庭組合更爲重視、倫理意識加強的根本原因。

值得思考的是，對於眾多前代的文人負心主題，元人開始做翻案文章，透過修改訂正而改變其原始寓意，例如《王十朋荊釵記》之於古本《荊釵記》，《忠孝蔡伯喈琵琶記》之於古本《蔡伯喈》等等。南戲主題的改變，同樣是時代變遷的投影。

宋代文人負心婚變戲的生成基礎是當時普遍推行的科舉制度。宋代因襲唐制，以科舉取士，錄取的名額比唐代却大爲增加。唐代進士科每次錄取不過一二十人，而宋代擴大至數百人。如宋太宗太平興國二年，一次錄取了500多人，其中單進士科就109人。再加上取消了門第的限制，只要文章合格，馬上可以做官，所謂“朝爲田舍郎，暮登天子堂”、“十年窗下無人問，一舉成名天下知”的現

而也就失去了以往那種背親棄婦的社會可能性，南戲的目光轉向家庭悲歡離合的題材。特別是"九儒十丐"的社會地位，更使書生們淪爲社會同情的對象，再將他們放在道德法庭的被告席上進行鞭笞，人們也有些於心不忍。而文人加入到南戲創作隊伍中來，不免把他們的思想意識注入南戲，於是，他們開始從正面塑造自己階層的社會形象，衆多的翻案戲就出現了。於是，往日裏面目猙獰的負心之

人一個個變成了志誠君子，往日裏馬踏魂追的悲劇結尾變成了一夫二妻的大團圓。

所有上述因素共同作用於元代南戲，就使它的目光集聚於一個焦點：人生與家庭的悲歡離合。這成爲南戲這種戲劇樣式的突出社會主題。

民國浙江東部窗花《劉錫沉香太子》／爲民間藝人所剪窗花。華山三聖母與凡人劉錫締姻，被其兄二郎神怒壓於華山之下，生子沉香。後沉香學得神力，持斧劈開華山救母。圖繪劉錫、王翠英、沉香、秋兒4人。

"荊、劉、拜、殺"

元代南戲最爲成功的劇目爲"荊、劉、拜、殺"四大本，即《荊釵記》、《劉知遠白兔記》、《拜月亭記》、《殺狗記》。這四大本戲在當時和後世長期流傳，成爲南戲的看家戲。

《荊釵記》

《荊釵記》的最大成功，在於它立足於平民百姓的道德立場，要求貧寒書生發跡而不忘本，身貴而不忘舊，讚美了高尚的人間情感，塑造了王十朋、錢玉蓮這樣貧賤不能移、富貴不能淫、對愛情忠貞不渝的理想形象。

《荊釵記》在結構藝術上的成就爲歷代人們所稱道。其主線突出，簡潔凝煉。劇中王十朋、錢玉蓮分別與丞相、富豪、家長三方面勢力發生矛盾，然而，作品却始終圍繞著二人之間的愛情主線展開衝突。因此，儘管矛盾重重，波瀾迭起，但仍然渾然一體，一線相連。特別是劇中荊釵這一信物的設置，就

像穿針引線的梭子一樣，將男女主人翁的愛情主線形象化地貫穿始終。它既是男女主人翁開始結合的聘禮，又是最終兩人相認的憑據，成爲提領著劇中所有情節綫索的核心力量。

此外，戲劇衝突組織得十分巧妙。作者首先以對比的手法描寫了王十朋與孫汝權不同的品格，並以"荊釵"和"金釵"兩份聘禮將雙方的反差集中到一個焦點上，以突出玉蓮的眼光和品質。接著，作者不直接寫玉蓮的選擇，而讓她的父親和媒人進行一場"受釵"的爭吵，造成懸念，並激化矛盾，從而構成了全劇第一個高潮"逼嫁"。針線細密、結構嚴謹也是此劇的特色之一。前面寫了孫汝權考試卷子與王十朋卷子字跡相同，爲後來孫篡改錢的家書不被發覺埋下伏筆；錢玉蓮父親在十朋赴考後將玉蓮和王母接回錢家居住，又爲以後接到十朋家書在錢家展開衝突作了準備。王十朋與錢玉蓮二人在玄妙觀相遇的

設計也顯得別出心裁,不落俗套:一個爲"亡妻"拈香的官員,一個爲"亡夫"設祭的大家宅眷,驟然相見,如夢非夢,似曾相識却又不敢相認,人物的心理感情被放到了一個極其敏感、極其矛盾的情境之中去發展。明明是在祭奠對方的亡靈,同時又是兩人活生生地相逢,在同一場面中,悲與喜、夢與真、心與情,都得到了最大限度的開掘與展現,感情抒發極其強烈集中,大大增強了戲劇效果。

《劉知遠白兔記》

《劉知遠白兔記》最爲動人之處是李三娘的形象和她的悲慘遭遇。雖然她深得父親的寵愛,但在那個宗法統治的時代,作爲女子,她在家庭中是沒有什麼權力和地位的。父親爲她招贅窮漢劉知遠後不久去世,她和貧無立錐之地的劉知遠立刻成了兄嫂李洪一夫婦眼中的贅疣。劉知遠被迫投軍遠走,李三娘則被強逼著改嫁。她斷然拒絕後,李洪一夫婦不但蠻橫地剝奪了她的財產繼承權,而且讓她從此當牛做馬,承擔起"日間挑水三百擔,夜間挨磨到天明"的繁重勞役。李洪一夫婦還想出了許多惡毒的辦法來折磨她。如專爲她設計了一對橄欖形兩頭尖的水桶,使她在挑水時無法中途歇息;在水缸上故意鑽幾個眼,使她始終無法挑滿;專門修建了一座五尺五寸見方的磨房,使她在磨麥時既無法抬頭,也無法轉身;發現李三娘因過度疲勞偶爾瞌睡時,不管她分娩在即,也要重打八十!李三娘在磨房生子,用口咬斷臍帶,他們更毫無人性地將孩子扔進荷花池裏……
對這一切，李三娘都只能逆
來順受，"一不怨哥嫂，二不
怨爹娘，三不怨丈夫"。劇作
對李三娘苦難生活和忍辱性
格的生動展現，無疑使它產
生了強烈的感染力。

　　質樸自然、鮮活生動的
民間生活氣息是《白兔記》
在藝術上最爲顯著的特色。
明代呂天成《曲品》卷下説
它："詞極古質，味亦恬然，
古色可挹。"明代祁彪佳《遠
山堂曲品》讚它"口頭俗語，
自然雅致"。劇中的一些情節儘管荒
誕，脫離現實，例如劉知遠看守瓜園
時掘地見寶、睡覺時有火龍鑽竅、竇
公千里送子沿途乞奶餵養、咬臍郎追
獵白兔千里而井邊見母等，但却反映
了民間傳説的趣味，清晰地表明了它
和民間文藝之間密不可分的血緣關
係。它之爲民間所愛好，與這種特色
也是分不開的。

《拜月亭記》

　　《拜月亭記》(明人改本又作《幽
閨記》)是一部充滿喜劇色彩的南戲。
作爲一部描寫愛情的作品，它的獨到
之處不僅在於其主人翁既擺脱了"父
母之命、媒妁之言"包辦婚姻的束縛，
又突破了傳統門第觀念的樊籬；而且
在於它打破了傳統的愛情題材文藝作
品中青年男女"一見鍾情"的模式，提
出了一種建立在相互關心、相互愛護
基礎上患難與共的嶄新的愛情方式。

　　《拜月亭記》在藝術上最大的特
點在於喜劇技巧的運用。其一系列喜

劇情節構成的依據，在於充分利用了
誤會、巧合等喜劇手法，而誤會、巧
合的發生又是以特定戲劇情境爲依據
的，因而顯得真實可信。戰爭打亂了
全國的秩序，將貴族和平民同時拋進
了難民的行列；這些難民又都是從中
都(今北京)向汴梁(今河南開封)移動，
走的同一條路線，因而也就有了發生
種種巧遇的可能。這是大環境，小環
境和一些細節安排得也很細致。如蔣
世隆、蔣瑞蓮兄妹和王夫人、王瑞蘭
母女被番兵衝散又錯合，是基於呼喚
聲中"瑞蓮"、"瑞蘭"聲同韻近，錯
聽錯應之故。"驛會"的地點也選得十
分巧妙，驛館是官員駐節之處，所以
尚書王鎮會在此停留，王夫人避難至
此，在迴廊底下過夜，哭聲驚動王鎮，
二人得以相見，情節安排得十分巧妙
而自然。

《殺狗記》

　　《殺狗記》爲淳安人許畹(字仲由)
作，可能依據蕭德祥雜劇《王翛然斷

明容與堂刊《李卓吾批
評幽閨記》插圖／李卓
吾爲明代著名思想家。
圖繪蔣世隆與王瑞蘭在
亂離中相遇，二人相伴
逃難，行進於荒野山郊
的場景。

明容與堂刊《李卓吾批評幽閨記》插圖

宋元南戲《祝英台》(民國浙江金華剪紙)/為金華地區民間藝人作品。繪梁山伯到祝英台家拜訪同窗好友,發現她是女子場景。

殺狗勸夫》改編。描寫市民孫容之妻設殺狗計,勸說丈夫珍惜兄弟之情,斷絕匪人之交的故事,是一部表現家庭倫理關係的劇作。劇本文詞極其俚樸,因此明代文人對之進行了反覆修改。

這部作品的價值,首先在於對傳統社會家庭內部人倫關係進行了真實而有力的表現。作者在當時錯綜複雜的現實關係網中,抓住了最為常見,也最為他自己所熟悉的那一部分,展示了一幅社會生活的生動圖畫。通過人倫關係反映人的本質,反映一定社會的本質,是這部南戲作品富有時代特色及民族特色的內容。

《殺狗記》的一個成功之處,是對於市井人情世態細致準確的描繪。這種描繪集中在對柳龍卿和胡子傳兩個幫閑騙子的塑造上。他們為了謀奪家產,不惜以別人的父母為自己的祖宗,對孫華百般獻媚,聲稱要與孫華

同生死、共患難。僞與孫華結義時,他們指天劃地、信誓旦旦:"自今日為始,大哥有事,都是我弟兄兩個擔當;火裏火裏去,水裏水裏去。大哥若是打殺了人,也是我每弟兄兩個替你償命!"然而,當孫華真的懇求他們幫助的時候,他們却翻臉不承認,冷冰冰地回答:"你是孫華姓不同。""尋思總是一場虛,你是何人我是誰?"為了撈取油水,他們利用孫家兄弟之間的矛盾,挑撥離間,從中取利。未達到目的時,又冒充好人,厚著臉皮上門道賀。行為的卑鄙、說話的虛僞,都深刻體現了那個社會市井無賴唯利是圖的人生哲學。作者以他們的惡劣形象,向世人提出了警告。

高明《琵琶記》

元代戲文的集大成之作是高明《琵琶記》。在《琵琶記》之前的南戲，基本上還沒有超出村歌里詠的水準，《琵琶記》的誕生，則將南戲歷史推進到了一個劃時代的階段。從此，南戲創作進入文人的普遍視線，由此而造成日後創作隊伍的繁興和創作高潮的迭起。

高明寫作《琵琶記》的宗旨"不關風化體，縱好也徒然"，奠定了明清傳奇"載道"的基因，而他對於戲文聲韻格律和規則方面更爲整飭的運用則成爲後世傳奇的法本，《琵琶記》由此而得到"詞曲之祖"的聲譽。

宋代南戲《趙貞女蔡二郎》，講"伯喈棄親背婦，爲暴雷震死"的故事，是民間藝人的作品。《琵琶記》在此基礎上寫成，但改變了原作痛責蔡伯喈的立場，按照生活邏輯真實地構設了人物的生存環境及其變化，並在這種典型的氛圍裏細致入微地刻畫蔡伯喈的内心矛盾和痛苦，這就使戲文因爲符合世俗情理而具備了極大的可信度。它之所以感人至深、成爲後世最爲流行的劇目，原因就在這裏。

作爲宋代南戲的初期之作，《趙貞女蔡二郎》自有其典型意義，可以說它是宋代書生負心婚變戲的代表作。然而，高明的《琵琶記》裏，家庭悲劇的主要原因已經不是書生個人的品質問題了。除了偏信拐兒的拐騙以及權相的逼婚外，高明爲蔡伯喈重新設計了"三不從"的情節。首先是辭試不從。蔡伯喈本不是一個功名心十分强烈之人，其本意也是想"甘守清貧，力行孝道"的，無奈"朝廷黄榜招賢"，自己想辭試，父親又不從。因此，不得不辭別年老的雙親和新婚兩月的妻子赴京應試，在棄親背婦的道路上邁出了第一步。當他考中狀元之後，本想立即回家侍奉父母、與妻子團聚，但是，皇帝和丞相却不許他辭官、辭婚。辭官辭婚的兩不從，使得他"宦海沉身，京塵迷目，名繮利鎖難脱"。因此，"只爲君親三不從，致令骨肉兩分離"。由此可見，"君親三不從"是造成蔡伯喈家庭悲劇的直接根源。高明透過這些改動，不自覺地

明容與堂刊《李卓吾批評琵琶記》插圖／此書二卷，萬曆間虎林容與堂刊本。兹選插圖二幅，一幅題爲"柳絮簾櫳，梨花庭院"，一幅題"兩山排闥青來好"。

清惠山泥塑《琵琶記·飯婆》/爲江蘇省蘇州市惠山民間藝人作品。遭遇災荒，五娘自己食糠，勉力爲公婆置辦飯食。其中五娘爲青衣，婆婆爲丑。

民國浙江東部窗花《琵琶記·廊會》/趙五娘賣唱至京尋夫，進入牛府爲傭，被牛小姐發現。圖繪趙五娘與牛小姐二人相見場面。

孝道的水準來衡量，也已經達到了幾臻極致的境界。因而，趙五娘的行爲，可以被視作傳統倫常的最高規範。在社會民衆的心目中，這樣的女性，最終理當苦盡甜來，善有善報，受到發跡後的丈夫的禮遇，受到朝廷的旌獎，這在《琵琶記》的觀賞中構成一種普遍的期待心理。而高明對一夫二妻大團圓理想結局的鋪排，也正是迎合了這種心理，從而達到了彰顯傳統禮教的目的。

作爲宋元南戲的集大成者，作爲南戲由民間創作過渡到文人創作的一個重要標誌，《琵琶記》在藝術上取得了重大成功。高明不僅吸收了南戲舞臺藝術中許多優秀的民間傳統，而且將自己歷史文化方面的豐厚修養融會貫通，注入創作，對《琵琶記》的整體構思以及戲劇手段進行了刻意的提煉與安排，取得了舉世矚目的成就。

歷來《琵琶記》最爲人稱道的地方，在於關目設計上的雙線結構。其整個劇情，是沿著兩條線索發展的，一條是蔡伯喈赴京、高中、入贅、做官，享受榮華富貴的整個過程；另一條是趙五娘在家鄉災荒的苦難歲月中一步步輾轉掙扎的悲慘遭遇。兩條線索穿插寫來，在舞臺場景中形成極其鮮明的對比度，既引起觀者強烈

告訴人們，給蔡家和趙五娘帶來災難的原因，不是蔡伯喈的個人品質，而是不合理的制度。

當然，指出這一點，並不是高明的最終目的。其意圖在於：正是在這種"三不從"的背景下，蔡伯喈和趙五娘，尤其是趙五娘對傳統道德的信奉與張揚，才造成了驚天地、泣鬼神的動人力量。

如果說，以孝親爲出發點和旨歸的蔡伯喈，還只是劇作家同情之對象的話，那麼，在趙五娘身上，則更多地寄托著作者的道德理想。趙五娘形象再創造的過程中，高明有意識地按照傳統倫理觀念的最高標準對之進行了加強處理。趙五娘在"糟糠自厭"、"代嘗湯藥"、"斷髮求葬"、"描容上路"等關目裏所主動承載的義務，已經超出了傳統禮教所要求於兒媳的一般範疇，即使以一個孝子對父母應盡

的感情投入，也有效地調劑了冷熱場子，這帶來劇作完美的演出效果。觀眾眼中，一方面是趙五娘賑糧被劫、痛不欲生，一方面是蔡伯喈入贅相府的盛大婚禮和洞房花燭；一方面是趙五娘在赤地千里的陳留郡糟糠自咽，一方面是蔡伯喈與新婚妻子在荷花池畔飲酒消夏；一方面是趙五娘在斷髮買葬，羅裙包土，埋葬公婆，一方面是丞相府中蔡伯喈夫婦的中秋賞月……一哀一樂，一悲一喜，一賤一貴，一貧一富，反差強烈，對比鮮明，時空跨度廣，含括社會內容豐富，不僅使演出場面顯得生動、豐富，而且也使戲劇衝突更爲突出、激烈，悲劇氣氛更爲濃郁。最後，在適當的時候，兩條平行的線索再有機地扭結到一

起，帶來高潮與結局。這種對比手法雖然在早期南戲《張協狀元》中就已出現，一定程度上它是南戲體制本身所帶來的特點，但只有到了高明這裏才發展得如此嫻熟、運用得如此成功。

《琵琶記》充分調動了其雙線結構的長處，使劇作展現了廣闊的社會生活畫面。劇中出現的生活場景，從京城到鄉間，或爲相府朱門的豪華宅邸，或爲窮鄉僻壤的草舍茅屋；登場的人物，從宮廷到村里，或爲貴甲天下的宰相重臣，或爲貪贓枉法的鄉長、里正，或爲無力渡荒的貧民百姓；表現的對象，從上流社會到底層農戶，或爲富貴人家的琴棋書畫、雅致閑情，或爲饑貧之戶的缺米斷炊、度

明玩虎軒刊《琵琶記》插圖／此書三卷，李贄評，萬曆二十五年(1597年)安徽新安汪氏玩虎軒刊本，黃一楷、黃一鳳等鐫。

日維艱。這些共同構成了一幅當時社會生活的長卷圖景，把時代的面貌真實地濃縮在舞臺上，從而使劇作具備了極大的內容含括力。《琵琶記》能夠在一批有著類似結構的劇目中獨放異彩，自有其獨特原因。尤其值得指出的是，這些社會內容並沒有游離於劇本之外，成爲中心事件的外加成分，而是緊緊地與主人翁的命運結合在一起，成爲劇情發展中不可或缺的有機構成。

《琵琶記》屬於文人作品，開始在南戲創作中講究遣詞立意、寓情造境，而它又畢竟是早期南戲作品，極端重視劇作文詞的舞臺性，達到極高的語言藝術成就，刻畫人物、摹寫世情，都委曲必盡，尤其長於人物的心理描寫。劇中詞語與人物身分、境地絕相符合，也是《琵琶記》語言藝術的特色之一。

《琵琶記》最初在南戲舞臺上盛演，以後在南戲聲腔的各路變體聲腔——崑腔、高腔等——中傳播不絕，又被地方戲廣爲繼承改編，其舞臺生命一直延續到今天。這些都説明了其藝術魅力的強大。《琵琶記》劇本從產生以來就被不斷翻刻，最老的刊本爲元代巾箱本，明刊本多至20餘種，這更充分説明了它在當代以及後世的深遠影響。

第六章

元雜劇的黃金時代

中國文化在宋金、宋元分治時期，出現奇妙的呈現，分別在南方和北方，幾乎同時產生了成熟的戲曲形式。南方的爲南戲，北方的爲元雜劇。南方產生得稍早一點，但長期局限於東南一隅。北方產生得稍晚，但在更加廣大的地域上流播。元雜劇的出現，把中國戲曲的發展推向了一個高峰，而它的形成却有一個長期的過程。這裏即對這一過程作出描述。

元雜劇的形成和發展

元雜劇的形成

宋金雜劇的表演形態以説爲主，以唱爲輔，但通過長期的實踐，在它們的體制中，陸續吸收了許多的音樂曲調。這些曲調最初都和具體的劇目相連，我們只要看宋代周密《武林舊事》裏的“官本雜劇段數”和元代陶宗儀《南村輟耕錄》裏的“院本名目”，裏面有著衆多的“和曲雜劇”與“和曲院本”，就很清楚了。以後北方民間逐漸形成了北曲，北曲又出現了多曲聯套的長篇音樂形式，隨著北曲套數的發展，雜劇表演自然而然地也把套數演唱吸收到自己的表演體制裏來，並逐漸組成爲音樂上固定的四宮調套數結構，所謂“四大套”。北雜劇就在這樣的歷史條件下形成了。

元雜劇最初在民間興起的情況，史料無徵，但我們可以根據一些跡

山西運城元墓雜劇壁畫／西壁繪6人，多爲雜劇角色。其中右起第二人爲一滑稽角色，面抹黑道，爲演出的中心人物。第五人雙手展開一幅“掌記”，上書劇名《風雪奇》，其身後亦藏一俅兒。

77

象，作如下理解：隨著散套和諸宮調的興盛，當時的民間雜劇表演裏開始大量吸收曲調歌唱的因素並向以歌唱爲主轉化。這一點在金末芝庵《唱論》裏有所透露。《唱論》説："凡歌之所：桃花扇、竹葉樽、柳枝詞、桃葉怨、堯民鼓腹、壯士擊節、牛僮馬僕、閭閻女子、天涯遊客、洞裏仙人、閨中怨女、江邊商婦、場上少年、闤闠優伶、華屋蘭堂、衣冠文會、小樓狹閣、月館風亭、雨窗雪屋、柳外花前。"其中所説的"場上少年"和"闤闠優伶"，指的就是雜劇表演，那麼，當時的雜劇演出已經與歌唱結下了不解之緣。再根據金代雜劇的出土文物看，這種轉化早在大定、承安年間（1161～1120）就已經開始，但那時大概還處於雜劇的吸收歌唱階段，正式向雜劇的演唱套曲轉變可能要晚於承安以後。

根據宋代雜劇吸收歌唱成分的情況，還可以推測，金代雜劇開始時的演唱形式也並不規範，僅僅如南宋雜劇《諸宮調霸王》《諸宮調卦册兒》那樣，把其他種類的音樂體制吸收進來加以運用而已。將這些音樂體制變成自己的有機成分，實現雜劇表演音樂結構與舞臺結構的最終統一，即形成四大套音樂體制與起、承、轉、合舞臺表演節奏的完整結合，其間經過了一個調適與融合的過程。而文人的介入雜劇創作，又在民間雜劇演出形成一定規範以後。這樣，從金章宗開始到金代滅亡的幾十年時間就成爲必要的醞釀時期。到關漢卿、白樸等文人投入雜劇創作並產生了決定性影響後，元雜劇才走向定型。

元雜劇的興盛

蒙古於1234年滅金，據有了北部中國，以後逐漸接受漢族地區以儒學

山西運城元墓雜劇壁畫／1986年發掘於山西省運城市西里莊。墓爲磚砌，平面方形，四壁塗白灰，上繪壁畫。其北壁繪墓主人神座，東西二壁繪雜劇演出圖。東壁繪6人，一人執杖指揮樂器演奏，4人分執琵琶、笛、板鼓、拍板，另有一位"倈兒"形象爲稀見。

明萬曆吳興臧氏刊《元曲選·魯齋郎》插圖／權豪勢要魯齋郎，平日行凶作惡，殺人就像拔根草，皇上包庇其不受懲罰。包待制想出移花接木計，將其姓名寫作魚齊即上報，最終得以剪除。

爲核心的封建制度和文化，統治秩序漸趨穩定，經過二十年的恢復，到中統、至元間(1260～1294)出現了經濟文化的復甦。《元史·食貨志》說：“世稱元治以至元、大德爲首。”說明了這個事實。至元年間，山西平陽地區紛紛開始翻修或創建廟宇和戲臺，也證實了這個事實。元雜劇就在這種社會基礎上興起，並於至元年間達到了大盛。

根據元人鍾嗣成《錄鬼簿》記載，元代前期戲曲作家極其活躍，巨匠間生，名作迭出。元雜劇作家的分布遍滿黃河以北中書省所統轄的三個地理區域，即山西、河北、山東，又進而發展到黃河以南地區。其中大都、真定、東平、平陽作家較爲集中，而這幾個地區也是元雜劇的興盛之地，民間的演出活動極其興盛，留下了眾多的史跡。另外河南的開封、洛陽也是元雜劇的盛演之區。

至元年間雜劇在北方各地的普遍興盛，使中國戲曲第一次流布到如此廣闊的地域和擁有如此眾多的觀眾，而各地區不同的風俗、氣質、語音、曲調差異，又影響到北雜劇演唱風格的形成，例如有“冀州調”、“中州調”之分。

戲曲史

清北京皮影《竇娥冤》主人翁竇娥／清末北京藝人張小手刻製，高17公分，寬14公分，爲北京東路皮影樂春臺影班演出劇目《六月雪》(據《竇娥冤》改編)中所用。

元雜劇的發展

　　1279年元兵入臨安、滅南宋，元朝統一了中原。戰爭止息，社會平定，人民開始安居，經過一二十年的休養生息，在元成宗即位後的元貞、大德年間(1295~1307)，元雜劇的創作和演出都達到了歷史上的極盛。明代賈仲明爲《錄鬼簿》所補吊詞反覆歌詠了這個時期的元雜劇興盛面貌，如說"一時人物出元貞"，"樂府詞章性，傳奇塵末情，考興在大德、元貞"，他甚至說："元貞、大德秀華夷，至大、皇慶錦社稷，延祐、至治承平世，養人才，編傳奇，一時氣候雲集。"將元雜劇的盛行期一直向後拉到了元英宗至治年間(1321~1323)。從鍾嗣成《錄鬼簿》的載述看，這一階段的雜劇作家雲集，創作繁興。前輩雜劇作家一般到大德年間仍然在世，例如關漢卿、白樸、馬致遠等，而第二代作家在大德年間也已經開始了創作，如宮天挺、金仁傑、曾瑞、鮑天祐等。因而，元貞、大德年間是元雜劇前期和後期作家同時創作的時期，是元雜劇的"黃金時代"。

　　山西省晉南地區，元代屬平陽路，是元雜劇的發源與興盛地區之一，保存了成批的元代戲曲

明萬曆顧曲齋刊《古雜劇·梧桐雨》插圖

文物，其產生時間從元世祖中統元年(1260年)開始，經大德、皇慶、延祐、至治、泰定，一直綿延不絕，這是民間雜劇演出一直保持強健勢頭的證明。而隨著元朝的統一大江南北，元雜劇的演出範圍有了一個大的擴張，從中原擴張到了江南的廣大地區。這樣，除了在北方原有根基地的演出仍然繁盛以外，南方也成爲北雜劇活動的頻繁地，這種現狀進一步刺激了創作的興盛。同時，由於南方文人的加入，創作隊伍也有了擴大。這些因素加在一起，就使元朝統一後的元貞、大德成爲北雜劇最爲興盛時期，其蓬勃的勢頭一直連貫了至大、延祐、至治。

　　北雜劇在這一時期的向南方擴張，最主要是透過當時的南北動脈網絡——京杭大運河的渠道，而運河南端的江浙地區及其中心城市，特別是

雜劇創作由文人的安身立命之地轉爲卑賤之業，一些作者寫了雜劇也不敢聲張。文人像關漢卿那樣躬踐排場的現象日益減少，即便有一些人仍然注目於雜劇創作，也已經不像前期作家那樣老於詞場，僅只是模仿前人，照譜填詞，所寫多爲案頭之曲，難於演出。這樣，元雜劇的創作隊伍分化了，創作質量降低了，創作力也衰竭了。

從演出情況來看，雖然在北方廣大地區，元雜劇的活動仍然一直在民間延續，在南方江浙一帶卻遭到南戲的有力衝擊。最初元雜劇隨著北方政治力量南下，在南方占據了統治地位，把當時尚十分俚俗的南戲排擠到角落裏去。但元雜劇在南方的生存畢

山西翼城武池村喬澤廟元代戲臺／單檐歇山頂，四角立柱，間距爲東西寬9.1公尺，南北深9公尺，臺基高1.64公尺。其創建時間，根據當地教師秦思孔先生過錄的碑文，爲"大元至元(十五)年□月□日重修舞樓一座"。而1981年重修時，在梁架上發現的墨書題記則説："大元國泰定元年十二月十七日武池村創建舞樓一座。"兩者時間相差46年。大致這座舞樓產生於元代中期是不誤的。

南宋行都杭州，則成爲北雜劇在南方的集中繁盛區域。杭州成爲能夠與北方的大都相媲美的雜劇都市，湧現出了成批的雜劇作家。事實上，元代後期多數雜劇作家都集中在杭州及其周圍一帶城市裏。如果我們統計一下鍾嗣成《錄鬼簿》所收錄的中後期作家（即下卷所收作家），其中出自北方的已經很少，多數都是南方人，或者是南方的北方移民。

元雜劇的衰竭

泰定(1324～1328)以後，元雜劇的創作走上衰竭之路，雜劇演出的聲勢與規模也逐漸消減。這主要是由社會條件的轉換牽連而起的改變。

從創作隊伍來看，此時最有創作力的第一批雜劇作者(其中很多可稱之爲金朝移民)，已經帶著他們的憤懣思緒故去。宋朝的覆亡日久，也使漢人心理上的歷史和文化情結逐漸冷凍，社會不平之氣的消減直接影響到雜劇創作力的減弱。元朝於1313年恢復科舉，普通文人的視線被普遍吸引過去。仕途之路的開通導致士風轉變，

民國浙江東部窗花《西廂記》

竟受到極大的方言限制，失去了地利。於是，當政治原因消失後，南戲的力量就顯現出來，造成元雜劇在南方的被動。再往後，社會內亂爆發，元朝統治進入風雨飄搖階段。從至正元年(1341年)開始，各地民眾起義此起彼伏，元雜劇活動的主要地區——黃河南北成爲主戰場，到處戰禍連綿，元雜劇所賴以生存的社會環境被徹底摧毀了。

元雜劇的體制

元雜劇的體制較宋元南戲發展得更爲成熟，形成一套嚴格的格律制度，具有自己鮮明的特色。元雜劇能夠實現一代之盛，與它具備了完善的體制是分不開的。

音樂結構

元雜劇的體制特徵首先表現在它的音樂結構上。與直接從宋人詞調和當地民間小曲中昇華爲唱腔的南戲不同，元雜劇經歷了一個從民間套數長期傳唱到爲雜劇唱腔所利用的過程。北曲來源最初是北宋都城汴京以及中原一帶的各種小唱、說唱曲調，後來吸收了女真、蒙古等北方民族的曲調和樂器，漸漸演變而成。在諸多演唱藝術種類中，元雜劇主要受到兩種曲牌聯套音樂體制的影響，即套數和諸宮調，這些套曲聯唱在民間長期演唱過程中逐漸形成了音樂體制方面的固定格律，因此元雜劇一旦把它們吸收爲自己的音樂主體，便形成與南戲迥異的一套嚴格曲律規定，從曲牌聯套到韻腳平仄，都有固定的要求。這使得晚出的元雜劇比早出的南戲在音樂體制上更加成熟而文人化。其音樂的調式特點則是七聲音階，比南曲多出變宮、變徵兩個音階。

元雜劇音樂結構一個最明顯的特徵就是四大套的音樂體制，這與南戲音樂的多套數隨意組合不同。四大套即四個宮調裏的曲牌聯套，其體例可以看作是四個獨立套數的組合。四大套曲如果不足以完成內容所要求的任務，例如舞臺表演的時空轉換，人物以及劇情的交代等，則增加一二首支曲並尾聲，組成小的套曲，放在全劇之前或四大套之間，作爲過渡。這種小套曲，通常與後面套曲的宮調相同，仍由歌唱的正末或正旦主唱。元雜劇所用宮調爲九個，即黃鍾宮、正宮、仙呂宮、中呂宮、南呂宮、大石調、雙調、越調、商調。

明萬曆顧曲齋刊《古雜劇·梧桐雨》插圖／馬嵬事變，楊貴妃玉殞香銷。唐明皇從蜀中逃難出來，日夜思念，秋夜梧桐滴雨，引人入夢。

景繡出十二生肖

清廣東佛山祖廟大門雕刻《摘星樓比干剖腹》／殷紂王無道,剖比干腹,戲黄飛虎妻,後周武王姬發與姜尚興兵代殷,兵圍朝歌,紂王於摘星樓自焚而亡。

演出結構

元雜劇的演出結構有著鮮明的特色。首先,由演唱四大套曲子所決定,元雜劇的自身結構主要由四大塊組成,即圍繞唱曲而形成四個中心場子,再穿插一些過場戲。與南戲場子的隨意設置相對照,元雜劇有著比較嚴格的形式框定。其次,由單一角色歌唱的體制所決定,元雜劇的整體篇幅又較南戲爲小,同時仍需在演出的過程中穿插進許多別種表演伎藝,以便使歌唱演員得到足夠的休息。這樣,在演出獨立性上,元雜劇又較南戲爲弱。

北曲雜劇的開場很隨便,沒有固定的形式,通常是根據劇情需要安排,劇情從哪裏開始,就從哪裏開場。第一個上場的人物也沒有一定,可以是主角(正末或正旦)先登場,也可以是任何一個次要角色先出來,或者是主角與次角一道上。這與南戲總是次要角色(副末)開場不同。元雜劇的散場也沒有固定的形式,通常主角唱完最後一套曲子,故事劇情也發展完結之後,人物下場,演出也就自然收場。但是某些時候,雜劇結束時有"打散"的表演。所謂"打散",也就是增添一段歌舞表演,用以送走觀衆。

明萬曆顧曲齋刊《古雜劇·青衫淚》插圖／白居易貶江州司馬,於江上偶聞琵琶聲,喚來彈奏者詢問,却是舊識裴興奴。

元雜劇裏的人物上場時,從明刊本劇本看,大多都要先念幾句詩,所謂上場詩,格式通常爲五言、七言四句,内容一般與人物身分、心情、境遇等有關。

一人歌唱的體制

元雜劇的演出中,歌唱占有很大的比重,但照例只由一個主角(正旦或正末)演唱。由此,元雜劇的劇本分爲旦本和末本,由旦唱的稱旦本,由末唱的稱末本。旦本裏末不唱,末本裏旦也不唱。其他配角則任何情況下都不唱,從無例外。這種體制的淵源或許直接來自小唱和説唱藝術,宋金流行的小唱藝術(包括嘌唱、叫果子、唱嘌曲、叫聲、纏令、纏達、唱賺等)、説唱藝術(包括鼓子詞、諸宮調等)都是由一人歌唱,元雜劇既然繼承了其衣鉢而集其大成,也就自然地將其歌唱方式沿襲下來。

民國北京戲畫《説專諸伍員吹簫》／伍員逃到吳國，流落市塵，吹簫行乞。後結識專諸，請他協助復仇，專諸許之。專諸向伍員仇人王僚跪獻鯉魚，由魚口取出利劍，刺死王僚。專諸刺僚情景，元雜劇中無有，爲後世地方戲所添。

由一人歌唱的體制所決定，元雜劇的場子有輕重之分。凡是主角(正旦或正末)演唱完整套曲的場子，就是重頭場子，其他角色在正旦、正末唱曲之前或之後上場表演以便交代劇情，起到連貫作用的場子，就是過場戲。從劇本裏可以看到，通常次要人物的場子都比較短小，以對白或獨白爲手段，主要人物上場則唱大套曲子，其中穿插其他角色的對白科範，從而構成重場。還有另一種情況的過場戲，就是有主唱角色出場並進行歌唱的過場，在這種場子裏，並不演唱大套曲子，而僅僅唱一兩支曲牌，完成了交代劇情的任務就結束。

歌唱的正旦或正末，在四大套曲的表演中必然出場，因此通常扮演一個貫穿始終的中心人物，但有時中心人物不確定，或故事情節複雜，需要有其他人物的重場戲時，正旦或正末也改扮其他角色，如元刊本雜劇裏，《單刀會》正末分別扮喬國老(首套)、司馬徽(第二套)、關羽(第三、四套)。這樣，雖然主角演唱四大套曲的格局沒有改變，他所扮演的劇中人卻改變了，出現不同的場子裏歌唱人物不同的情形。

角色分工

元雜劇裏的角色，根據元刊雜劇劇本所提供的，有正末、小末、外末、沖末、正旦、小旦、外旦、老旦、禾旦、淨，又有孤、駕、孛老、卜兒、俫兒、尊子等，後面的爲類型人物名稱，不是正式角色，可以不計。很明顯，他們主要可以歸入末、旦、淨三種角色行當。其中正末是由宋雜劇的末泥轉化而來，正旦應該是由引戲轉來，淨爲副淨，而小末、外末、沖末是正末的擴大或副末的轉變，小旦、外旦、老

明初瓷盤《凍蘇秦衣錦鄉》／直徑43公分，高7公分。蘇秦張儀爲友，二人同出求宦，張儀得丞相，蘇秦潦倒至張府乞食，張見其已無凤志，故意羞辱之，並暗令僕人向其贈金催行，蘇秦終得六國兵馬大元帥之位。圖繪張儀宴請蘇秦並羞辱之的場景。

旦、禾旦是正旦的擴大又兼有副淨的特色。

由一人歌唱的體制所決定，元雜劇的角色分工變得比較簡單明確，即歌唱的正旦、正末爲主角，其他都是配角，又叫做"外脚"。作爲主角的正旦正末，根據劇情的需要，要裝扮各類社會人物，人物身分和年齡之間的距離比較大，造成以一種角色應工各類人物的缺陷，這説明其角色行當的設立還不夠合理完善。

由於元雜劇以歌唱爲主要表演手段，女藝人得以發揮其才幹，在其中扮演了最重要的角色。有衆多的女藝人不但擅長表演正旦角色，而且還兼擅正末角，所謂"旦末雙全"。《青樓集》裏面説到一批這樣的女藝人，如趙偏惜"旦末雙全，江淮間多師事之"，朱錦綉"雜劇旦末雙全"，燕山秀"旦末雙全，雜劇無比"，珠簾秀、順時秀、天然秀更是這方面的佼佼者，其他又如南春燕、國玉第、天錫秀、張心哥、平陽奴等人也都是如此。與女藝人相比，男藝人兼擅正旦角色的則寥寥無幾，至今尚未見到一個例子，這與晚清和民國時期流行男子唱青衣的風習不同。

除了正旦正末以外，其他配角主要用説白表演來配合主角演出，敷敘劇情，聯貫情節，插科打諢，爲引入主角歌唱提供條件。

舞臺藝術的成熟

元代是中國戲曲得到蓬勃發展的歷史階段，戲曲的舞臺原則與表演手段也在這期間得到了豐富、完善與定型。元代戲曲表演以自己充實的業績，爲明、清時期表演藝術高潮的到來，奠定了堅實的基礎。

表演的定型

元雜劇在表演上已經進入成熟階段，積累了成功的經驗。宋代南戲演出中存在的諸多缺陷，在元雜劇裏都得到克服。例如，宋代南戲由於來源於民間各種伎藝的集合，表演的拼湊痕跡很重，到了元雜劇裏，這些已經基本見不到踪影，歌唱、念白、動作、舞蹈等諸多舞臺手段已經有機地融爲一體，共同爲戲劇目的的實現服務。宋代南戲裏插入了過多脱離劇情與人物的插科打諢，造成劇情發展的阻隔。元雜劇插科打諢通常都能夠做到與整個戲劇氛圍融成一體。宋代南戲表演的假定性原則被元雜劇繼承，但其中一些不成功的表演試驗被摒除不用了。那種坐實爲尋找代替物的以人擬物表演被基本取消，而代之以砌末道具，或者完全用虛擬表演手段來指

取滎陽

陳平

寶戴臉而俱照此樣

示。

心所欲而不逾矩的境界。元雜劇充分調動起唱、念、做各種舞臺手段，主要形成三種時空處理功能：一、轉移時間功能；二、轉移空間功能；三、挖掘心理時間與空間功能。元雜劇對於時間過渡的處理手段已經很多，主要是透過敘述法實現。元雜劇對於空間過渡的處理手段，也主要是透過表演和敘述實現。元雜劇的另外一個功能，是調動起它的各種舞臺手段來展示人物的心理空間，把在現實生活中幾乎無法測知的人物心理感覺和心理變化，演化成可描可述、具體而微的過程，形象化地傳達到觀眾的眼睛。同時，依據人物心理需要，現實時間的長度往往被縮短或拉長。也就是說，元雜劇的舞臺表演已經可以在有限時間裏，自如地表現人物心理感覺的時間。

元雜劇表演的程式化程度比宋代南戲有了很大提高，這一方面體現在表演形式的某種定型化上，如人物上場一律有上場詩，自報家門，下場有下場詩等；一方面也體現在對諸多生活動作已經有了精到的提煉，形成許多定型化的表現動作。例如我們在元刊本雜劇裏看到眾多有關的舞臺提示，像歡喜科、陪笑科、嗟嘆科、害怕科、害羞科、打慘科、失驚科、尋思科、沒亂科、稱許科、著忙科、艱難科、打催科、醉科、情理打別科等等，它們所表現的都是人們平日喜怒哀樂的各種感情，有的抽象度相當高，如果不是形成了一定的程式化表現手法，把它們在舞臺上全部展現出來還有較大的難度。

元雜劇表演中處理時空轉移的手段與方式，是對宋代南戲原則的繼承和發展，已經達到完全得心應手、隨

《滎陽城火燒紀信》（清宮演出扮相・陳平）／為清代宮廷畫師繪戲出扮相譜，供宮廷演戲扮相時參考用。絹本，設色，高27公分，寬21.5公分，繪戲出人物。扮相譜總數今天不可得知，藏北京故宮博物院、中國藝術研究院戲曲研究所等處。

民國浙江東部窗花《西廂記》

民國北京戲畫《滎陽城火燒紀信》／繪項羽臨城場面，城上爲劉邦、陳平。

服裝與砌末

元雜劇演出中裝扮各類人物，涉及社會階層衆多，表演時會有不同的服飾扮相，用以突出人物身分和特徵。在今存本元刊雜劇裏經常見到一些簡明扼要的舞臺裝扮提示，如"披秉"、"道扮"、"素扮"、"藍(襤)扮"等等，印證了元雜劇演出對於不同服裝的廣泛採用。

元代演劇的服飾留有文物的記錄。今天見到的元雜劇演出的文物形象，如山西省洪洞縣霍山明應王殿雜劇壁畫、運城市西里莊墓雜劇壁畫等，都鮮明地顯示了當時的服裝扮飾情況。從其人物服裝的整體搭配來看，可以説是樣式各異，色彩絢麗，在舞臺上形成了鮮明的構圖。服裝似乎比生活用服有更多的加工點綴，增添了圖案紋路顏色，從而起到突出的渲染作用。元代戲班所用的戲裝是特製的，當時有專門生産戲裝的鋪子，戲班可以前去購買。例如《藍采和》雜劇第四折説，戲班正末許堅出家三十年後回來，班裏人勸他仍然登臺演出，他説要"將衣服花帽全新置"，就是要重新購買戲裝。

元代戲班演出裏出現了專有名詞"砌末"，如《宦門子弟錯立身》南戲第四出有云："(末)孩兒與老都管先去，我收拾砌末恰來。(淨)不要砌末，只要小唱。"砌末就是演出中要用到

山西洪洞明應王廟元代雜劇壁畫／位於山西省洪洞縣霍山明應王廟正殿南壁東次間牆面，高411公分，寬311公分，繪有演員和場面人員共10人。

的道具。對於道具的具體描述也見《藍采和》雜劇第四折：許堅見到"一伙村路歧"，"持著些槍刀劍戟、鑼板和鼓笛"。槍刀劍戟都是登場所需的東西，這在明應王殿壁畫裏也有所反映。

服裝道具又被稱爲"行頭"，例如元代戲班出去巡迴演出要"提行頭"，《錯立身》第十二齣末説："只怕你提不得杖鼓行頭。"生説："提行頭怕甚的。"山西省右玉縣寶寧寺藏元代水陸畫"右第五十八：一切巫師神女散樂伶官族橫亡魂諸鬼衆"一幅下層所繪藝人，就是攜帶行頭趕路的形象，所帶有拍板、手鼓、令箭、畫軸、扇袋、短刀、長鉞、大扇等物品。

面部化妝

元代演戲的面部化妝由宋金雜劇和宋代南戲沿襲而來，又有所發展。首先是，它的滑稽角色繼承了宋金雜劇中副淨、副末角色用墨道貫眼、黑蝴蝶遮面的畫法，以及宋代南戲裏淨

進展。忠都秀壁畫裏，能夠清晰地看到人物假髯的掛法。其中4人有髯，除後排左起第一位白衣擊鼓的伴奏人員爲真髯以外，其餘均爲假髯。前排左第二人淨色爲絡腮鬍，蓬鬆雜亂，髭鬚盡張。他的鬍鬚自人中至耳邊拉一道弧線，但腮部卻露出而無髯，嘴周圍則留有一個圓圈便於說話和"做鬼臉"。他的髯明顯是粘上去的。他的眉毛粗黑而成火焰形，也應該是粘的假眉。由他生動的裝扮：

山西右玉寶寧寺水陸畫元代戲班趕路圖／右玉縣玉寧寺原存水陸畫一堂139幅，絹地，據其風格及其他特徵，當爲元代所繪。此爲"第五十七，往古九流百家諸士藝術衆"圖局部。圖高118公分，寬61公分，於下層繪出三位戲劇演員，作攜帶道具樂器趕路行進狀。藏山西省博物館。

角和丑角的粉墨塗面，所謂"抹土搽灰"。抹土搽灰即抹墨搽粉，白色搽滿臉，故曰"搽"，黑色抹幾道，故曰"抹"。所以元初杜善夫《莊家不識勾欄》散套說副淨色的扮相是："滿臉石灰，更著些黑道兒抹。"

宋金雜劇裏正面人物的扮相似乎沒有特別方式，元代則不同了。忠都秀壁畫後排左第三人用重墨畫雙眉，眉作臥蠶式，眉與眼之間又用白粉明顯隔開，則是第一次出現的正面人物加強性的俊扮化妝，增添了人物的英武之氣，它標誌著中國戲曲的面部化妝從此進入一個嶄新的階段。

元雜劇面部化妝裏的髯口藝術也承接宋金雜劇而來，但也有了明顯的

粘絡腮鬍，白眼圈，白嘴圈，鮮紅嘴唇，身穿黃色虎皮紋袍，腰中繫紅色縧帶，令人想起明代李開先《詞謔》裏引錄的【黃鶯兒】曲對於副淨色的描寫："粉嘴又胡腮，墨和朱臉上排，戲衫加上香羅帶。……打歪歪，攛科打諢，笑口一齊開。"左起第四人爲三髭髯，較稀疏，是在兩耳之間攔上一道細繩掛上去的，前面蓋住嘴唇，這樣的掛髯方法勢必影響嘴唇說話，還是較爲原始的。他的眉毛則是畫的，用三條橫線組成。後排左第三人掛滿髯，和上述露口髯、三髭髯共同代表了元雜劇髯口藝術的水平。

在元雜劇女演員的頭部化妝中，已經出現了貼片子的方法，當時叫做

裹皂紗片。例如元代高安道《嗓淡行院》散套裏形容女藝人："一個個青布裙緊緊的兜著奄老，皂紗片深深的裹著額樓。""額樓"即額頭。這種頭裹皂紗片的形象，在右玉縣寶寧寺水陸畫第五十七幅《往古九流百家諸士藝術衆》中有所表現。其下部左側一位女藝人，頭上就是這樣裝束：額部被皂紗片緊緊勒裹，兩側各引一條黑帶在下巴下面打結。後世京劇裏貼片子的最早實踐，在元代已經開始了。

清山東濰縣年畫《臥龍岡》／爲民間坊刻作品，高29.7公分，寬49公分。圖以連環畫形式，繪出劉備、張飛赴臥龍岡求見諸葛亮，諸葛亮不爲禮，張飛怒欲斬之，諸葛亮隨劉備出山的各個場景。

元雜劇的作家作品

有元一代，雜劇的創作達到了極度繁盛。與宋朝南戲在文人中遭受冷遇的情形不同，元代的雜劇創作引起了飽學士子們的普遍重視，有大量士人一轉以往所持"詞曲小道"的傳統文化觀念，將興趣和精力投到雜劇創作中來，這造成元雜劇作品文化層次的迅速提高，使之昇華爲稱雄一世的時代文體。在此基礎上，中國戲曲史上第一個創作高峰形成。這個現象是值得重視的，其原因很大程度上和漢族文人失去了仕進之路，又別無謀生之途，便紛紛把精力和才華投入戲曲創作中去有關，客觀上促成了中國戲曲的黃金時代。

元雜劇産生了大量的作品，有近千種劇目。元雜劇作家知道姓名的有大約一百人。

元雜劇作者雖然大多是讀書人，但由於元朝特殊的社會環境，他們得不到較好的社會位置，因而其身分大多爲下等階層人士，生平不知。一些

民國北京戲畫《七星壇諸葛祭風》／曹操糾集戰船欲攻吳，孔明助周瑜拒戰，周瑜令黄蓋施苦肉計詐降曹，孔明設壇祭來東風，黄蓋趁降火燒曹操戰船殆盡。

際和接近平民生活，他們能夠寫出反映社會面廣闊而生活氣息濃厚的元雜劇實在是歷史的賦予。

和任何時代的文學創作一樣，元雜劇作家的成就有高有下，衆多的是普通作家，猶如滿天星斗，但在這星空中也高懸著燦爛的巨型星座。例如元代周德清《中原音韻·序》曰："樂府之盛之備之難，莫如今時，其備則自關、鄭、白、馬。"這裏，周德清舉出了四位成就卓著的元雜劇大家關漢卿、鄭光祖、白樸、馬致遠。元末明初的賈仲明《續錄鬼簿》則將"關、鄭、白、馬"列爲元代的"四大神物"。確實，關漢卿諸人的造詣遠遠高於其他人之上，他們的創作爲後人長期稱道並仿效，可以説是衣被千古。但是，"四大神物"把《西廂記》的作者王實甫排除在外，却是極端不公平的。無論如何，王實甫的藝術成就及其對後世的久遠影響，都應該使他進入元雜劇最出色的作家之列。

步入官場的人也大多充任下層屬吏、偏鄙之職，如"省掾"、"路吏"等，鍾嗣成《錄鬼簿·序》所説"門第卑微，職位不振"之類。即使混個一官半職，也都是由筆吏刀卒營運積年夤緣得進，如梁進之由警巡院判出身做到和州知州、李時中由中書省掾升任工部主事之類。因此，他們没有前代和後輩文人自視清高的酸腐，比較注重實

元雜劇作家衆多，作品風格各異，除了上述大家以外，還有更多有個性

清天津楊柳青年畫《兩軍師隔江鬥智》／東吳統帥周瑜爲謀奪荆州，勸孫權嫁妹與劉備。諸葛亮將計就計，讓劉備前去成親。圖繪劉備與孫夫人洞房花燭情景。

的作家和作品存在，諸如紀君祥《趙氏孤兒》，楊顯之《瀟湘夜雨》，尚仲賢《柳毅傳書》，石君寶《秋胡戲妻》，康進之《李逵負荊》，張國賓《合汗衫》，李潛夫《灰闌記》，鄭廷玉《看錢奴》，孔文卿《東窗事犯》，孟漢卿《魔合羅》，宮天挺《范張雞黍》，李直夫《虎頭牌》等等。這些作品通常視角新穎、思想深刻、技巧純熟，在當代流行甚廣，許多並長期傳演於後世，產生了很大的影響。

清北京燈戲畫《謝金吾詐拆清風府》／爲清宮《戲出畫冊》之一幀。謝金吾矯詔拆毀清風府，陷害楊家。焦贊怒而殺之，遭發配，途宿三岔口店，店主劉利華欲害之，遇任堂惠來救。

關漢卿

如果說，元雜劇奏響的是時代的黃鍾大呂，那麼，關漢卿就是這歷史合聲深處最爲沉重渾厚的旋律。在元代眾多傑出雜劇作家的隊伍中，關漢卿昂首闊步地走在最前列。關漢卿是一位下層文人，名不列經傳，生活在金末和元代前期。他一生中創作了大量的雜劇作品，總數在60種以上，代表作有《單刀會》《竇娥冤》《救風塵》《望江亭》等。關漢卿一生與優人爲伍，結識了許多藝人朋友，時不時還親身登場扮演，這使他的作品都

是符合演出實際的"當行"之作，因此得以在舞臺上長期流傳。

作爲元雜劇的奠基人，關漢卿的重要功績之一是奠定了雜劇表現題材的廣泛範圍。元代其他的雜劇作家，往往各有一定的題材領域，各守所長，而關漢卿卻具有極其寬廣的表現範圍。如果考慮到他開始創作的時間最早，我們不得不佩服他的戲劇創造能力，他幾乎爲後人樹立了雜劇創作的全部模式。的確，除了脫離現實生活的題材以外，關漢卿的劇作幾乎無所不包，既有千年流傳的歷史故事，更有發生在眼前的現實內容；既有激烈抗爭的分明陣壘，又有鳥語花香的男女風情。莊稼漢、漁夫、工匠、奴婢、窮書生，是關漢卿劇作中最普遍也是最主要的主人翁。劇作家以空前熱情的筆觸，精心塑造了這些下層民眾的藝術形象，描寫了他們的苦難遭遇，表現了他們的智慧和心地，讚揚了他們對美好生活的憧憬和追求，使他們成爲元雜劇文學中最有光彩、最

惠山泥塑關漢卿／高18.5公分。凜然屹立，橫眉冷對，手握手卷，壯志凌雲，將一代雜劇大師關漢卿的精神氣質刻畫得入木三分。

明萬曆顧曲齋刊《古雜劇·切膽旦》插圖

有性格、最富有時代印記而無法被任何人所忽視的形象群體。

關漢卿不僅在戲劇題材方面有著廣泛的涉獵，而且對戲劇的各種風格樣式也都不拘一格地有所嘗試。激烈雄壯的正劇如《單刀會》，凄苦怨憤的悲劇如《竇娥冤》，嬉笑怒罵的喜劇如《救風塵》，都表現得爐火純青而又揮灑自如，顯示了關漢卿多方面的藝術才華。

在關漢卿對戲劇衝突的構設中，總出現兩個對壘的陣營：一方是代表著傳統美德的善良與正義，儘管這些觀念的代表者可能身爲至卑至賤的寡婦、婢女或妓女；另一方則是代表著社會病態的醜惡與奸邪，體現爲搶劫、霸占、巧取豪奪等惡行。這兩個方面的碰撞和鬥爭，成爲貫穿關漢卿劇作的基本戲劇衝突方式。

作爲一個"躬踐排場，面傅粉墨，以爲我家生活，偶倡優而不辭"（《元曲選序》）的"當行"劇作家，關漢卿十分注意雜劇的場面安排和關目處理。他的劇作在結構上的特點是緊湊、集中，當繁則繁，當略則略，場面的選擇具有典型性。該揮灑筆墨時他如潑如瀉，該珍惜文字時他以一代十。在關目處理上，關漢卿一方

面能從人物的現實處境出發，展開衝突，將矛盾一步步引向高潮；一方面又安排轉折移步換形，變化多端，使人無法預測情節的發展。關漢卿的結構技巧純熟，他的劇作往往是結構謹嚴，針線細密，前有伏筆，後有呼應，絲連環扣，曲折動人。

關漢卿十分重視人物形象的塑造，刻畫性格棱角分明，描寫心理細致入微，表現出極高的天分和才情。《調風月》中的婢女燕燕，在得知自己的情人小千戶又愛上了鶯鶯小姐時，氣得憤然離開了小千戶的書房："出門來一腳高一腳低，自不覺鞋底兒著田地。痛連心除他外誰跟前説？氣憤破肚別人行怎又不敢提？獨自向銀蟾底，則道是孤鴻伴影，幾時吃四馬攢蹄。"這段曲辭，將她那種腳步蹣跚、神情恍惚、陷入一種被人捆住手腳而又掙脱不開的難言苦痛表現得真切細膩。再如《蝴蝶夢》裏的王母，不忍

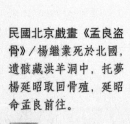

民國北京戲畫《孟良盜骨》／楊繼業死於北國，遺骸藏洪羊洞中，托夢楊延昭取回骨殖，延昭命孟良前往。

李斛繪關漢卿像／關漢卿，號已齋叟，大都人。由金入元，終身不仕，寄情詞曲，留連風月，以雜劇創作爲生，和當時活躍於大都書會中的雜劇作家、散曲作家，各地勾欄中的雜劇演員和其他歌兒舞女，有著廣泛的交往，時而粉墨登場，參加雜劇演出。著有雜劇60餘種，影響廣遠。

見前妻的兩個孩子抵罪而死，只得忍痛將自己的親生兒子獻出。然而，當她得知王大、王二被釋，獨王三償命被殺時，她再也掩飾不住自己的真實感情了。她一邊勉強招呼著王大、王二："家去來，休煩惱者！"一邊却情不自禁地感嘆："眼見的你兩個得生天，單則你小兄弟喪黃泉！"後來，當她看到王三血肉模糊的屍體時，不由得悲啼起來："教我扭回身，忍不住淚漣漣。"正在這時，她聽到王大、王二也在哭，她又像是得到了某種安慰似的，強自說道："罷！罷！罷！但留得你兩個呵，(唱)他便死也我甘心情願！"短短的一段曲子，將這位慈母的心理，刻畫得那麼真實、曲折，而又那麼入情入理。

關漢卿是古典戲曲的語言大師，前人多以他爲元劇本色派的代表。他一方面繼承宋人平話的優良傳統，儘量提煉當時城市平民，尤其是下層勾欄中各種人物的語言，使之明白曉暢，潑辣生動；另一方面又從中國傳統的詩詞歌賦中尋找那些有生命力的文學語言，來豐富他曲文的色澤、韻味，使之自成一格。作爲"沉鬱下僚，志不得伸"的下層藝術家，關漢卿尤其熟悉社會生活中的那些民間語言。達官貴人的應酬，文人學士的華章，公堂的對答，媒人的讚語，強盜的黑話，相士的胡謅等，他都一一爛熟於心中，並出之於筆上，因而他的劇中人語言，都是那樣地

自然、通俗而生動。

王實甫《西廂記》

王實甫以一部輝映千古的作品：《西廂記》，取得了他在中國戲曲史上的顯赫地位。元雜劇有了《西廂記》，才能夠成爲稱雄一代的文體。

和元代其他劇作家不同，王實甫選擇了一個獨特的視角。他關注的是愛情的命運，是愛情發生、發展、實現的過程。關漢卿也寫兒女風情劇，但其基本框架，則是一對情人向阻礙他們結合的第三者的反抗和鬥爭，至於男女雙方之間的傾慕與愛戀，則較少觸及。而王實甫的功績在於，他藉鶯鶯與張生的故事，寫出了封建時代千百萬青年用痛

苦的生命汁液結晶成的愛情本身，寫出了曾經被歷史的冰層封埋了多少代的人性內容。可以説，這不僅是元雜劇歷史上的第一次，而且是整個中國文學史上的第一次。遍數前人愛情作品，還從來沒有一個人能像王實甫那樣全面、複雜、曲徑通幽地寫出愛情本身的美好與魅力所在。

在中國戲曲文學史上，或者説在

"正撞著五百年風流業冤！""顛不剌的見了萬千，似這般可喜娘的龐兒罕曾見。則著人眼花繚亂口難言，魂靈兒飛在半天。"而鶯鶯也在這乍一見面中怦然心動："且休題眼角兒留情處，則這腳踪兒將心事傳。慢俄延，投至到櫳門前面，剛挪了一步遠。"

婚姻要以愛情爲基礎，這是時代的聲音。元蒙人主中原的現實，打亂了正統的社會秩序，引起原有社會階層的分化與衍流，而動蕩的社會局面，又導致家庭維繫力的極大減弱，這種社會背景，孕育了新的家庭組合觀念，那就是情愛觀的抬頭。在元雜劇中，我們可以看到不少情愛婚姻的作品，可以聽到不少劇作家從不同角度表達出這一相同的、具有普遍意義的愛情理想與要求。而這些作品的最爲傑出的代表，當然還要推王實甫的《西廂記》。

整個中國文學史上，是王實甫在他的《西廂記》裏第一次正面提出了以"有情"作爲婚姻基礎的理想。王實甫之前，門第、財產、權勢，"父母之命、媒妁之言"，這些支配了傳統社會的婚姻形式幾千年的準則和標尺，幾乎從來沒有被懷疑過。然而，王實甫把這些都拋在了一邊，重點描寫了青年男女彼此間的天然吸引與心心相印，並對這種吸引所形成的沖毀禮教樊籬的力量進行了由衷的謳歌，這是《西廂記》得以獲取成功的思想基礎。更爲值得讚賞的是，王實甫熟練駕馭戲劇的形式，把這種理想生動形象地展現在舞臺上，使之產生了巨大的移情作用與啓示作用，具有了充沛旺盛的藝術生命力。

在王實甫筆下，鶯鶯、張生二人的愛情被刻畫得那麼自然，那麼動人，發自天性，出乎心底，絕未摻雜一點雜質。在普救寺香火院的佛殿之上，鶯鶯與張生無意間邂逅相見，兩人便一見鍾情。張生不由得驚嘆自己

民國浙江浦江剪紙《西廂記》／崔鶯鶯約張生月夜來會，張生屆時跳牆而至，鶯鶯卻因爲丫鬟紅娘在場，當面變臉，指斥張生不守君子之道，張生惟惟而退。

明崇禎刊《張深之正北西廂秘本》插圖／張生求紅娘帶情書給崔鶯鶯，紅娘怕鶯鶯責備，偷放在妝盒上，鶯鶯見書閱過，回頭責罵紅娘一通，卻又讓紅娘給張生帶去約簡。

民國浙江永康剪紙《西廂記》

清四川綿竹剪紙《西廂記》／爲綿竹縣民間藝人作品，高54公分，寬40公分。據當時舞臺傳演場景繪成，有張生、鶯鶯、紅娘3個人物。

王實甫《西廂記》的最大特點之一，即是它難以企及的結構技巧。全劇以鶯鶯、張生之間的愛情爲主要線索，情節清晰，布局謹嚴。從一見鍾情、私定終身、被迫分離到最後團圓，首尾連貫，前呼後應，渾然一體，沒有絲毫枝蔓橫生、頭緒紛繁之弊。即如"鬧道場"、"寺警"，以及"拷紅"等折，都不是可有可無或游離於情節主線之外的關目。以其五本二十一折的鴻篇巨制，竟將情節提煉得如此單純，安排得如此謹嚴，不愧爲古典戲曲中不可多得的佳作。

然而，更爲令人心折的是，其情節單純而不單薄，其結構平舒而不平淡。無論是事件或是情境，無論是衝突或是動作，都被鋪排得層層波瀾，變故迭起。照應埋伏，隨處可見。"懸念"和"突轉"等結構技巧的運用，使得情節的發展變化莫測，搖曳多姿。如"寺警"、"請宴"之後，人們剛以爲有了一個結果，然而，"賴婚"一折又形成了新的"懸念"。如果說，"酬簡"對於"賴婚"的"懸念"是一個解答，那麼對於後來的劇情發展來説，則又是一個新的有待解答的"懸念"。緊接著"拷紅"之後的"哭宴"，事實上是又一個"懸念"。張生此去能否考中不得而知，而老夫人和鶯鶯截然不同的態度則增加了這個"懸念"的分量。當然，最後的團圓是全劇的結尾，也是對"哭宴""懸念"的解答。在整個劇情的發展過程中，是這些

"懸念"，構成了一個個重要環節，增強了戲劇衝突的藝術效果。

我們還可以看到，上述"賴婚"一折的"懸念"，是由"突轉"這一藝術手法構成的。老夫人由許婚變賴婚，鶯鶯、張生從希望變失望，紅娘從喜悅到煩惱，整個戲的情調從歡樂到悲憤——劇情突然發生了一百八十度的大轉彎。"賴簡"一折也是"突轉"。鶯鶯的臨陣變卦，不僅出乎張生的意料，而且出乎讀者和觀衆的意料，張生應約來會鶯鶯，從日出一直捱到太陽"西沉"，"發擂"、"撞鐘"……急切的心情達到極點。然而，真正見面時，鶯鶯却突然變卦，這個變化如此突然，以至於使張生這個在紅娘面前以"猜謎語的社家"自詡的俊才，一下子變成了"叉手躬身""無一言"的"傻角"，極富戲劇效果。"拷紅"一折，也是巧妙的"突轉"。老夫人知道了鶯鶯張生的私情後，當然要嚴加問罪；等待著二人的，必將是一場災難；紅

娘參與此事，勢必要被"打下下半截來"。然而，在紅娘據理力爭之後，情勢發生了一百八十度的大轉彎：老夫人不得不立即許婚；二人不僅沒有大禍臨頭，反而得到了認可；紅娘則從一個被拷打者變成了一個審判者。這一"突轉"，不僅有力地揭示了人物性格，而且產生了極其生動的戲劇效果。

王實甫劇作的語言風格，優美、俏麗、高雅、雋永，形象生動，充滿詩情畫意。其中一個最值得稱道的特點是他善於選擇和提煉前人詩詞中的一些優美佳句，化用到自己的語言中來，熔鑄成自然而華美的曲詞。例如《西廂記》中享譽最高的、崔鶯鶯在長亭送別時所唱的那段【正宮·端正好】："碧雲天，黃花地，西風緊，北雁南飛。曉來誰染霜林醉？總是離人淚。"曲詞的空間構成十分豐富，而色彩的搭配就更爲講究。用霜林的紅色來比喻離人的眼淚猶如血一樣珍貴，寓意深遠而字面又不著一"紅"字，十分精彩。這種意境，顯然要高出宋代詞人范仲淹的【蘇幕遮】"碧雲天，黃葉地"。再如張生走後，鶯鶯思念他時所唱的一段【逍遙樂】："曾經消瘦，每遍由閑，這番最陡。何處忘憂，看時節獨上妝樓，手卷珠簾上玉鈎。空目斷山明水秀；見蒼烟迷樹，衰草連天，野渡橫舟。"獨上妝樓，憑欄遠眺，遠處蒼烟衰草，近處野渡橫舟，獨不見旅人歸來。鶯鶯的滿腹愁思透入滿目凄凉的景物描寫。從這段曲子中，可以明顯看到古典思婦詩的韻致和色彩，而又獨鑄己境。

馬、白、鄭

馬致遠

在中國戲劇文學史上，馬致遠是第一個以文人爲主要描寫對象的劇作家。他是那樣專注於訴説文人的不幸命運。其劇作落筆於仕途的坎坷，甚至糊口的艱辛，把一個時代的政治災難內化爲文人精神上、心理上的創痛與苦悶。展讀馬致遠的作品，可以強烈地感覺到，滲透其中的情緒是對社會的深深失望。這種情緒執著強烈，並且在其作品中一以貫之。馬致遠的筆下，無論是耿耿於功名的鍾離權，還是時刻關注著興亡更迭的呂洞賓，或者是懷才不遇、到處碰壁的張鎬，儘管他們口頭上也高唱著成仙得道的快樂，然而骨子裏銘刻的却是對人世的留戀。和徜徉於山野之間、縱情於物化之外的老、莊相比，他們絕對沒有出世後的超然與聖潔，沒有耽情於山水田園的和諧與安寧，更沒有不食人間烟火味的清高與脱俗。與其說他們熱衷度脱是出於對天堂的嚮往，不如說是出於對現實的失望。他們的行動和心理中，充滿著一種入世不能的孤獨與苦悶，一種無可奈何的失望感。即便是馬致遠傾注了極大心血、被今人視爲其代表作的《漢宮秋》，描述的儘管是宮廷情愛的血肉生活，滲透其中的，仍是一種極度的失望情緒。

如果我們關注一下馬致遠個人的

了他的希望，使他看破紅塵，接受了度脫。

《岳陽樓》本是元代最爲流行的八仙故事戲。劇中的呂洞賓本是度脫、點化別人入道升仙的八仙之一。然而，在馬致遠的筆下，他對現實卻時刻無法忘懷。登上岳陽樓時，他感慨萬端，唱出了對國土淪喪的忿然，對英雄、奸雄的激烈褒貶。這些根本不是一個心如止水、萬念俱無的神仙的口吻，分明是一個時刻關注著現實政治動向的參與者在指點江山。

如果説，在《黄粱夢》和《岳陽樓》等神仙道化劇中，馬致遠的主人公還披著一層宗教外衣的話，那麼，《薦福碑》則是直接抒發文人士子們悲憤情緒的力作。劇中主人翁張鎬那求仕無路、無從進身的窘境，那哭天喊地、悲傷欲絕的情形，被鋪陳得淋漓盡致。

與他的神仙道化劇相比，《漢宮秋》是另一種類型的戲劇，即他不再在逃遁中尋求躲避，而開始直面政治苦難的現實，出來承擔起歷史的悲劇命運。人們説，《漢宮秋》是馬致遠的代表作，就是從這個意義上發現了它的特殊生

生活經歷，留意一下他個人遭際同其劇作的聯繫，那麼，可以清楚地發現，劇作中的文人故事，正是他個人某種不幸經歷的折射，作品中表現出來的意境和心緒，正是他個人心理的外化。當然，作品中的主人翁並不就是他自己，但人們分明可以從那些人物身上，或多或少地尋到他的影子。事實上，馬致遠個人經歷以及持續不變的心態，對其寫作動機、作品格調乃至語言風格的影響極大。

《黄粱夢》寫文人進入仕途之後受到的種種污染與戕害。依據全真教經典故事改編而成的這部雜劇，主人翁呂洞賓的道士身分被馬致遠變成了唐末一個充滿榮華富貴之想的書生，他自幼攻習儒業，一心要求取功名。所以當東華帝君派正陽子鍾離權來勸他入道時，他一口回絕："我十年苦志，一舉成名，是荷包裹東西，拿得定的。神仙事渺渺茫茫，有什麼準程？"是後來一場夢中一十八年的官場黑暗——貪污腐化、排擠傾軋葬送

民國北京戲畫《漢宮秋》／王昭君因不屑賄賂畫工毛延壽，被醜化而遭冷落，元帝即送其與匈奴爲閼氏，臨行召見，始知貌爲後宮第一，後悔已晚，昭君竟行。

明萬曆顧曲齋刊《古雜劇‧漢宮秋》插圖

清天津楊柳青年畫《漢宮秋》

清河北三河刺繡剪紙樣《漢宮秋》／高8公分，寬8公分，繪刻王昭君騎馬出塞情景。藏中國民間藝術博物館籌備組。

命力。當然，如果從他創作的整體生命流程來看，《漢宮秋》與他的神仙道化劇並沒有流向上的歧異，它們都是馬致遠用來澆自己心中塊壘的憤世之作。

《漢宮秋》取材於傳統題材，馬致遠對這一傳統題材進行了特殊處理，透過對一些情節的修改補充，使之凸現出反映民族苦難的主題，寄寓了作者深廣的憂思，凝聚了他對現實的憤懣和感嘆。

馬致遠對《漢宮秋》的加工主要體現在四個方面。首先，他將漢元帝時期漢族和匈奴勢均力敵的史實改寫爲匈奴強大，漢朝弱小。呼韓邪是依仗其大兵壓境的優勢，恃勢求親。其次，王昭君本爲一普通宮女，不但不是貴妃，甚至連漢元帝的面都沒有見過。馬致遠卻將王昭君改寫爲不僅被臨幸，而且是寵妃。再次，馬致遠將王昭君出塞的自願請行，改寫爲匈奴

按圖索驥，王昭君是被迫出塞。其四，馬致遠將王昭君久居匈奴，並生下一男二女的情節改寫爲王昭君到番漢邊界黑龍江時投江自殺。最後，馬致遠將毛延壽的普通畫師身分，改成了獻圖賣國的中大夫。

正是在這些改動中，透露出了劇作家的深曲用心：對民族敗類“忘恩咬主”的鞭撻，對外族恃強凌弱的痛恨，對滿朝文武大臣膽怯無用的鄙視，對皇帝昏庸無能的感慨。

馬致遠劇作的語言風格在元雜劇作家中獨樹一格，自然樸素，不事雕琢，然而功力又極深，其清遠高絕，為歷代文人所推讚。

白樸

白樸一生共作雜劇16種，主要有《鴛鴦簡牆頭馬上》《唐明皇秋夜梧桐雨》等。

與關漢卿的激烈、王實甫的平和、馬致遠的怨忿不同，纏繞著白樸內心世界的，是一種沉郁濃重的懷舊情緒。作為一代劇作家，他不是那種呼喚時代風雨的歌手，而是徜徉在回憶的世界裏吟唱內心感受的騷客。他不會唱大江東去的壯歌，只善吟小橋流水的悲曲。隱映在他的劇作筆墨間的，是一個凄涼的身影和悲戚的面容。以這樣的心境去寫雜劇，他選擇了《梧桐雨》。

我們看到，《梧桐雨》的情節、結構都未留下慘淡經營的影子。人物沒有精雕細刻，賓白多率意為之，甚至留有信手抄襲史書的痕跡。然而，劇中人物那一股股凄涼的意緒，卻像一段段樂章那樣，被鋪排得有條不紊而又淋漓盡致。

按照元雜劇結構安排的慣例，第

四折多是情節的邏輯高潮。夫榮妻貴、骨肉團圓、得道成仙、大報冤仇……而《梧桐雨》的第四折，卻是劇中主人翁的情感高潮。劇情沒有任何發展，全部曲詞都用來表現唐明皇的內心活動。這在元雜劇的結構安排中是一個特例，與它相似者只有馬致遠的《漢宮秋》。全折23支曲子，就像一首抒情詩那樣，抒發了唐明皇睹物懷人、悵惘、悲哀的情懷。

毫無疑問，《梧桐雨》是一齣悲劇。但它的悲劇性不表現為生死相搏的廝殺，也不表現為人與自然的對抗毀滅。白樸著重展現的是一種心理悲劇，是一種失落之後難以尋找的悲劇。這種悲劇雖然缺少外在的動作性和戲劇性，但其價值絕不在那種生死搏鬥、生命毀滅的情節悲劇之下。因為，這種看似平淡的心靈悲劇有時更接近生活本身，它使我們領略到了人類精神世界的存在方式及其價值意義。白樸是不幸的，但又是幸運的。作為一個劇作家，他在《梧桐雨》中對於悲劇外在形態與表層結構的揚棄，

白樸像（《九金人集·天籟集》）／白樸（1226～?），字仁甫，號蘭谷先生。其父、祖皆為文士。白樸7歲遭遇蒙軍破城之亂，隨父執元好問避難。長而聞見博洽，學問深精，負一時之名。然而官府欲用之，白樸卻再三謝絕。一生創作雜劇16種，享盛譽，人稱"關馬白鄭"。

民國浙江東部窗花《唐明皇遊月宮》／繪刻唐明皇、葉法善同揖月中仙子情景。

民國山西剪紙《祝英台死嫁梁山伯》／祝英台與梁山伯同窗念書三年，產生感情。後祝家將女兒許配他人，梁山伯聞訊，鬱悶而亡。祝英台得知，前去祭奠後自盡。死後二人雙雙化作蝴蝶。

對於悲劇真正核心——精神因素的把握，使他在中國戲劇文學史上，永遠地刻上了自己的名字。

《牆頭馬上》是白樸的另一著名劇作。它與關漢卿的《拜月亭》、王實甫的《西廂記》、鄭光祖的《倩女離魂》被合稱爲元代四大愛情劇。如果說白樸在《梧桐雨》中所表達的社會性感受是悲觀消極的話，那麼，《牆頭馬上》所體現出來的則是對於個人幸福的微弱追求。白樸藉此洩露出了他面對淒苦人世的怨憤情緒。

千金之女李千金，大膽追求愛情，當她看到一個中意的書生，立即與之幽會。幽情敗露，她敢作敢當，承擔責任，慷慨陳詞，爲自己辯解，並毅然拋棄父母和家庭，與情人私奔。以

後，由於缺乏正當名分，竟然在裴家後花園裏過了七年"不明白好夜良天"的日子，並爲裴少俊生下一雙兒女。裴父發現後要趕她走，她竭力抗爭，爲自己申辯。在父親的壓力下，裴少俊寫了休書。千金既恨裴尚書"毒腸狠切"，又怨丈夫"軟揣些些"，最後在瓶墜簪折的失敗中，含怨忍憤離開了裴家，"把這個沒氣性的文君送了也"！裴少俊應舉得官，前往李家尋求千金重續舊好，李千金嚴辭拒絕。裴父得知千金是李總管的女兒，也和夫人一道前來陪罪。千金開始堅不相認，無奈一雙兒女苦苦哀求，又恐重新與兒女分離，只得屈從現實，但却舊事重提，再次以卓文君的榜樣表明自己行爲的合理性："自古至今，

則您孩兒私奔哩？”“只一個卓王孫氣量卷江湖，卓文君美貌無如。他一時窺聽求凰曲，異日同乘駟馬車，也是他前生福。怎將我牆頭馬上，偏輸却沽酒當壚？”李千金的一腔怨憤，終於得到了暢洩。白樸對於桎梏人生幸福的外在阻力的怨憤，也同時透過主人翁的口傾倒出來。

千百年來，在“父母之命，媒妁之言”的律令制約下，在“聘則爲妻，奔則爲妾”的棒喝威嚇下，多少男女被納入“七歲不同席”、“授受不親”的“大防”中，多少青年在沒有社交、沒有愛情、與世隔絕的封閉環境中消磨著青春和生命。長期的禁錮和隔絕造成了性格的扭曲和心理的逆反，因爲願望的力量總是同禁令的嚴厲程度成正比的。這種逆反心理刺激了他們的好奇心與病態的遐想，而一見鍾情的婚戀模式正是他們對抗傳統禮教之反作用力的必然結果。因而，歷代描寫男女愛情的文學作品，不論是小說還是戲劇中的男女主角，大多採用的是這一模式。但是，將這一模式單獨提煉出來，獨立成篇，並加以鋪敘敷衍，對之進行公開而正面的提倡與歌頌者，唯白樸一人而已。

明萬曆顧曲齋刊《古雜劇·梧桐雨》插圖／唐明皇娶楊貴妃，終日與之歌舞享樂。楊貴妃能舞《霓裳羽衣舞》，輕盈迴旋於地毯之上，唐明皇親爲擊鼓伴奏。

鄭光祖

鄭光祖的《王粲登樓》，因爲跳出了元代文人那種消極悲觀、淒楚哀婉的情感色調而極受稱讚。尤其是劇中主人翁王粲那“不肯曲脊於人”的頑强而又高傲的秉性，對“小人儒”與“浮雲”等奸邪之輩的痛斥，對“儒冠誤人”問題的清醒以及與邪惡勢力保持嚴格界限的決心，都使這部劇作超出了個人身世詠嘆的範疇，而成爲古往今來普天下遭遇不偶、漂泊未遇的文人士子們的嘆世心聲，從而受到了歷代飽學之士們的高度評價。

應該説，《王粲登樓》的成功主要得力於劇中渲染的慷慨磊落的氣勢與情調。而在另一部名作《倩女離魂》中，鄭光祖却對劇中人物作了靈肉分離的嘗試，從而將人的精神世界與現實世界對立起來，並在舞臺上進行了生動展現。他把人的思想感情有形化、具象化、立體化，使之成爲人們

清安徽亳縣花戲樓木雕《虎牢關三戰呂布》／十八路諸侯在虎牢關會戰呂布，不能取勝。劉備、關羽、張飛三人夾擊呂布，呂布敗入虎牢關。

明崇禎刊《古今名劇合選·酹江集·㑇梅香》插圖／白敏中透過丫鬟樊素，與裴小鸞相約婚姻。後白被裴家趕出，考中狀元。裴小鸞奉御旨與狀元結婚，樊素看出狀元即是白敏中，皆大歡喜。

可見、可聽、可觸摸、可感受的生動形象。這一嶄新的藝術形象一出現在舞臺上，就給人帶來極其強烈的刺激和震動。

身魂一分爲二的情節設計，基於鄭光祖對於男女愛情強烈程度的理解。本來，張倩女已經被聘，即使不隨愛人私奔，婚姻也不會受到任何威脅。但倩女執著於一片真情，並對母親的間阻產生巨大的反叛心理，鬼魂於是離體而去，追上王文舉。於是，私奔者做了堂堂正正的夫人，享盡人間風光；待聘的卻委頓病榻，“眼見的千死萬休，折倒的半人半鬼”，若非魂兮歸來，險些無法喜慶團圓。“想當日暫停征棹飲離尊，生恐怕千里關山勞夢頓。沒揣的靈犀一點潛相引，便一似生個身外身，一般般兩個佳人：那一個跟他取應，這一個淹煎病損。母親，則這是倩女離魂。”倩女這最後一支曲子，不僅巧妙地交代了事情原委，而且點出了作者的良苦用心。鄭光祖用這種似幻卻真，若虛卻實，身魂交替，恍惚迷離的描寫，不僅以其強烈的戲劇效果吸引著觀眾的身心，而且以其悖於情理的荒誕情節完成了一個象徵：青年男女在愛情的執著和“父母之命”的巨大矛盾中痛苦不堪。

旺盛的生命力裹挾著他們不計利害、不顧一切地衝往生命鋪就的愛情之路，而傳統禮教卻逼迫著他們屈就於陳舊的婚姻模式之中，不得動彈。前者是精神無限度地向外飛揚，後者則是精神無限度地向內收斂。靈魂的張揚享受著出生入死、天真而自然的情愛，而沉重的肉體則只能接受殘酷現實的束縛。在這部劇作中，靈魂與肉體的離異和交戰象徵著現實與理想的矛盾。結果是理想插上翅膀，在生命力的驅動下騰躍而上。現實則如倩女那沉重僵硬的軀體，被傳統禮教死死纏住，上天無路，入地無門。

這種象徵和比喻具有極其豐富的現實意義。作爲一位對現實有著深刻思考和真知卓見的劇作家，鄭光祖早已感受到中國傳統婚姻模式的缺陷和弊病，承認愛情在男女婚姻中的絕對支配位置。但是，這種在理論上只需一步即可完成的見解，在實踐的刻度表上也許需要上千年的歷史進程才能

實施。鄭光祖正是藉劇作對於倩女身心兩方面真實動人的對比刻畫，揭示成功者的經驗，總結失敗者的教訓，從而給那些陷入情與禮的矛盾中不可自拔的青年男女們指明了一條前進的途徑。

《倩女離魂》的象徵手法在藝術上的價值在於：它為戲劇揭示人物內心世界的豐富性和複雜性開闢了一條嶄新的道路。或者說，為刻畫人物的精神風貌提供了一種新穎的舞臺手段。有人說，藝術的最高目的，在於表現人的本質，在於表現人類的優點和弱點。而現實生活卻是無比的複雜，人們的心裏猶如倒海翻江的巨瀾，表面上卻可以酷似風平浪靜的海面。如何表現人類這種複雜的身心狀態，是歷代藝術家嘔心瀝血的努力所在。鄭光祖的《倩女離魂》無疑是一次成功而有意義的嘗試，它使人物藏在內心的思想感情立體化，使人物精神可感化，使抽象情緒舞臺化，將理想與現實、軀體與心靈、藝術真實與生活真實，那麼令人信服而又和諧完美地體現於倩女一人身上，從而成功地完成了這次創作。

劇場的興起

中國劇場走過了一個很長的發展歷程，有一個職能逐漸明確和固定的演變史。最初是隨處演出，以後逐漸在寺廟裏產生了"戲場"。宋代劇場正式形成，主要分作兩類，一類是神廟劇場，一類是城市遊藝場所——瓦舍勾欄建築。這兩類劇場都在元代發展到極盛。劇場的完善是與元雜劇的興盛互動的，可以說，沒有如此完善而普遍的劇場興建，元雜劇就沒有生存之基礎，而沒有元雜劇的繁盛，也就沒有劇場的發展。

廟宇劇場溯源

唐宋以後中國廟宇建築形成了大體上的固定格局，一般來說，一個完整的神廟有山門、鐘鼓樓、戲臺、獻臺(獻殿)、正殿、配殿和東西廊房等建築，周圍再以圍牆圈繞，占據相當的地面，形成一個獨立的內封閉空間，而戲臺成為一個重要的組成部分。

宋金神廟戲臺主要為露臺和舞亭兩種，前者為戲臺的初級形式，後者為發展了的比較完善的形式。

露臺是露天的臺子，早見於漢唐廟宇，唐代寺院裏很多。到了宋金時期，在民間土神小廟裏建露臺的情況已經極為普遍。露臺或以土壘，或砌以磚石。

露臺不能遮蔽風雨，於是臨時性的樂棚出現在露臺上。時拆時卸不方

山西永濟董村三郎廟元代戲臺／單檐歇山頂，四角立柱，間距為東西寬8.2公尺，南北深6.5公尺，臺基高1.38公尺。戲臺脊槫墊板上題字落款為至治二年（1322年）。前臺已被壘作大門和牆壁。

山西臨汾魏村牛王廟元代戲臺／單檐歇山頂，四角柱間距爲東西6.91公尺，南北6.04公尺，臺基東西寬10.71公尺，南北寬10.66公尺。

山西臨汾東羊村東嶽廟元代戲臺／爲十字歇山頂式方形戲臺。四柱間距爲面寬8.2公尺，進深7.85公尺，臺基高1.6公尺。臺前八角石柱上有至正五年(1345年)刻字。

便，把臨時搭建樂棚改爲蓋設永久性建築，露臺上建起房頂，就成了舞亭。

"亭"爲周遭無牆、以柱撐頂的建築，是四壁洞開的。"舞亭"取"亭"爲名，自然是因爲其結構上與之一致，也是四面敞開、可以圍觀的。

北宋前期神廟裏舞亭類建築的普遍出現，適應了神廟祭祀演出的實際娛人的需要。演出既然是爲了娛人，就對演出場所提出一定的要求。宋以來發展起來的舞亭類建築在神廟中的位置，都是居於正殿的南邊，與正殿保持相當的距離，使正殿與戲臺之間形成一片空闊的場地，這片場地的作用就是爲了讓觀衆站立觀看演出。舞亭都有高臺，以便衆人的視線無論前後遠近，都能不受阻礙，於是又被稱爲"舞樓"。

元代廟宇戲臺的完善

元代隨著演出需要的增加，廟宇劇場建築大量湧出，今天我們可以在古建築保存比較好的山西南部地區看到衆多的遺跡。

從今存元代戲臺遺址實地考察情況來看，當時舞亭類建築的基本形制是固定的：一般都有一個一公尺多高的臺基，平面方形，石質或磚質。上面四角立柱，石質或木質。柱上設四向額枋，彼此在轉角處平行搭交，形成"井"字形框架。額枋上每面設斗拱四攢、五攢乃至六攢不等。轉角處施抹角梁和大角梁，其上設井口枋，與普柏枋斜角搭交，形成第二層"井"字框架，而與第一層框架交叉相疊。其上又有斗拱，再設第三層框架。各層框架逐漸縮小，形成藻井形制。藻井斗拱上設檐槫、平槫、脊槫，中心設雷公柱，周圍撐以由戧。屋頂爲大出檐，屋角反翹，具有獨特的藝術風格。運用藻井能夠幫助舞臺樂音的聚攏和共鳴，是一種比較科學的建築方案。

戲臺平面一般接近正方形，寬、深一般都在7至8公尺之間，面積在50至60平方公尺左右。如果從屋頂式樣來分，元代戲臺可以分作兩種基本類型，即十字歇山式和單檐歇山式。十字歇山式舞亭較爲少見，單檐歇山式舞亭爲元代戲臺普遍的樣式，今存元代戲臺大多採取這種結構。

由戲臺發展軌跡來看，宋金早期

舞亭大約多採用十字歇山頂，正是亭類建築的特徵，其觀看面向還無一定，人們可以隨意圍觀。元代戲臺頂棚多爲單檐歇山式，則已經是從四面觀看過渡到前面觀看以後改進了的樣式了。

元代又把舞亭稱作"舞廳"，這反映了其時戲臺建築的改進。元代戲臺的觀看角度已經從四周向前方三面轉移，其標誌爲紛紛在舞亭的後部加砌後牆。加添後牆使戲臺形成一個較淺的後臺空間，其效果一可以排除觀看時的視覺干擾，二可以增加演唱的音響效果，三可以留出後臺，便於演員的換裝、休息、上下場以及配合場上的表演(如做效果、與上場演員應答)等等。而前臺呈三面展開，就使演出由四面觀看變爲前、左、右三面觀看，完成了中國古代戲臺建築的一次大的變革。

勾欄劇場

廟宇劇場還不是專門化的演劇場所，真正的商業劇場還是城市中的瓦舍勾欄。

從北宋開始，隨著城市商業經濟

山西翼城曹公村四聖宮元代戲臺／單檐歇山頂，四角柱間距爲東西、南北各8公尺。無明確紀年，現存構件多爲元物。

的繁榮，在城市裏出現了大型的遊藝場所：瓦舍。瓦舍是供人遊樂的地方，其中設置許多勾欄，勾欄爲演出場所，裏面上演各種戲曲、曲藝節目，對遊人售票開放。

勾欄是棚木結構建築，上面是封頂而不露天的，是一種類似於近代馬戲場或蒙古包式的全封閉近圓形建築，演出可以不考慮氣候和時令的影響。其中供演出用的設備有戲臺和戲房，靠一頭建立。圍繞戲臺則有從裏向外逐層加高的觀衆座席，稱作腰棚和神樓，對戲臺形成三面環繞的形勢。勾欄的頂部用諸多粗木和其他材料搭成。勾欄一側開有一個木條門。勾欄實行商業化的演出方式，正式向觀衆進行售票。這時，中國劇場的正式形成期來到了。

元代各個城市裏的勾欄數量衆多，分布廣泛，它們成爲元雜劇的主要活動場地。

在北宋前期到明代

山西陽城屯城村東嶽廟元代戲臺／戲臺梁架結構已改爲明代式樣，但4根舊有石柱尚存，粗大古樸，當係創建戲臺時所用。

山西沁水郭壁村府君廟元代戲臺／屋頂單檐歇山，山花向前。四角立柱，間距東西面寬5.53公尺，南北進深5.54公尺，臺基高1.1公尺。據明代碑記，該戲臺始建於北宋元豐八年(1085年)，現存爲金元架構。

前期(約11～15世紀)這400餘年的時間裏，中國戲劇的演劇場所以瓦舍勾欄爲主，神廟劇場爲輔。只是，勾欄劇場的建築還是很簡陋和草率的，僅僅運用木料和席棚一類材料拼搭而成，很容易塌毀，也沒有在建築技術上完全解決全封閉大跨度空間的設計和建造問題，因此時而出現勾欄倒塌事件，影響了它的進一步發展。另外，勾欄演出過分依賴於城市的商業繁華和民衆冶遊習俗，當明代以後外界條件發生變化，它就很容易地走向了衰落。倒是神廟演出，由於它作爲祭祀儀式的神聖性和舉行時間的間歇性，使之能夠作爲一種固化的形式而得到長久的保存和沿襲，它對於財力的較小需求，也比較容易實現，因此一直長期發展下去。

第七章

明傳奇異軍突起

明初南戲和北雜劇並行發展，百餘年後，南戲忽然出現了新的轉機。大約從成化元年(1465年)開始，南戲在東南幾省間，陸續變化出新的腔種來。在嘉靖年間(1522～1566)，新腔異調更是層出迭見。這些新聲腔調一經產生，立即便以異常迅速的態勢，向南北各地流布，其發展之快，足迹之遠，致使原有的古老南戲根本不能望其項背。而在這些新腔調咄咄逼人的攻勢下，曾經一度盛極全國的北雜劇竟然從此一蹶不振，陸續萎縮，直至消亡。

南戲的發展

諸多變體聲腔的產生

明人祝允明《猥談》說："數十年來，所謂南戲盛行。"這是明朝開國百年左右的事。明成化二年(1466年)中進士的陸容《菽園雜記》卷十說，當時"嘉興之海鹽，紹興之餘姚，寧波之慈溪，臺州之黃岩，溫州之永嘉，皆有習爲優者，名曰'戲文子弟'，雖良家子不耻爲之。"其中提到的五處地名，都在浙江境內的沿海一線。經過300多年的薰陶，浙江已經成爲南戲的故鄉，藝人輩出。南戲藝人經常四處流動作場，並且漸漸向北方發展，在明英宗朝，竟然有一個吳優戲班跑到了北京，並且被宮廷錄用(事見陸采《都公談纂》卷中)。

明代中葉以後，南戲在東南幾省間開始形成諸種變體聲腔。祝允明

《猥談》説當時南戲已經"音聲大亂，……遍滿四方，輾轉改易，又不如舊，蓋已略無音律、腔調。愚人蠢工，徇意更變，妄名餘姚腔、海鹽腔、弋陽腔、崑山腔之類"。他提到的餘姚腔、海鹽腔、弋陽腔、崑山腔，就是當時盛行的四種南戲聲腔。

明人繪《南中繁會圖》局部／前臺爲平頂布棚，後臺爲尖頂席棚，臺面爲木板鋪搭，下設椿柱。紅氍毹上3人表演，兩側8人演奏笛、笙、琵琶、雲鑼、小鑼、扁鼓、鈸等樂器。藏中國歷史博物館。

山西沁水縣城玉帝廟明代戲臺／爲明代早期式樣，其屋頂尚保留元代單檐歇山格式，然梁架結構已經改變，朝向橫跨度擴大的方向發展。

明人繪《憲宗行樂圖卷》局部／圖繪雜技隊伍在由左向右行進，邊行進邊進行各類雜技表演。

又出現了石臺腔和調腔，也屬於南戲變體系列。其中一些聲腔生命力極強，很快發展爲全國性的大劇種，例如青陽腔、徽州腔即是如此。

在這些南戲變體聲腔當中，崑山腔漸漸占據了突出重要的地位。由於崑山腔在音樂方面較爲細膩典雅、婉轉柔和，因而受到文人士大夫的青睞和推崇，文人們樂於爲之譜寫劇本，幫助其提高文學品位。萬曆以後的傳奇劇本，大多是爲崑山腔上演而作。文人宦臣們喜歡豢養崑山腔家班，達官豪紳們在仕宦奔走途中經常帶著崑山腔戲班隨行，崑山腔的足跡於是遍及天涯。崑山腔在萬曆年間甚至取得了“官腔”的地位，成爲雄居其他所有南戲變體聲腔之上的一種聲腔。

南戲變體的聲腔特點

明代中葉以後產生的這些南戲腔調，由於全部都是從古南戲發展而來，因而在伴奏樂器和演唱方法上，多半是對古南戲的承襲。嘉靖以前人祝允明在《猥談》裏說：餘姚腔、海

這四種南戲腔調興起後，就很快向南方各地廣泛滲透，逐漸接管了古老南戲的天下，又更擴而大之，足跡遍布南半部中國。其中弋陽腔因爲“錯用鄉語”，加用滾調，通俗流暢，內容淺顯，因而得以在民間擁有最多的觀眾，發展最爲迅速，其足跡幾乎覆蓋了全國。

嘉靖年間，南戲在各地演變出新腔調的情形更是一發而不可收，根據當時的各類記載進行統計，至少又形成九種腔調，它們是：杭州腔、樂平腔、徽州腔、青陽腔（池州調）、太平腔、義烏腔、潮腔、泉腔、四平腔。萬曆以後，

鹽腔、弋陽腔、崑山腔，"若以被之管弦，必至失笑"。從中可知，在他的時代，這四種腔調還都是不用管、弦樂器伴奏的。後來崑山腔經過了一番改造，加進了管、弦樂器，那是特例，其他十餘種腔調，則一律都是不用管弦樂器伴奏的。

崑山腔經歷了一個特殊的發展過程。起初，它與眾南戲聲腔一樣，也是沒有弦樂伴奏的，但到了嘉靖後期，崑山地方一些曲師慢慢對崑山腔進行加工改造。著名的如魏良輔，他看到南戲在演唱技巧上遠不如北曲，"憤南曲之訛陋"，於是潛心研磨，用北曲的技巧來改變南戲的唱法，把崑曲唱腔研琢得極其精致、細膩，到了氣無烟火、細如游絲的地步，時稱"水磨腔"。魏良輔是當時享有盛名的曲師，他對北曲的重視和採納，吸引了更多歌工的參與，於是有名張野塘者，將弦索樂器帶進了崑山腔。

加進了弦索樂器伴奏的崑山腔，開始主要用於散曲清唱，戲場上的演出還是傳統的只用鑼鼓伴奏的崑山腔。後來一位文人梁辰魚出來，著重在劇本唱口方面進行加工，寫出了適合配以"水磨調"演唱的劇本《浣紗記》，弦索伴奏才被正式用於戲曲舞臺。從此崑山腔成了文人士大夫的座上佳賓，走上了與其他聲腔不同的發展道路。

那些在民間土生土長的南戲變體，在它們的實際演出過程中，也從演唱方面對南戲進行了改造。這主要體現在一種新的韻體齊言詩曲調——"滾調"的出現上。"滾調"是一種用五言、七言句白話詩的形式演唱、敷敘曲文劇情的方法，民間演唱中用它們添加在原有傳統劇本曲詞的中間，稱作"加滾"，既起到把深奧曲詞加以通俗化、淺顯化，使之易懂易曉的作用，又能在劇情關鍵處反覆渲染、一

清天津楊柳青年畫《金印記》/蘇秦游秦國，不為所用，落魄而歸，受到全家人的冷遇，妻不下機，嫂不為炊，父母也無好言語，蘇秦乃發憤讀書，頭懸梁、錐刺股。復游魏，獻六國合縱之策，魏王喜，贈以車馬，使遍說齊楚韓趙燕諸國，遂共同西擊秦，敗之。六國諸侯會盟，封蘇秦為六國都丞相。蘇秦衣錦還鄉，全家遠迎郊外。

再烘托，最易於調動觀衆大喜大悲的情感。"滾調"完全是一種民間戲劇的舞臺創造。自它産生以後，一些民間腔調就能夠比較容易地把文人創作的傳奇劇本搬上舞臺，而底層觀衆與戲劇的距離也就更加接近了。

滾調最初於嘉靖末年見於徽州腔、青陽腔之中，以後到萬曆中期，弋陽腔、太平腔也加用滾調，遂成爲後世許多地方聲腔的共同演唱方法之祖。

南戲體制的演進

明代南戲的演出體制大體上是對於宋元南戲的繼承，但也有所發展，即在形式上逐漸走向整飭，主要體現在劇本以及音樂體制的定型化上，包括曲牌聯套方法的趨於精密，曲牌宮調歸屬的完成等，角色分工則日漸精細合理，這一切變化，都把南戲推向了其發展的高峰時期。

演出體制

明代南戲演出承襲宋元，形成

明萬曆書林陳含初刊《李九我批評破窰記》／呂蒙正爲貧士，居破窰。劉氏女彩樓招親，蒙正適經過，被彩球拋中。劉父因蒙正貧窮，欲悔婚，劉女不願，隨蒙正入居破窰。後蒙正赴試，劉女受盡貧寒。蒙正高中，闔家終得富貴。

"副末開場"的固定套子，一直到明代中期以前，這種套子還比較繁瑣，誦詩唱詞念白對答，有著冗長的表演，以後逐漸省略爲念一詩一詞和簡單的問答。開場以後，人物出場形成所謂"頭出生、二出旦"的基本路數，即先由主角生出場，次由主角旦出場，當然也根據具體情況進行調整。人物上場先歌唱，然後念上場詩，自報家門。次要人物上場也可只念上場詩，自報家門，不歌唱。人物下場通常念下場詩。場次的劃分以舞臺上全部人物念完下場詩後下場爲一個段落，其總數没有一定，根據劇情內容而調整，通常都是數十場。

角色體制

在明代的長期演出過程中，南戲的角色體制不斷完善和發展，角色裝扮社會人物的類型層次逐漸有了更詳細的分工，而淨角行當有了很大的提高。

宋元南戲的基本角色爲7個，即生、旦、淨、末、丑、外、貼。這種角色區分法，事實上還很簡陋粗疏，只注重對於表演行當的劃分，而不注意對於社會人物類型的體現，角色還不足以表現較爲細致的人物身分及其社會關係。明代嘉靖年間，民間的舞

民國浙江東部窗花《合珠記》

臺實踐中開始增加一些角色，如小生、外旦、小外之類。根據習慣，正生是不能改換人物身分的，在劇中必須從頭到尾飾演同一個人物。當劇情要求其他與主人翁相近似的人物上場時，就必須增加生的輔助角色，這就是小生一類角色形成的原因。漸漸地，南戲角色由7個發展爲9個，即在傳統的7種角色之外，增加小生、老旦兩人，形成9種角色的格局，這大約是萬曆以前的事。9種角色仍然會有不敷使用的時候，於是再增添小旦、小丑。

到了成書於萬曆三十八年(1610年)的王驥德《曲律·論部色第三十七》裏，小旦、小丑這兩個角色也被固定下來。其中所記角色一共爲12人："今之南戲，則有正生、貼生(或小生)、正旦、貼旦、老旦、小旦、外、末、淨、丑(即中淨)、小丑(即小淨)，共十二人，或十一人，與古小異。"其中小旦和小丑都已經成爲固定角色。值得注意的是，其中的淨角已經分化爲大淨、中淨、小淨，即傳統的淨開始轉爲大淨，立工架、重做功、時亦兼唱，而淨的傳統滑稽調笑功能則由中淨——也就是傳統的丑和小淨(小丑)承擔。這種角色設置，已經初步形成了"江湖十二角色"的格局。

清蘇州桃花塢年畫《水滸記》

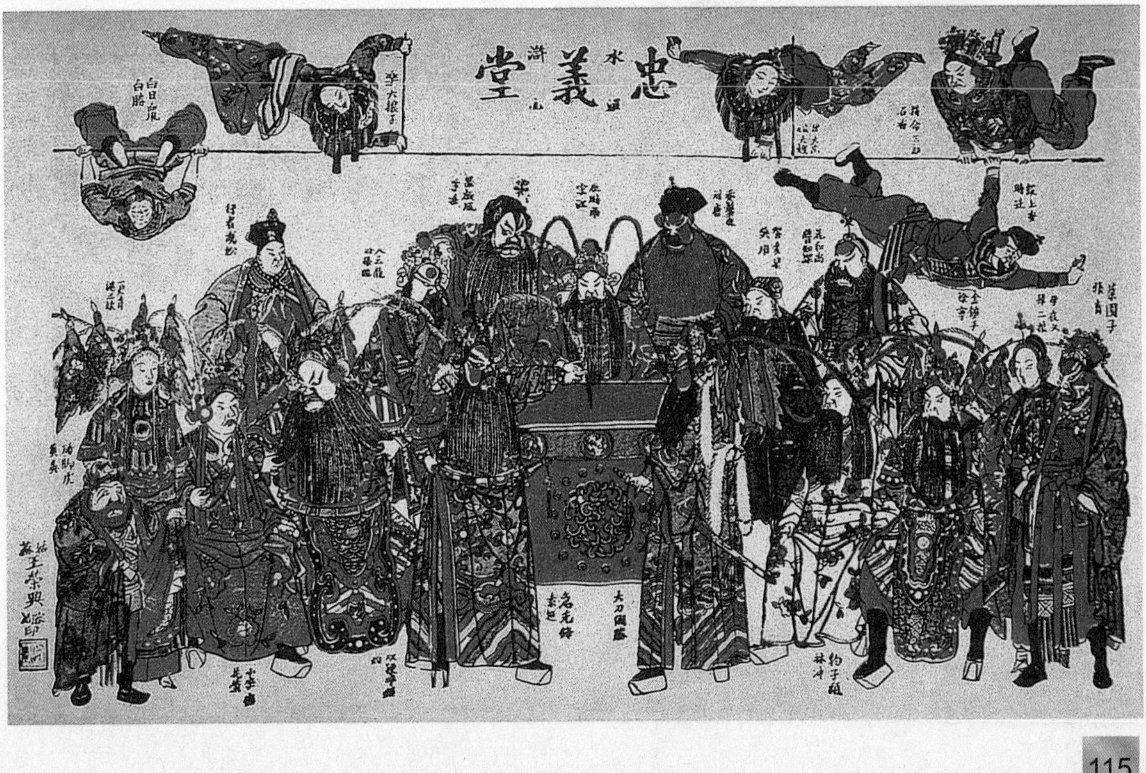

明萬曆富春堂刊《綈袍記》插圖／魏人范雎娶蘇瓊瓊爲妻，後隨須賈使齊，歸後須賈誣其洩露國事，被拷打氣絶。後逃至秦國，以言動秦王，拜爲相。須賈使秦，范雎敝衣往見，須賈贈以綈袍。後知范雎爲相，須賈肉袒膝行請罪，范雎因綈袍事赦其不死。

音樂體制

明代以後，南戲對於北曲音樂的吸收日漸增多。這種吸收主要體現爲兩種方式。一是吸收北曲曲牌或套數，以之組成自己的套曲音樂；二是採用南北合套的方式，將北曲曲牌與南曲曲牌連接成獨具特色的套曲音樂。在南戲音樂結構中插入北曲曲牌或套數，可以創造出與前後戲情不同的特殊音樂環境，來突現某種特殊情調。南戲裏採用南北合套的方法，一般用於不同身分、情緒、見解的人物對唱時，從而造成兩者之間的鮮明反差。北曲曲牌加入南曲音樂系統，爲南曲音樂體系的擴充提供了廣闊的來源，慢慢地，南曲將北曲曲牌都吸收到了自身體系裏。到了明萬曆之後，

隨著北曲的消亡，北曲曲牌就只保留在南曲裏面了。

明代南曲曲牌比元代增加了很多，其原因之一是吸收了北曲曲牌，原因之二則是南曲逐漸形成了自己的獨特創腔方式——犯調(或稱集曲)。所謂犯調，即從旋律風格相接近的不同曲牌中，截取一些旋律片段而使之連接，組成爲新的曲牌，並命以新名。用兩調合成的如【錦堂月】，三調合成的如【醉羅歌】，四、五調合成的如【金絡索】等。犯調在明代初期還不多見，明代晚期以後愈演愈烈。大體上是由於人們對舊有南曲曲牌旋律的熟悉程度日益加強，出於標新立異的目的，便對之重新進行裁割組裝。但其間也不乏形式主義的文字遊戲。

南曲曲牌習慣上分爲引子、過曲和尾聲。一套曲調的開始，一般先用引子，然後再接用過曲。過曲曲牌的聯套，有一定之規，除了依據宮調、沿襲慣例以外，主要根據曲調的粗細、

清康熙五彩瓷盤《三國志》

清人繪戲臺圖

圓團錦晝歸榮

明萬曆富春堂刊《白蛇記》插圖／劉漢卿買蛇放歸，蛇爲龍王所化，乘霧而去。漢卿遭繼母陷害，無以訴，投江爲龍王所救，贈以異珍。漢卿持以獻丞相，授職榮歸。

板拍的設置情形來定。相同曲牌兩首以上相連接，後面的標作【前腔】。

南戲音樂在宮調方面的自覺意識一直沒有北曲那麼強，也就是說，它長期沒有把曲牌的宮調隸屬關係理性地確定下來。人們創作時，通常只是憑藉經驗把曲牌連接成套，但並沒有形成必須遵守的嚴格形式規範。嘉靖以後開始發生變化。由於北曲的長期影響，也由於南戲的曲牌聯套已經有了豐富的經驗積累，南曲在宮調歸屬方面實際上已經有了大體的劃分，於是有人進一步從理論上作出歸納，形成

了南九宮譜之類的著作，遂成南戲法規、傳奇準則，一時作者皆遵爲範式。

劇本體制

宋元南戲劇本不分出。明代南戲劇本稱作傳奇，傳奇裏開始分齣，又把各齣標上名目。齣目一般都用幾個字概括本齣主要劇情。最初字數並不統一，例如上舉何良俊《曲論》所說《拜月亭記》的例子，齣目有兩個字的，也有五個字的。萬曆以後每劇各齣統一，或用二字，或用四字。

明代傳奇分齣後的劇本，通常把開場一齣稱作"副末開場"、"家門"或"開宗"。明前期的劇本開場格式尚不大固定，中後期逐漸定格爲兩種情形。一種是由末念誦兩首詩詞，前一首的內容勸人及時行樂，後一首的內容總括全劇大意。另一種是末只念誦一首詩詞，內容爲總括全劇大意，也就是省去了第一種格式裏面的前一首詩詞。

開場第一首詞後，通常有末與後臺人員相問答的話語，然後再接第二首詞，這是從宋元舞臺方式中繼承和沿襲而來的規則。有時甚至只在需要的地方標明"問答照常"字樣，不再寫出問答的具體詞句。當然也有許多劇本把問答話語省略掉了。

南曲填詞，開始時並沒有嚴格的韻律規則，作者任意爲之，一套曲牌中時有換韻，韻轍則常常由一韻旁入他韻。嘉靖以後，文人爲南曲填詞的日多，逐漸開始注意講究韻律，用韻標準是元人周德清編的《中原音韻》和明初編定的《洪武正韻》，造成了當時"北准中原，南遵洪武"的局面。

舞臺藝術的進展

在明代三百年的演出實踐中，南戲諸聲腔的舞臺藝術有了漸近的提高，在承襲前代美學原則的基礎上，逐步積累起豐富而實用的經驗與技巧，主要體現在對人物造型的注重和舞臺效果的追求上。

裝扮與服飾的發展

明代的戲曲臉譜，在元代粉墨塗抹的基礎上有所進展。元代裝扮中的勾臉法很簡單，只是淨、末用白粉敷面、以墨勾花紋，正面人物有時加重眼眉。明代除了繼承元代傳統以外，開始嘗試用各類彩色圖繪來突出人物性格特徵，出現按色調分類的勾臉法。例如明人《壇花記》傳奇第十四齣在人物上場時注明："淨扮盧杞藍臉上。"《千金記》傳奇裏的韓信由生扮，注明要塗紅臉，大約還帶髯口，劇本中所謂"面赤微鬚"。項羽由淨扮，塗黑臉，第十齣軍人有句形容他說："原來還是那黑臉老官說得明白。"《蕉帕記》裏淨扮呼延灼爲"黑臉雙鞭"，末扮關勝爲"紅臉"。《桔浦記》裏末扮錢塘君爲"紅臉虬髯"。這裏的"藍臉"、"紅臉"、"黑臉"大概接近於後世的整臉，以一種色調爲主，再添加一些其他顏色的紋飾。從這裏可以看出，後世地方戲裏的角色按照人物類型和性格運用色彩和譜式來勾畫臉譜的做法，在明代已經出現萌芽，當然，它們還比較粗糙，類型化的程度還超過個性化的顯示，有待於在實踐中進一步提高。

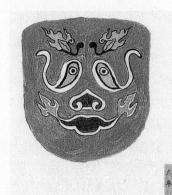

綴玉軒舊藏明代戲曲臉譜
（火卒、煞神）

綴玉軒舊藏明代戲曲臉譜
（單雄信、焦贊）

綴玉軒舊藏明代戲曲臉譜
（判臉、惠岸）

明萬曆時人對於這種整臉的興致很濃，於是出現了謝天瑞創作中"七紅八黑"的嘗試。根據明人祁彪佳《遠山堂曲品·具品》，"七紅"指《寶釧記》，"以諸神誅妖僧，而必匯戲場之赤面者七人，以實七紅之名"，"八黑"指《劍丹記》，"載八黑誅妖"。謝天瑞藉表現神鬼而匯聚眾多紅臉、黑臉於一場，收取突發舞臺效果，在當時大約是頗引起了世俗觀眾興奮的，不過文人雅士則指斥其"取境之俗"、"鄙俚可笑"。這裏的眾多紅臉、黑臉當然不是由一種角色充任，必須利用各個行當的藝人一同登場，大家都抹作彩臉。

從綴玉軒舊藏明代臉譜圖案可知，明代的勾臉法較之前代已經有很大發展，在描眉、勾眼窩的基礎上，又添出塗鼻窩、畫嘴角、勾臉紋等手法。只是這些臉譜主要是用於神怪面飾的，對於明代淨、丑行當人物臉譜的圖飾我們仍然缺乏瞭解，從盧杞的藍臉至少説明當時的淨角專用臉譜已經出現。綴玉軒的明代神怪臉譜圖案還比較寫實，例如龍王的臉譜，就在額頭上畫上一條龍，白虎、豹精的臉譜則畫出虎豹的臉型特徵。

明代的戲衣在當時社會服裝的基礎上逐漸形成行當化、類型化的特徵，更注重裝飾性，較之現實服裝更爲鮮艷奪目，並添加一些體現意念的想像之物，例如武將大靠上的四面旗幟和帽盔上的野雉翎。戲衣分爲盔頭類、衣類和鞋類，盔頭有冠、帽、盔、巾之別，衣類有袍(蟒袍、補子、褶子、披、開敞)、衣、鎧甲(靠)之別，鞋有厚底靴、朝靴、軟鞋之別。這當中也還有細分，例如巾有唐巾，有晉巾，有忠靖巾。另外髯口也有滿髯、三髭髯、五綹髯的分別，又有黑髯、白髯、紅髯、麻髯的分別。

表演技能的深化

明代南戲在充分調動各種舞臺手段，深入挖掘人物心理感情，增強表演的感染力方面大大向前推進了一步。元雜劇由於體制和篇幅的限制，在人物塑造方面很容易走過場，除了主角一人以外，其他人都無法展開心理活動，而主角的抒情唱段又往往缺乏必要性。南戲的自由體制和篇幅給了作家以創作自由，使之得以在揭示人物感情方面任意舒展筆墨。例如，

明萬曆富春堂刊《劉知遠白兔記》插圖／劉智遠貧窮，被李大公收留，讓他牧馬，見他睡覺時紅光籠罩、蛇穿七竅，爲貴人相，遂將女兒許配與他。後劉知遠投軍，李女受盡兄嫂凌辱，劉發跡後歸來迎妻。

民國浙江東部窗花《合珠記》／高文舉與妻分別，妻贈以珍珠半顆。後文舉入贅相府，妻來尋，入相府傭工。文舉因吃出半粒珍珠，得以與妻相會。

南戲一個最大的特點是適於在舞臺上展示人物的淒苦心理，表現人世悲劇，因而其成功之作常常是以苦戲動情，感人心魄。南戲的傳統五大本戲"荊、劉、拜、殺"和《琵琶記》都是這類作品，它們在明代舞臺上長期盛演不衰，更加熔煉了南戲表演苦戲的技巧。陸容《菽園雜記》卷十說，海鹽、餘姚、慈溪、黃岩、永嘉等地的戲文弟子，"其扮演傳奇，無一事無婦人，無一事不哭，令人聞之，易生淒慘"，很好地說明了南戲表演的這個特點。中國戲曲表演以情動人的特性，已經在此奠基。

南戲的舞臺技巧也已經積累起許多成功範式，例如《紅梅記》墜馬時有翻筋斗的技巧，《彩舟記》裏有舟中戲的表演；又如對於不同情狀的人物動作有不同的摹擬，《浣紗記》裏有膝行，《蕉帕記》《義俠記》裏有矮步；再如處理人物死亡下場有多種方法，《浣紗記》裏伍員自刎後是"丟劍下場"，《博笑記·義虎》裏淨扮船家將生扮的窮人打死後，由"雜抬生下"，而船家被老虎咬死後，則用了一個晃眼調包手法："淨急下介。衣裹假人在地，虎銜下。"如此種種，都是明代南戲在長期的演出中逐漸積累起來的表演經驗，它們在當時的舞臺上發揮了作用，爲後世建立了傳統。

對道具的靈活運用

明代演出在充分利用小件道具來

代替實物，進行虛擬表演上，逐漸形成許多程式化的東西。例如騎馬表演，初時尚不特意表現，《白兔記》第三十齣，咬臍郎率軍衆圍獵千里至沙陀村，劇中僅提示曰"小生引衆卒上"，唱一句"連朝不憚路崎嶇，走盡千山並萬水"，就算交代了。到成化年間，開始有了相應的身段動作，但無實物道具作爲指示。沈采《千金記》第二十二齣寫蕭何追韓信，有這樣的句子："快備馬來，待我連夜追趕。"接唱："急追去，急追去，跨馬揚鞭裊。"此後二人輪流馳過場。其間的表演應該都是在馬上，一定配合以特定的舞臺動作。但通觀全齣，儘管多次出現"請下馬"、"請上馬"的語句，卻沒有一處提到馬鞭道具，大約其時還沒有形成以鞭代馬的表演程式。這種程式大約形成於明末或稍早，因爲在張楚叔《明月環》第二十八齣裏已經用到。其中描寫狀元遊街，有"生揚鞭走唱"、"生縱馬鞭下"的舞臺提示。很明顯，鞭與馬在這時已經結成了象徵性關係，人們對它們之間的物象轉換也具有了聯想經驗，此後這種表演程式就在舞臺上長期延續下來，以至於今。

明代戲曲舞臺表演在利用簡單道

清四川綿竹年畫《蘇英皇后鸚鵡記》／西番貢進白鸚鵡、溫涼盞，梅妃與兄設計毀之而誣陷蘇皇后，周王怒斬蘇后，丞相潘葛以己妻代死。後周王悔悟，與蘇后團圓。

具，表現特定的環境方面，也積累了有效的經驗。例如，凡遇到需要劇中人物在城樓或樓臺上活動的時候，就充分利用舞臺上的簡單桌椅設置，或撐起帷帳，並配合以人物的相應動作來實現。《古城記》第十五齣表現關羽在土城上觀望顏良擺陣，有這樣的劇本提示：「衆行轉身上椅立望科。」待顏良收了陣後，又有提示：「衆行轉坐科。」椅子本來是坐具，人物登上去，它們就代表了土城，下來後又成爲坐具。《明月環》第二十八齣寫沿街住户在樓上憑窗觀望狀元遊街，劇本提示爲：「旦、小旦、丑、淨扮看人，立帳中高望介。」在舞臺上撐起一道帳幔，人立其後，就成了樓。

劇場的發展

宋元時期興盛一時的勾欄劇場，在明代悄悄地偃旗息鼓了，戲曲演出失去了一個重要的根據地，不得不尋

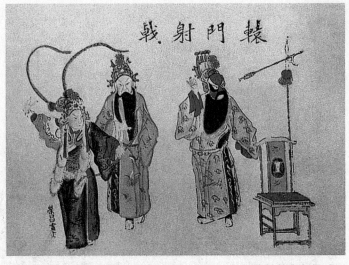

找其替代物。於是，除了更加充分地利用寺廟戲臺，更頻繁地從事堂會演出以外，也發展起各種各樣的演出方式，例如酒樓會館演出、搭設臨時戲臺、演船戲甚至隨處作場等等。

堂會戲的演出場所是最爲隨意的，它並不是劇場性演出，只是臨時利用官廳、私家廳堂或庭院的環境，進行隨意性比較大的娛樂性表演。但

清天津楊柳青年畫《三國志》／橫三裁，高34公分，寬60.5公分。繪《轅門射戟》場面：紀靈攻劉備，劉求救於呂布。呂布設宴邀請二人，席間射戟鎮服紀靈，紀遂罷兵。

山西介休縣城后土廟明代戲臺／臺爲重檐歇山頂，琉璃瓦覆額。面寬3間12.7公尺，進深一間9公尺，臺基高1.5公尺。創建年代無考，明正德十一年至十四年(1516～1519)重修。

123

山西翼城樊店村關帝廟明代戲臺／明弘治八年(1495年)建，清道光十一年(1831年)重建。面闊3間9.7公尺，進深2間9.3公尺。

是，由於明代以後堂會演出的經常和大量，地方豪紳紛紛在家裏建起小型堂會劇場，堂會演出也就成爲正式的劇場演出，儘管它仍然是不對公衆開放的。

宋元時期演戲有專門的場所——勾欄，普通民衆看戲都到勾欄裏去，酒樓只能作爲輔助性質的清唱場所，其演唱目的也只是爲了助飲而不是爲了看演出。明代中期勾欄衰竭之後，城市演戲失去了固定的地點，酒樓就起而代之，發揮了承代的作用。

明代中期以後，隨著商業經濟的發達，一些大的水陸都市開始出現了會館的建制，爲外地商人在本埠的同鄉公會所組建，用以聯絡鄉里感情，並加强自己在當地社會中的經濟和政治力量。會館通常又和神廟結合在一

起，用作同鄉公人在一起敬神祈福的場所。由上述功用，又導致會館建築結構中一定要有戲臺，一方面便於獻神，一方面也利於聯絡感情，特別是會館戲臺常常是聘請本鄉戲班來進行演出，這一重功能就更爲顯著於是會館劇場也紛紛興起。

儘管城市鄉村裏遍布著神廟戲臺、酒館戲臺、會館戲臺等，但還不能夠滿足民間的廣泛需要，仍有大量的演出是在臨時搭設的戲臺上進行的。這類戲臺往往選擇場地空曠處，用條木席布等原料臨時捆扎搭架而成，再用各色顏料塗繪裝飾一新。它的好處是可以根據需要以及地形，隨時隨地搭設，材料臨時湊集甚至借用，用過之後又可以拆卸，省却了工本。

明代萬曆以後，東南水鄉的士大夫喜歡在船上看戲，名士如馮夢禎、祁彪佳、張岱等皆如此，他們的著述裏常有船舫演劇的記載。用於演劇的船，有一種特別高大，上有重樓，據張岱説是包涵所的發明。這種"創新"是窮奢極欲的結果，而它一經出現，立即引起士大夫紛紛仿效，又更加助長了當時的侈靡之風。明末杭州虎丘山塘還出現一種商業演出性質的戲船，名爲"卷梢"，泊在一處演戲，戲臺就是船頭，船艙則是戲房，觀衆另僱一些稱作"沙飛"、"牛舌"的小舟，環繞其旁看戲，還有小如瓜皮的"蕩河船"往來渡客。

明代廟宇劇場的環境得到了明顯改觀。宋元時期的神廟裏，只是孤零零地在院中建一座戲臺，和周圍的建築都沒有關係。這種劇場在建築設計上並不考慮對觀衆的安置，也不過多考慮演出時的音響效果。明代以後，許多神廟都將戲臺和廂樓、廊房、院牆連接起來，構築起一個完整的四圍空間，構成封閉式的觀演環境。這樣

河南禹縣神垕鎮伯靈翁廟明代戲臺／明弘治八年(1495年)建。神垕鎮爲宋代鈞窯舊址，伯靈翁爲陶瓷之神，此戲臺係爲陶神獻戲演出之所。

做的結果，一是形成更好的音響效應，二是利用廂樓作爲觀衆席，這時完備的神廟劇場就形成了。

明代前期，戲臺建築也開始在結構上發生變化，把過去平面近似方形的亭榭式結構改爲平面長方形的殿堂式結構，即根據表演的需要，加寬臺口，縮小舞臺進深。明代後期到清代，過去那種平面呈方形的單幢戲臺建築形制又開始發展出多種變形，例如變化出雙幢豎連式、雙幢臺口前凸式、三幢並連耳房式等等各種樣式。

北雜劇的衰亡

明代前葉的100多年間，由元代繼承下來的北雜劇仍然在流行，只是文人創作明顯減少，而創作作品由於內容多爲誚世之作，已失去了元雜劇那種受廣大人民群衆熱烈歡迎的程度。明代雜劇演出已主要依靠傳統劇目來維持。然而，其時南戲流行不廣，劇壇上活躍的劇種仍然以雜劇爲主。這種情況一直繼續到嘉靖年間，南曲的海鹽、崑山等聲腔漸興，南北聲腔

角逐局面出現。又到萬曆間，北雜劇在明朝延續了200年的生命始告衰竭。

入明以後，北雜劇的活動地域已逐漸退守北方，南方則成爲南戲的天下。明初，由於教坊與鐘鼓司的維持，京城金陵尚盛演北雜劇。然而自成祖朱棣永樂十九年(1421年)遷都北京以後，南方的雜劇演出就逐漸衰落，到萬曆時期已經氣如游絲了。顧起元在

河南密縣洪山廟清代壁畫《連環記》/爲洪山廟正殿拱眼壁畫,存28幅。高48公分,寬120公分。此圖繪呂布追殺董卓情景,旁露頭部窺視者爲貂蟬。

《客座贅語》卷九"戲劇"條裏說:"南都萬曆以前,公侯與縉紳及富家,凡有燕會小集,多用散樂,或三四人、或多人唱大套北曲。樂器用箏、纂、琵琶、三弦子、拍板。若大席,則用教坊打院本,乃北曲四大套者,中間錯以撮墊圈、舞觀音,或百丈旗,或跳隊子。後乃變而盡用南唱。……大會則用南戲。……士大夫禀心房之精,靡然從好。見海鹽等腔,已白日欲睡,至院本北曲,不啻吹篪擊缶,甚且厭而唾之矣。"

習俗之變化,南曲對北曲的勝利,在這裏描述得淋漓盡致。大約將近萬曆時,南方人已經不知雜劇怎樣演法,連南京教坊也是一樣。

萬曆時在北京弋陽、海鹽、崑山諸腔已經盛行,影響到長期以傳統北雜劇表演爲主的宮廷戲劇演出亦發生變化。例如神宗已經不滿足於觀看鐘鼓司演出的宮戲——北雜劇,而要看市井中的外戲——南戲了。爲了這一目的,他在宮廷設置中加闢演出機構,又建立起兩個龐大的宮廷戲班,把弋陽、海鹽、崑山

諸南曲聲腔全部網羅進來。北曲雜劇在宮廷中的最後地位也被南戲動搖了。

北雜劇因爲文人的投入,曲格日嚴,要求日精,再加上伴奏方面的困難,使它在傳播過程中不能發生改變,後人都懍懍遵循前人的法度進行創作和演唱,不敢有一點懈怠。南戲則在民間入鄉隨俗,隨意演化,不用擔心什麼違格乖律。兩種不同的情形,就造成前者的鼓瑟膠柱,只能走向衰亡,不可能演化出新的聲腔劇種。而造成後者的徇意更變,得以繁衍出眾多的偏支旁系來。歸結其道理:變則生,不變則膠。以後南戲的一支崑山腔沿著文人化的道路發展,也走上與北曲一樣的結局,更進一步證實了這個道理。

明代北曲雜劇雖然逐漸走向衰亡,但是文人的雜劇創作並沒有因此而停止,一直到明末,甚至到清代,雜劇作品都不斷產生。只是,明代中期以後的雜劇作品,受到南戲的影響,已經逐漸改變了原有的構成。其最基

民國浙江東部窗花《合珠記》/高文舉入贅相府享受榮華富貴,妻入溫府傭工灑掃庭除。

本的成分改變，就是在音樂要素上變原來的北曲爲南曲，另外，劇本結構的各個方面也都發生了相應的變化。因此，這些雜劇作品在性質上已經與元雜劇迥異，變成了"南雜劇"。也就是說，明代中期以後人創作的雜劇作品，

基本上是些唱南曲的短戲而已。

"南雜劇"的出現首先開始於南曲音樂成分的向雜劇裏面滲入。北曲裏面吸收南曲成分，開始於元代後期沈和等人在散曲裏面開創的南北合套。將這一手法應用到雜劇創作，則始於元明之交賈仲明的創作。賈仲明《呂洞賓桃柳升仙夢》雜劇，四套曲子全用南北合套法，基本上是一支北曲一支南曲遞相交接。運用南北合套的音樂聯套方法進行創作的口子一開，雜劇音樂的嚴格體例就被打破。明代中期以後，雜劇進一步向南曲靠攏，雜劇創作中吸收南曲成分越來越多。到了萬曆時期，在北曲絕響之後，出現了文人作的南雜劇，規整的四折，卻完全用南曲譜寫，以王驥德《倩女離魂》四折開其端，遂風靡一時。

明崇禎刊《盛明雜劇·義犬記》插圖／文中注明爲弋陽弟子演出。圖繪堂會演出場景，紅氍毹上二人正在演出《葫蘆先生》，旁有板鼓、手鼓、拍板伴奏。

民國浙江東部窗花《紅梨記》／書生趙伯疇與汴京名妓謝秋娘相戀，遇金兵入侵而逃散。後二人於亭中相會，摘紅梨花爲記訂終身。

明代戲曲作家作品

在中國戲劇文學史上，明代戲曲創作是繼元雜劇創作之後的又一座高峰。其數量之多，其範圍之寬，都是空前絕後的。明代文人從事戲曲創作的動機和目的都與元人不同。如果說元雜劇作家更多爲了口腹之虞而投入戲曲創作的話，明代戲曲作者則主要是出於遊戲辭藻，播玩音律，興之所至，吟詠歌唱，把戲曲作爲寄情寓意的工具。而在明代初期，戲曲創作更是被納入了宣教的軌道。

前葉到中葉的創作轉變

朱明王朝建立以後，與政治上中央集權制的高度專制相統一，在精神領域也採取了相應的高壓政策。在這種控制和干預下，明初劇壇一片宣道之聲。生活於洪武、永樂年間的朱元璋第十七子朱權曾作有12部雜劇，大多爲神仙道化劇和道德宣教劇，他還在其理論著作《太和正音譜》中振振有詞地指明："蓋雜劇者，太平之勝事，非太平無以出。"把戲曲創作列入歌詠昇平的軌道。而朱元璋的孫子，生活在永樂、宣德年間的朱有燉，更是以其吟詠風花雪月、缺乏社會內容、洋洋灑灑三十餘部雜劇作品，作爲勸化風俗的形象化教材。在兩位親

王尤其是朱權的帶領下，明初雜劇創作脫離了元人的現實精神而日益走向倫理化。

明代前期的傳奇創作，作者寥寥，但却有兩部對後世產生負面影響的作品，一是邱濬《五倫全備記》，一是邵燦《香囊記》。這兩部作品雖然在形式上與朱權、朱有燉的雜劇不同，但內容主旨却依然秉承了他們風化宣道的衣鉢。前者描寫慈母孝子節婦，充滿道學家口吻，把高明寫戲要宣傳風化的觀念強調到完全不顧藝術的地步。後者則"以時文為南曲"，滿篇的典故和駢語，賣弄才學與辭藻，開明人傳奇綺麗一派，連戲曲大家湯顯祖早期作品《紫簫記》裏都有其影子。這些作品主宰了明初的戲曲創作園地，嚴重影響了傳奇的進一步繁榮和發展。

當然，明前期也有一些專為演出而寫的成功劇作，如《金印記》《精忠記》《連環記》《千金記》《四節記》《還帶記》《三元記》《玉環記》《剔目記》《羅帕記》《躍鯉記》等，長期流傳在民間舞臺上。

嘉靖以後，社會經濟漸趨繁榮，社會生活發生變化，時代精神也出現了明顯的變更。哲學領域內開始萌發突破理學框範的異動，文壇上復古變革之風愈演愈烈，士人情趣轉向了對於現實生活的注重。在此基礎上，戲曲創作的勢頭漸旺。先是出現了一位著名的作者李開先，其《寶劍記》和《斷髮記》都成為舞臺保留劇目，他又有院本創作，如《三枝花大鬧土地堂》《園林午夢》等。同時以及隨後就產生

民國天津泥人張泥塑《三國志》／為泥人張第三代張景鈷作品，高31～34.5公分。塑劉備、關羽、張飛三戰呂布場景。

了鄭若庸《玉玦記》，徐霖《繡襦記》，王世貞《鳴鳳記》，陸采《明珠記》，沈鯨《易鞋記》，張鳳翼《紅拂記》《虎符記》，高濂《玉簪記》等一大批有影響的流行劇目。還有一些以雜劇創作爲主的作者，如王九思寫有《杜子美沽酒遊春》，康海寫有《中山狼》，楊慎寫有《太和記》，汪道昆寫有《大雅堂雜劇》四種等，也加入了這一創作洪流。其中《寶劍記》《鳴鳳記》兩部作品，以其鮮明的忠奸鬥爭觀念、強烈的社會參與精神和深廣的文人憂患意識而引人注目。

值得特別提出的是，嘉靖、隆慶年間出現了兩位影響巨大的傳奇作者，一位是江蘇崑山人梁辰魚，一位是安徽人鄭之珍。梁辰魚第一個爲改革後的崑山腔創作了一部《浣紗記》，使崑山腔從此走上典雅化的道路，成爲凌駕一切聲腔之上的腔種，《浣紗記》也在民間長期盛演不衰。鄭之珍

於萬曆七年(1579年)以前編成一部長達一百餘齣的傳奇《目連救母》，這部作品在各個地區廣爲流傳，把民間的目連戲演出活動推進到一個新的階段，活躍於眾多劇種舞臺數百年，衍爲廣泛的目連戲現象。在其影響下形成的弋陽腔戲《孽海記·下山》，成爲最受老百姓歡迎的劇目之一，成爲包括崑曲在內諸多劇種舞臺上的保留劇目。

徐渭《四聲猿·雌木蘭》插圖／花木蘭女扮男裝，替父從軍，報效國家。

清天津楊柳青年畫《精忠傳》／繪岳飛掛帥抗金，眾英雄投其麾下場景。

萬曆傳奇創作高峰

萬曆時期,戲曲創作進入了它的黃金時代,湧現了大量的作家和作品,好戲佳作層出不窮,戲班和演員也蜂擁而生,整個創作界和演出界都呈現出一派欣欣向榮的景象。其特點有三,其一是創作傾向由明初時重"理"的道學化傾向朝重"情"轉化,其二是文人創作開始成爲傳奇主流,隨之而來的第三個特點是對新奇怪異審美趣味的追求。

明代中葉以後,江南沿海一些城市中手工作坊的出現,使新的生產關係開始在古老的大地上萌動,並由此推動了傳統意識形態領域內的一場重大變革,掀起了一股擺脱禮教束縛、提倡個性自由的強勁哲學思潮,進一步又影響到了文壇和曲壇風氣的改變。萬曆以後,"獨抒性靈"的呼聲遞興迭起,"情"與"理"的哲思衝突被衍化爲戲劇衝突,放縱人生、嚮往自由、主張平等、歌頌世俗享受的戲曲作品比比皆是,而"十部傳奇九相思"的才子佳人之作林立劇壇,成爲一道從來沒有過的風景線,供後人欣賞流連。

具有特殊意義的是,傳奇作品由於它獨特的傳播作用,在這一時期被時代文藝思潮推到了思想文化的最高峰,它不僅在文學殿堂中取得了正式地位,而且成爲當時精英文化的重要代表。晚明進步文藝思潮的代表人物李贄、徐渭、袁宏道等,都對傳奇傾注了熱情,湯顯祖更是以如椽的巨筆身體力行,創作出千古名作《臨川四夢》,從而成爲明代文人傳奇的翹楚。

這種時代背景使萬曆時期的戲曲創作染上了濃厚的士大夫氣息,一反以往本色質樸的面貌,激揚浪漫、才情馳騁、綺麗典雅、婉轉蘊藉,成爲文人寄情寓興、露才呈艷的陣地。

在萬曆劇壇上最早體現出這種社會與思想新氣象的,是徐渭和他的雜劇作品《四聲猿》。徐渭爲文壇奇才,在詩、書、文、畫各個方面都有建樹,但却屈爲幕僚,抑鬱失志,他的一肚皮磊落不平之氣全部藉雜劇發出,化爲凄厲的猿啼。《四聲猿》的奇特之處在於其抒發情緒的激烈和高亢,行文縱橫捭闔,痛快淋漓,爲時人所拜服。

萬曆時期的傳奇作者常常是彼此來往,互相切磋,新作迭見,精品屢添,其中著名的有屠隆《彩毫記》《曇

民國浙江金華剪紙《三元記·課子》/秦雪梅未嫁而夫亡,雪梅至夫家守節,撫養妾出遺腹子,嚴加課責,最終兒子連中三元。

花記》，梅鼎祚《玉合記》，顧大典《青衫記》，周朝俊《紅梅記》、陳與郊《靈寶刀》，王玉峰《焚香記》，汪廷訥《獅吼記》《義烈記》，葉憲祖《金鎖記》《鸞鎞記》，王驥德《題紅記》，徐復祚《紅梨記》，許自昌《水滸記》、施鳳來《三關記》等。這些作品多數是藉才子佳人故事來點染一段生活波折，最終必然以高科得中、喜慶團圓結束，形成了明代傳奇創作的套子和模式，體現了當時文人於徵歌賞舞中構建浪漫富麗生活的太平心境，但同時也在倫常基礎上、立意著眼點上、觀察視角上、哲學思考上，處處滲透著時代犀利的社會思維。當時劇壇上還出現了兩位巨匠，一位是曲律大師沈璟，一位是創作大蘗湯顯祖。

沈璟的成就主要體現在對於傳奇格律的精研與規範上，這使他成爲影響一代的曲律大師，但其傳奇創作成就則流於平庸。湯顯祖的《牡丹亭》

清福建漳州年畫《三國志》／高14公分，寬20公分。繪《空城記》場景：司馬懿兵臨城下，孔明命大開城門，令老軍灑掃。司馬懿怕遭遇埋伏而退兵。

《邯鄲記》《南柯記》是明代傳奇的扛鼎之作，將中國戲曲帶向了高深的哲學思考的層次，使之成爲成熟的藝術樣式，享有一世盛譽，並且成爲中國文學史、戲曲史上的精典作品。

雜劇出色的除了徐渭以外，又有徐復祚《一文錢》、王衡《郁輪袍》《真傀儡》等，皆用筆犀利，嬉笑怒罵都成文章，這種風格把雜劇和傳奇兩種

明刊周朝俊傳奇《紅梅記》插圖／此書二卷，題周朝俊撰，湯顯祖評。天啓間刻本。賈似道歌妓李慧娘偶見書生裴俊卿，讚嘆一聲"美哉少年"，即被賈殺死。賈遣廖瑩中往刺裴生，慧娘魂導裴生逃走。

131

清天津楊柳青年畫《水滸記》／高34公分，寬60公分，橫三裁。繪《三打祝家莊》場景：宋江攻打祝家莊，石秀混入莊內探路，孫立、樂和等又前來接應，得鍾離老人相助而成功。

戲劇體裁截然區分開來。這一時期的雜劇創作形式上已經完全脫離了元代的框範，而在內容上則體現出一致諷刺批判社會的特徵。

明末傳奇及其他

　　明代末期，不斷興起的市民暴動和農民起義，打破了這一社會結構舊有的平衡和安寧。而統治階級內部層出不窮的各種矛盾，又使明王朝在黨爭不斷的情況下走向動蕩不安。目睹這種特定的現實存在，明末劇作家們感受到了濃郁的末世情緒。他們回天無力，於是更深地沉浸在傳奇創作的輕拍慢板、拈韻遣詞中，力圖忘却世事。

　　在萬曆傳奇高峰過後，明末傳奇創作仍然一直保持了延伸的趨勢，又產生了一大批優秀的作家和作品，諸如吳炳《療妒羹》《畫中人》，孟稱舜《嬌紅記》，袁于令《西樓記》，沈自晉

《翠屏山》，范文若《花筵賺》《鴛鴦棒》，馮夢龍《雙熊記》等。這些傳奇在內容上大多不出白面才子紅粉佳人曲折離合的科套，已經失去了萬曆作家的精神追求。阮大鋮的劇作值得在這裏專門提出。阮大鋮的《石巢四種》（包括《燕子箋》《春燈謎》《牟尼合》《雙金榜》）雖然極盡辭藻和結構雕琢之能事，內容柔弱奇巧，但他自己養有家班，老於戲場，所以其作品都是極適合舞臺搬演的劇作，一直盛演不衰，其中是有編劇經驗可以借鑒的。

　　在末世情懷及其審美趣味的作用下，也由於明末作家在技巧上的力圖出新，逐奇尚巧成爲這一時期傳奇創作的一大特點。明末傳奇大多結構精緻、編織細密、情節奇巧、關目誘人，大量的誤會與巧合被頻繁使用，戲劇性與舞臺性極強，但給人造成斧鑿雕琢得玲瓏剔透的感覺。明代傳奇的編劇技巧至此已經達到了最高境界，但

它也在形式主義的路途上跋涉到了一個危險的邊緣。

還須在此提一筆的是晚明時期在民間舞臺上盛演的"雜調"作品。明代萬曆以後，崑山腔成爲"官腔"，而其他諸種南戲變體聲腔則被視作"雜調"，這樣，傳奇劇本的兩種性質就被區分開來。以後的文人傳奇一般都是爲崑山腔演唱而寫，諸腔所唱則有許多民間作品，其作者多爲鄉塾教師、戲班藝人之類。明人祁彪佳《遠山堂曲品》在著錄這些劇作時，把它們列爲"雜調"，對之多有貶斥之詞，如說"作者眼光出牛背上，拾一二村豎語，便命爲傳奇"，"是迂腐老鄉塾而強自命爲顧曲周郎者"，等等。這些作品雖然在詞曲格律上比較草率，文詞上比較粗劣，但由於作者對於戲場情景和民眾口味十分熟悉，寫出來的都是場上之曲，許多劇本的情節關目清新可喜，特別是反映了普通人民的審美觀念和感情，因而受到民間更爲廣泛的歡迎，演出效果強烈，在各地方戲劇種舞臺上長期盛演不衰。最著名的有《織錦記》《百花記》《同窗記》《金貂記》《和戎記》《長城記》等。

清楊柳青年畫《鴛鴦棒》／秀才莫稽考中進士，將髮妻金玉奴推落水中，玉奴被巡撫凌潤伴所救並收作義女。凌招贅莫稽，新婚夜，玉奴命丫鬟用棒痛打莫稽。

清粉彩瓷盤《翠屏山》／爲光緒年間江西瓷窯產品，施釉上粉彩。石秀寄居結義兄弟楊雄家中，發現楊妻潘巧雲與和私通，遂殺嫂而報兄。

清楊柳青年畫《百花記》／江六雲遭巴辣鐵頭陷害，被灌醉後送入百花公主臥室。百花見而愛之，贈劍以別。

《寶劍記》與《鳴鳳記》

李開先《寶劍記》

《寶劍記》是李開先的代表作，作於嘉靖二十六年(1547年)，李開先罷官歸里後的第六個年頭，其中矛頭直指朝廷權奸，透示了他對於時代政治的思考。

《寶劍記》的基本情節和人物來源於《水滸傳》中林沖被逼上梁山的故事，但頗有李開先自己的創作。與小説相比，不同處主要在於：一、小説中衝突的動因是高衙內調戲林沖娘子並設計陷害林沖，傳奇中則主要是由於林沖剛正不阿，一再上本參奏童貫、高俅等奸黨欺君誤國的無恥行徑，因而招致報復——生活衝突變成了政治衝突。這種改變使林沖的受難和反抗減少了個人恩怨的色彩，具有了更爲深刻的社會和時代意義。二、林沖的形象，也由

只會慨嘆個人命運之不公平的中下級武官"禁軍教頭"，變成了一位出身於世代書香門第，曾被授予"征西統制"之職，有著較高社會地位而且士大夫氣頗重的上層儒將。他忠孝雙全，其怨憤的矛頭，始終對準了朝中奸佞，而對被奸臣蒙蔽了聖聰的皇帝，則一直堅持著苦諫的原則："願君從此用忠賢，早把非人退遠，社稷安康億萬年。"

劇作透過對主要衝突、基本情節和林沖形象的改變與再造，突出了這樣一個觀點：權奸是欺君罔上、禍國殃民的罪魁禍首。他們逼得忠臣義士們走投無路，只好聚義梁山。作品中的這種英雄末路的描寫，凝結著李開先本人——一位遭受排斥的正直官吏對當時社會黑暗政局的特定感受。

李開先這部劇作的語言，一反時人典雅藻麗的弊病，曲詞寫得十分清暢、自然，這對後來的戲曲創作有著

李開先像

積極的影響。作者對一些情境的處理也顯示了高超的表現能力，如"夜奔"一場成功的氣氛渲染，將林沖那種"丈夫有淚不輕彈，只因未到傷心處"的複雜心理歷程，刻畫得淋漓盡致，爲全劇蒙上了一種慷慨悲涼的風格色調。這一場一直是後世崑曲舞臺上的保留劇目。

《寶劍記》的意義在於：它是明代文人傳奇創作中第一部具有了較強現實主義精神的劇作。在此之前，除了民間的作品以外，傳奇劇壇上還從未出現過一部思想深刻的作品，而藉歷史故事指斥現實、諷喻政治、直接抒發劇作家實在情感的作品就更是聞所未聞。《寶劍記》的誕生，使傳奇的創作面貌爲之一變，有力阻斷了《五倫全備記》和《香囊記》以來"以時文爲南曲"的反現實主義戲劇潮流，爲明代傳奇標樹了嶄新的一幟。此後，文人傳奇創作即將風起雲湧，《寶

劍記》成爲明傳奇由弱而盛的中轉點，而李開先則是明傳奇大繁榮的啓幕人。

王世貞《鳴鳳記》

王世貞《鳴鳳記》是明代傳奇表現當代重大政治事件的開端之作。它所描寫的是以夏言、楊繼盛爲首的朝臣和擅權一時的嚴嵩父子之間的激烈鬥爭。在這部作品中，作者不僅真實地再現了忠奸雙方在朝廷之上正面交鋒的過程，而且透過忠臣被貶黜、嚴黨勢敗、議復河套和倭寇入侵等情節的穿插，使鬥爭場面朝野結合、內外交錯，反映了廣闊而複雜的社會生活。劇中的嚴嵩父子及其黨羽，除了在朝廷獨攬大權、殘害忠良外，還無所顧忌地大肆賣官鬻爵，霸占良田，侵吞財物，姦淫婦女，可以説是無惡不作。他們甚至打著討倭的旗號，行掠奪之實。寫到倭寇入侵時，劇中有這樣一筆描寫：福建巡按差人報告軍情，並請求救兵，嚴嵩卻説："我國家

明刊《水滸全傳》插圖演戲場面／爲百二十回本《水滸傳》第八十二回插圖。華堂盛宴，紅氍毹上演出八仙戲，臺階下演奏大鼓、手鼓、拍板、笛子等樂器。

明清戲曲臉譜

甘肅嘉峪關明代戲臺／位於嘉峪關關城南側大門西部，三開間，進深兩重，爲祭祀城隍神而設立。

明崇禎刊《金瓶梅詞話》插圖演戲場面／圖繪海鹽腔堂會演出場景，紅氍毹上二人正在演出《玉環記·玉簫寄真》一齣（見第六十三回文字說明），旁有大鼓、手鼓、拍板伴奏。

形象，其中以楊繼盛的性格最爲鮮明突出。這位嫉惡如仇、爲國忘家、至死不屈、壯懷激烈的正直士大夫的鮮明形象及其高風亮節，給人們留下了極其深刻的印象。其他人物如在法場上慷慨祭夫、以死代夫明志的楊夫人張氏，專權納賄、禍國殃民的嚴嵩父子，以及狐假虎威、趨炎附勢的幫凶趙文華等，作品也都給予了成功的刻畫。

《鳴鳳記》一出現，遂開明傳奇反映當代重大政治事件、表現忠奸鬥爭主題作品之先，一時模仿之作層出迭見，例如同是寫楊繼盛故事的就有龍門山人《回天記》、張景《飛丸記》，寫反魏忠賢鬥爭的有陳開泰、張岱《冰山記》、高汝拭《不丈夫》，即使是入清以後，仍有寫反嚴嵩鬥爭的作品不斷出現，如丁耀亢《蚺蛇膽》、吳綺《忠愍記》、周韻亭《忠憫記》、無名氏《丹心照》等。這些作品構成了傳奇題材中傾向性一致的一類，形成鮮明的傳統。

一統無外，便殺了幾個百姓，燒了幾間房屋，什麼大事。不看我在這裏，輒敢大驚小怪。拿那廝去鎮撫司監候!"極寫嚴氏之惡，雖然不免過分臉譜化、滑稽化，卻也憎惡分明。

正是上述對明王朝政治黑暗和腐敗的真實揭露，使《鳴鳳記》具有了強烈的現實意義和突出的政治傾向性，這構成它的鮮明特色。因而，一旦被搬上戲曲舞臺，立即在廣大觀衆中引起了巨大的共鳴，發揮了震聾發聵的效用，所以呂天成《曲品》說："《鳴鳳記》紀諸事甚悉，令人有手刃賊嵩之意。詞調盡邑達可詠，稍厭繁耳。"傳說此戲剛寫成時，王世貞命優人演之，邀請縣令同觀。縣令看到戲中竟然抨擊當朝宰相嚴嵩，嚇得臉上變色，急忙告辭。王世貞這時拿出朝廷邸報，告訴他說："嵩父子已敗矣!"那個破了膽的縣令才安穩地看完了戲。

《鳴鳳記》的主要藝術貢獻，是在戲曲舞臺上塑造了一批憂國憂民、剛直耿介、不畏强暴的當代忠臣烈士

《繡襦記》《浣紗記》《玉簪記》

嘉靖末年，經隆慶朝，至萬曆初年，是明傳奇創作由初興走向極盛的過渡時期。在此期間，經魏良輔改革的崑山新腔，以其清柔婉轉、流利悠揚的音樂特點，最終脫離了南曲平直質樸的民間風格，又由於梁辰魚、張鳳翼等人成功實踐的影響，遂成為一代文人抒情寫意的最佳載體。另一方面，那些長於模寫物理、體貼人情、關注民俗、重視劇本的舞臺性戲劇性的傳奇作家也迭有湧現。一時間競奏雅音的文人創作方興未艾，預示著萬曆傳奇創作高潮的到來。

徐霖《繡襦記》

《繡襦記》是流行於明代中期最著名的傳奇作品之一，也是對於後世影響最大的戲曲作品之一。劇本內容源於唐人白行簡的傳奇小說《李娃傳》，描寫書生鄭元和與妓女李亞仙的愛情故事。這是一個在通俗文學中十分流行的題材，自唐傳奇之後，說話、戲劇都熱衷於對它的敷演。徐霖的《繡襦記》，在內容上與藝術上都對前人作品有一個超越，同時也改變了唐傳奇小說裏的一些不合理設置，使這個故事產生了新的魅力，人物形象也更加生動可愛，因此取得了令人矚目的成就。

首先，《繡襦記》充分發揮了南戲傳奇的體制長處，將原有的故事情節擇其重點進行突出的表現。最明顯的如：鄭元和遭受父親毒打、死而復甦以後，因無法生存，只得向乞兒學唱

蓮花落，以便掌握求乞本領，然後就冒著大雪，唱著蓮花落行乞。這一情節在揭示人物心理、展現人物命運、豐滿人物形象、提煉劇本主題方面都具有不可替代的作用，劇場性也極其強烈。又如鄭元和困窮之時欲將長久跟在自己身邊的家童來興賣掉，來興戀主，苦苦哭泣、不忍離去，其場面極其感人，又渲染了鄭元和身陷窮途末路的窘境。這兩場戲以後都成為《繡襦記》單折戲裏最為常演的單元，迭演迭新，生動感人。其次，增設了一些有意義的情節，加強了劇本的表現性，或彌補了原故事中的缺環。例如前面添上李亞仙繡羅襦的細節，到後面鄭元和被拋體凍土時她便"襦護郎寒"，回應了劇本主題（所以該劇被命名為《繡襦記》）。又如設置了惡人樂道德誣稱鄭元和為盜所殺的情節，使原著中鄭父無出處的一句"吾子以多財為盜所害"有了著落等。更為重要的，是對於原著中損害人物形象的部分進行了審慎的修改加工，從而使主人翁變得更加可愛，升華了原作的立意。例如小說中的李亞仙，曾經在鄭元和金錢用

清惠山泥塑《繡襦記》／為江蘇無錫惠山民間作品，高14公分。塑鄭元和（中）淪落乞丐行中，隨之學唱蓮花落行乞的場景。

清惠山泥塑《綉襦記》

盡之後，參與了鴇母的陰謀，把鄭元和趕走，對於鄭元和的流落街頭和差點喪命負有直接的責任。這樣的李亞仙一點都不可愛，她只是一位迎來送往的普通妓女。反之，李亞仙的形象既然如此定了位，後來怎麼會又突然天良發現而去救助瀕臨絕境的鄭元和？作者爲李亞仙的轉折設置了不可逾越的障礙。徐霖在這裏改爲李亞仙同樣受到鴇母的蒙蔽，就爲她洗去了污點，使其形象發生了質的變化，從一位有憐憫心的勢利妓女，變成一位忠誠堅貞的愛情典型。

看得出來，徐霖在塑造李亞仙這個人物時，寄寓了他個人對於妓女的理解、同情和讚美，這使得他的改本帶有了當時的鮮明時代色彩，帶有了較爲濃厚的平民意識，其觀念裏包含了一定的平等、寬容意味。而他讓李亞仙以毀壞自我形象的驚人之舉，與以前的妓女身分一刀兩斷，並且規勸鄭元和走傳統的科舉道路，就使之回歸到了正統女性的意識領域，爲此劇在倫理層次上的被社會認可與接受提供了基礎。果然，《綉襦記》一出，受到社會各階層的廣泛喜愛，特別是受到妓女們的歡迎。

人物形象的成功塑造只是《綉襦記》魅力的重要因素之一，由於徐霖特殊的戲劇修養與曲詞修養，這部傳奇在結構上針線細密、穿插巧妙、編織合理，具有較強的劇場性；其語言色彩明快、自然天成、十分符合人物的身分與性格，因而產生唯妙唯肖的描寫效果。

明刊朱墨本《綉襦記》插圖／此書四卷，薛近衮撰。天啓間吳興閔氏朱墨套印本。鄭元和至長安赴試，戀妓李亞仙，與之纏綿金盡。

明刊朱墨本《繡襦記》插圖／鄭元和流落乞丐群中，靠打蓮花落求乞度日。李亞仙則被鴇兒遷居他處。

梁辰魚《浣紗記》

梁辰魚是明代曲壇的一位重要人物。他處身於南戲聲腔發展的重要轉折時期，前此的流行南戲聲腔主要是海鹽腔和弋陽腔，傳奇劇本的創作主要是爲這兩種聲腔演出用，而在他的時代，經過崑山曲師魏良輔和一批志同道合者的努力，崑山腔的演唱技巧與藝術水平有了長足的發展，已經遠遠勝過上述聲腔，但還停留在清曲階段，梁辰魚及時參與了魏良輔等人的研琢活動，並用自己的傳奇創作來推進將崑曲由清唱轉向劇場的實踐。可以說，梁辰魚的《浣紗記》，是第一部直接爲崑山腔舞臺演出所用而寫的傳奇劇本。而由於此劇所獲得的巨大成功，使得崑山腔在文人中的影響陡增、獨受青睞，很快將海鹽腔等壓抑下去。因此，梁辰魚及其《浣紗記》在明代戲曲史上的地位是十分重要而特殊的。

《浣紗記》所取材的故事內容十分龐雜，旁支岔節很多，有許多情節是歷史中實際發生過的，也有許多是更富於傳奇性的傳說，要將這些繁雜的材料有機地統一在劇作中，有條不紊地全部交代出來，又要具備藝術吸引力，是極其困難的。《浣紗記》之前的雜劇作品，由於體制的限制，大約只能挑揀關鍵性的關目，在舞臺上展現一個大體的梗概，而《範蠡沉西施》南戲又以對西施的否定終結。梁辰魚顯然不滿足於這種情況。他運用自己的傑出才能，在最大可能吸收全部有關素材的前提下，極盡編織裁剪之能事，巧妙穿插，細心綴連，敷演出了一臺有聲有色、可歌可泣的故

明末刊《鼓掌絕塵》插圖演戲場面／爲該書第四集第四十四回第十二本插圖。明金木散人編，龔氏刊本。圖刻木結構戲臺，上演《千金記》，觀衆擁擠站立在廟院裏。

明崇禎刊《荷花蕩》插圖演戲場面／爲明刊《荷花蕩》傳奇下卷七齣"戲裏戲"插圖，堂會演出《連環計》。紅氈毹上爲王允，戲房裝扮者爲董卓、呂布、貂蟬三人。伴奏樂器裏只有鑼鼓，未見弦索樂器，或許在廳堂的另一面未畫出，或許爲早期崑山腔尚不用弦索樂器伴奏。

事，而以范蠡、西施功成身退結束。其結構方法基本爲：以生旦個體情感的悲歡離合爲中心線索，以吳越國家興亡的重大歷史事件爲背景和情節發展的推動力，在愛情故事與歷史故事間架起一座有機的橋梁。這樣，主人翁的感情發展就與民族、國家的命運緊密相連，具有了深廣沉重的內涵；歷史事件的穿插也就具備了感情色彩，成爲審美對象中的有機成分。這種手法的運用雖然並非突開其端，梁辰魚是在前人經驗的基礎上構置起自己成果的，但確實可以說是達到了傳奇結構上的一個新層次，直接開啓了以後

孔尚任《桃花扇》在這方面的成功的先河。

《浣紗記》還有一個突出的長處在於它極適宜於登臺搬演。由於梁辰魚在樂理方面的修養，他寫的唱詞都音韻和諧、符腔依律，並妙合崑腔板式，也只有這樣，《浣紗記》才能夠一時間"梨園子弟爭歌之"，爲崑山腔的崛起立下開關之功，徐又陵《蝸亭雜訂》甚至說："歌兒舞女，不見伯龍（伯龍是梁辰魚的字），自以爲不祥也。"曾經有過這樣一種說法："傳奇家別本，弋陽子弟可以改調歌之，唯《浣紗》不能。"意謂文人按照崑山腔格律寫的傳奇，弋陽腔戲班在對其聲韻腔口經過一定的加工改造以後，一般都能夠搬上舞臺進行演出，唯獨唱不了《浣紗記》，極力形容其格律精嚴的程度。《浣紗記》也確實沒有被其他聲腔所搬演，但在崑曲舞臺上一直演到近代，其中如"回營"、"轉馬"、"打圍"、"進施"、"寄子"、"採蓮"、"泛湖"等折出，長期爲觀衆所稱道。

高濂《玉簪記》

《玉簪記》描寫書生與道姑的愛情，因爲捕捉住了宗教清規戒律下生長出的愛欲之花，並在此基礎上構設了一場動人風情，贏得了人們的喜愛。高濂用風趣生動的筆法細膩描寫了戀情的發生發展過程，在舞臺上製造了足夠豐富的喜劇情調，從而獲取了成功。

劇寫書生潘必正因赴試落第羞歸，到女貞觀投奔做觀主的姑母，寄寓觀中讀書。觀中道姑陳妙常青春妙齡，與潘必正二人一見傾心，但囿於

身分，妙常不敢洩露內心情感。必正百方試探，情挑遭拒，相思成病。妙常思春，寫下情詞一首，爲必正偶然所得。必正大喜，持以要挾，妙常被攻破精神防線，不得已與之私下結合。事情爲觀主發覺，恐敗觀風，逼迫必正即時離開去赴試。妙常偷偷趕到江邊，乘舟追上，二人互贈玉簪、鴛鴦墜爲表記。後必正高中，迎娶妙常，二人終得團圓。

劇作透過二人私結情好，並最終獲得美滿結局的故事，從正面肯定了青年男女心中對愛情幸福和自由婚姻的追求、熱望，同時，對束縛、壓抑青年人欲望、感情的傳統禮教和宗教清規表示了不滿。

《玉簪記》是一齣成功的喜劇作品。它爲舞臺演出提供了格調清新、充滿幽默氛圍的喜劇情境，其中一些核心的場次，如"弦裏傳情"、"旅邸相思"、"詞媾私情"、"姑阻佳期"、"知情逼試"、"秋江哭別"等齣，都在富有情趣的戲劇衝突中，細膩、準確地刻畫了人物的內心情感，表達了作者對於他的人物的愛戴。這就爲舞臺表演的發揮建立起充實的情境基礎，因而，隨著時間的推移和演出實踐的積累，這些場次逐漸在舞臺上磨練成了表演精品，成爲長期膾炙人口的段子。

明繼志齋刊《玉簪記》插圖／此書全名《新鐫女貞觀重會玉簪記》，二卷，高濂著，謝虛子校正，黃近陽鐫。萬曆間觀化軒刊本。潘必正長安赴試落第，寄寓女貞觀讀書，與女尼陳妙常詩琴相挑，遂結情好。後爲觀主所覺，逐必正，妙常贈以玉簪。必正及第得官，迎娶妙常。

徐渭和沈璟

明代萬曆時期的戲曲創作以徐渭的雜劇《四聲猿》爲前驅。由於徐渭高潔的人格，他的雜劇作品呈現出一股瑰異的奇氣、一道亮麗的色彩，在這戲曲創作的高峰之初炸響了一個宣言般的驚雷。萬曆時期却又出現了一位封建衛道士沈璟。他的傳奇作品處處透示出一股腐朽的氣味，成爲道德宣教的典範。

徐渭《四聲猿》

在色彩斑斕的明代文化史上，徐渭是一位奇才。他詩、文、書、畫、戲曲、文論，無所不通，無所不精，凡所涉獵，無不驚世詫俗，各種藝術樣式到了他手裏，無不成了抒寫個人情性、宣洩胸中塊壘的憑藉。

徐渭的戲曲創作，更是爲世人所

明人繪徐渭像／作者佚名。藏南京博物院。

推重。王驥德《曲律》卷四說："徐天池先生所爲《四聲猿》，而高華爽俊，濃麗奇偉，無所不有，稱詞人極則，追踪元人。""故是天地間一種奇絕文字。""以方古人，蓋真曲子中縛不住者，則蘇長公之流哉！"

徐渭的爲人，一生狂放，追求個體的獨立意志，他自己說是"疏縱不爲儒縛"。袁宏道則把他的個性歸結爲"通脫"、"豪姿"、"不羈"。在當時文壇上，徐渭可說是與無畏思想家李贄併肩而立的一代奇人。李贄被世人視爲當時思想界的"妖物"、"異人"，徐渭則被同時代人目之以藝術界的"狂人"、"奇士"。

徐渭的《四聲猿》，可說是他凝聚了一腔豪達之氣而在現實社會裏無處

發抒之作，所謂"借彼異跡，吐我奇氣"。徐渭懷驚世駭俗之才，却在現實中困頓終生，他煩躁、焦灼，甚而至於絕望……他將這些心緒，化作淒厲的猿啼，化作悲慨的長嘯。

《四聲猿》包括四個雜劇劇本：《狂鼓吏》《雌木蘭》《玉禪師》《女狀元》，而以"猿啼四聲而腸斷"的意義命名。《四聲猿》四劇以正反兩面出之。從正面出之，則理想往往夭折，獨行易爲中傷，所以禰衡狂直而死，玉通傲倨而化。從反面出之，則事有出人意外、溢出常理之處，反而會有驚世駭俗之舉，文而黃崇嘏、武而花木蘭是也。

《狂鼓吏》寫禰衡擊鼓罵曹。其生花的一筆是不從正面落墨，却藉陰曹地府之一隅，來使自己的筆端舒卷。如果拘泥於史實，其時曹操野心還未盡露，惡事也尚未做完，禰衡遂無法暢快淋漓盡斥曹操之奸。另外，如果按照曹操生前行事來寫，勢必使他在舞臺上呼前喝後、威風凛凛，這是徐渭所不願意的。把他打入陰間地府，使之渺小化、可笑化，反平添一種滑稽諷世意味。

民國天津泥人張泥塑《四聲猿·狂鼓吏》／爲泥人張第三代藝人張景鈷作品，共塑4人，高26～33.5公分。藏中國藝術研究院戲曲研究所陳列室。

操丟盡了臉面，喪盡了威風，禰衡則汪洋姿肆，抒盡了人間不平之氣。

《玉禪師》裏，徐渭透過敷寫月明和尚百般點化柳翠，柳翠不之悟

明刊《四聲猿·狂鼓吏》插圖／禰衡藉擊鼓之機，痛罵曹操凶險奸佞，陷害忠良。

劇中判官喝令曹操："今日要你仍舊扮做宰相，與禰先生演述舊日打鼓罵座那一椿事。你若是喬做那等小心畏懼，藏過了那狠惡的模樣，手下就與他一百鐵鞭，再從頭做起。"於是整個過程中徐渭能夠將人物隨意調遣、游刃有餘。判官是忽而判官，忽而賓客；曹操是忽而宰相，忽而罪囚；場景是忽而人間，忽而地府；衆人是忽而入戲，忽而出戲。於是，曹

的場景，向世人傳達出一種人生恍惚、浮世若夢、執迷不悟、遺失本心的情境，在引發人們思考人生問題上和《狂鼓吏》有著異曲同工之妙。

上述二劇是徐渭破現世景，《雌木蘭》和《女狀元》則是他立心中像。現實社會沒有而情理應有之事，男子世界常滅而女子世界或聚之情，採取一種扭曲的形式表現出來，正所謂

明刊《四聲猿·女狀元》插圖／才女黃崇嘏女扮男裝赴試，考中狀元。

四川綿陽魚泉寺清代壁畫《義俠記》/寺之兩廊和虛閣的過梁上，繪戲曲場景壁畫16幅，均以墨線勾出輪廓，再用水色渲染。此圖繪武松打虎場面。

"世間好事屬何人?不在男兒在女子"。而四劇的共通主旨則是將人世顛倒了看。

把人世顛倒過來，徐渭就取得了縱興品評、嬉笑怒罵的自由，使得他能夠在這一構架中盡情游刃，借景抒憤，隨時投出自己的匕首和扎槍，所謂"提醒人多因指驢爲馬，方信道曼倩詼諧不是耍"。我們看徐渭在劇中時時針砭現實、譏諷時政，抨擊黑暗，嘲弄權勢，不是爲他筆端的舒卷自如而慨嘆嗎?

沈璟的傳奇創作

沈璟一生戲曲著述甚豐，他究心曲律三十年，頗有心得，編有《南九宮十三調曲譜》，對於明清傳奇創作確立了規範，影響極大。寫有《紅蕖記》《義俠記》等17種傳奇，合稱爲"屬玉堂傳奇十七種"。以一人之力創作數量如此衆多的南曲傳奇劇本，在沈璟之前還沒有過，只是他的作品大都宣揚封建倫理道德，因此不被社會所看重，難以演出。

打開沈璟的"屬玉堂傳奇十七

種"，你看到的不是孝子賢妻、忠臣義僕，就是奸夫淫婦、強徒暴吏，隨處可以嗅到一種濃郁的道學氣味。沈璟的作品，大多隱寓著他諷諭、勸世和教化的目的。

沈璟的《十孝記》是直接把歷代孝子烈婦事跡拉入傳奇創作的一個典型代表。此劇寫了歷史上10個著名的孝烈故事: 黃香扇枕、張孝張禮兄弟孝義、緹縈救父、韓伯瑜親喪泣杖、郭巨埋兒、閔損蘆衣忍凍、王祥臥冰求鯉、孝婦張氏、薛包孝母、徐庶孝義。褒獎孝子烈女是歷代封建統治者所極力提倡之事，愈到封建社會的後期提倡愈烈，這個事實本身即反映了封建禮教的日趨窮途末路，在新的文化觀念崛起的明代中後期尤爲如此。沈璟在這歷史的轉折時期，眼睛只朝後看，因而成爲僵化倫理觀念的代言人。

《十孝記》如此，其他作品也異曲同工。如《奇節記》，敷敘權皋不從安祿山而全忠、賈直言代父飲鴆而全孝事，一忠一孝，皆乃"正史中忠孝事宜傳"者。《分錢記》則連他最得意的弟子呂天成都批評他: "第一廣文不能有其妾，事情近酸。"這些作品命意行文在在體現了沈璟本人所追求的人格理想。

《義俠記》寫的是家喻戶曉的武松故事，潘金蓮、西門慶、王婆、蔣門神等栩栩如生的小說人物，人們太熟悉了。然而從沈璟劇作中的這些人物身上，卻也滲出令人陌生的道學味

明刊《紅葉記》插圖／此書全名《重校十無端巧合紅葉記》，二卷，沈璟撰，何龍繪，劉大德鐫。萬曆間金陵陳氏繼志齋刊本。鄭德璘偶與鹽商韋某並舟泊，見韋女楚雲而慕之，以詩相挑，楚雲報之。後楚雲沒於水，被龍王送歸德璘，二人成婚。

兒。小說中的武松，本是一位行俠好義、勇武敢鬥、行不更名、坐不改姓、蔑視官府、濟弱鋤強的英雄好漢，他的行動都帶有一定的無政府性。沈璟却把武松處理成一位"心懷忠義"的在野賢人形象。他時時慨嘆功名未遂，盼望朝廷招安，當張青、孫二娘勸他投奔梁山入伙時，他說："我幾年坎坷，安心受他，怎教咱半生清白一念差訛。"最終受到皇上的封贈後，他感恩戴德地高唱"從此後是王臣"。

即使是雜取筆記小說中滑稽趣談而譜入傳奇，呂天成《曲品》卷下譽爲"輒令人絕倒。先生遊戲至此，神化極矣"的《博笑記》十種故事，也並非一味媚俗的作品，其選材自有深意。此劇廣採當時市井民間日常生活情態，藉以抨擊一系列的社會病態，諸如奸盜欺瞞、貪懶好賭等等，體現了沈璟敦化民風的諄諄用心。而出於弘道的目的，沈璟更加入了倡導風化

的內容。例如其中的《邪心婦開門遇虎》一劇，寫一寡婦半夜聽到老虎叩門聲，以爲是客人來挑逗，百般拒斥，終於禁錮不了自己的意馬心猿，開門相納，終至遭殃。這類故事加濃了《博笑記》的衛道色彩。

《紅葉記》是沈璟第一次嘗試傳奇創作，他選擇了唐人傳奇《鄭德

明刊《紅葉記》插圖

璘傳》的題材來敷衍，原爲寫書生與商女的愛情，本應充滿浪漫色彩。但劇中卻缺乏真情，一味只在技巧上下功夫，充滿了偶然和巧合，全劇命名乾脆就叫做《十無端巧合紅蕖記》。由這種純形式主義的創作方式裏，我們可以看到後來阮大鋮、李漁劇作的影子。

湯顯祖 "四夢"

湯顯祖像（清道光陳作霖摹）

在萬曆社會思潮的鼓蕩、傳奇創作的波湧中，躍起了一個絢爛的高峰——湯顯祖。湯顯祖作有傳奇"玉茗堂四夢"，包括《紫釵記》《牡丹亭記》《邯鄲記》《南柯記》。在他的這些創作中，寄托著他對人生、人性的哲理思考，傾注著他對生命和青春的無限熱情。

湯顯祖作劇，本諸一個"情"字。其"四夢"可說都是"情"的衍生物：《紫釵記》寫"一點情痴"，《牡丹亭》寫"生生死死爲情多"，《南柯記》寫"一往之情爲之攝"，《邯鄲記》寫"一生耽擱了個情字"，儘管其中的"情"有著不同的內涵，但我們卻可以從中看到湯顯祖思想的貫穿性。

湯顯祖有著自己盡情盡性的生命實踐，他公開喊出"爲情作使"的口號，他自詡爲天下"有情"的使者，因而他能夠將自己的一往深情灌注在創作裏，寫出驚世駭俗的"四夢"。

生死 "至情"

湯顯祖的傳奇創作可分作兩個階段。從《紫釵記》到《牡丹亭記》，他入情日深，用情益專，逐漸進入"情至"的化境。而《邯鄲記》和《南柯

記》則是他經過了長期的政治坎坷之後，逐漸認識到人的"至情"掙不脫其所生存的社會軀殼，終歸會將人導向幻滅的認識結晶。

《紫釵記》原名《紫簫記》，是湯顯祖年輕時的戲筆，還沒有多少真情實感寄寓其間，徒以雕鏤駢詞儷句爲能事。隨著閱歷的加深，湯顯祖自己也不滿意初期的創作。以後在一個長

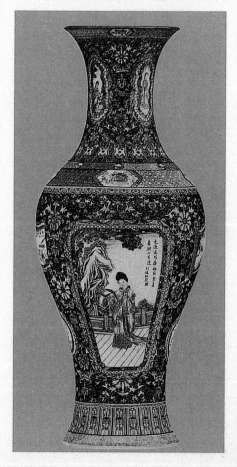

清乾隆御窯瓷瓶《牡丹亭》／爲乾隆御窯古月軒產品。高23公分，腹徑11公分。繪杜麗娘獨自至芍藥欄邊、山石之下尋夢場景。旁有劉墉題字。

時期内，他對之進行了反覆修改，最終定名爲《紫釵記》。《紫釵記》旨意歸後霍小玉的一點情痴，一往深情，反映出湯顯祖對人情認識的深化。在這個劇中，湯顯祖謳歌了真情能感化人心、衝破任何阻隔的力量。

當湯顯祖寫出《牡丹亭》的時候，他已經在人生的道路上披荆斬棘而變得堅强老辣，有了爲追求理想而百折不撓的體驗和經歷。他對於人的生命價值的認識已經走向成熟，而在哲學思想上也找到了情理衝突的突破口，即發明了"情至"的理論。於是，他創造了杜麗娘這個"至情"之人的形象。她界身於醒夢之際，出入於生死之間，爲尋求自己的理想而生，而死，而死後復生，"生生死死爲情多，奈情何？"藉著對杜麗娘生命的禮讚，湯顯

祖高奏了一曲真情的頌歌。

如果説，《牡丹亭》集中代表了湯顯祖在執著追求個體的生命輝煌時對於人生價值和生命意義的思考，其中充滿了蓬勃昂揚積極進取的精神的話，那麼，後"二夢"則體現了他在飽嘗人世憂患後對於人的來去途徑和存在意義的理解，滿浸著憤世嫉俗但又無可奈何的哀感情緒。

《南柯記》裏的淳于梦，耽於人世的碌碌功名，一往之情爲之所攝，終於做了一枕南柯美夢。他在夢中得以"貴極祿位，權傾國都"，泱泱大國之婿，煌煌一郡之長，乘龍拜相，受寵三宫，終於夢醒於南柯樹下，才驚悟自己做了一晌的螻蟻之臣。

南柯夢覺，情猶未盡，次年湯顯祖又一氣呵成《邯鄲記》。《邯鄲記》裏的盧生因學成文武藝，一心售與帝王家，説是"大丈夫當建功樹名，出將入相，列鼎而食，選聲而聽，使宗族茂盛而家用肥饒，然後可以言得意也"，於是得到仙人呂洞賓的幫助，一枕入夢。在夢中，他歷盡悲歡離合，飽嘗人世炎涼，忽而凱歌高奏，錦衣朝

清乾隆御窯瓷瓶《牡丹亭》／爲乾隆御窯古月軒產品。高17.8公分，腹徑9公分。繪杜麗娘於窗邊對鏡自嘆春光易逝情景，窗外爲梅花、柳枝。旁有劉墉題字。

明刊朱墨本《牡丹亭》插圖

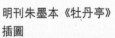

清楊柳青年畫《牡丹亭》／爲楊柳青齊健隆畫店嘉慶年間作品，貢尖。繪柳夢梅館於牡丹園，與杜麗娘幽會，爲花神所護持等場景。

堂，忽而招致讒言，竄死邊荒。當其得意時，天庭帝王不足以掩其威，當其落魄時，盜賊獄吏可以致其死。最後在享盡人間榮華富貴後，一蹶而亡，一哭而醒，客店裏煮的黃粱還沒有熟。

湯顯祖在此劇中進一步揭示“情痴誤小生”的人生虛幻觀念，把人世上的所有“寵辱得喪生死之情”都歸之於夢幻，最後歸結於“夢死可醒，真死何及”的禪家偈語，“要你世上人夢迴時心自忖”。在這裏，湯顯祖徹底否

定了自己的“一生耽擱了個情字”，最後走向精神寂滅的境地。

千古絶唱《牡丹亭》

讀《牡丹亭》，首先訴諸你的審美感情和認知活動，使你呼吸其間、感覺其間的是它那燦爛的華彩。劇作家憑藉著自己豐厚的文學修養，將其筆蕊心花，華貴而精緻地鑲嵌在每一齣的字裏行間，使之發散出經久不衰的醉人芳香。所以，歷來評論者首先多從這一角度理論，如“雅麗幽艷，燦如霞之披而花之旖旎”，“婉麗妖冶，語動刺骨”云云。

但是，煉字酌句畢竟只是一種語言功夫，感應生活才是更深沉的能力。湯顯祖的建樹，首先在於他對當時社會生活的體察、透視和把握。《牡丹亭》之所以成爲中國戲劇文學中不可多得的偉大之作，主要在於湯顯祖對明代進步社會思潮的正面呼應。湯顯祖的偉大，正在於他第一次把淹没

明刊朱墨本《牡丹亭》插圖／繪書生柳夢梅與小姐杜麗娘會於牡丹亭場景。

明刊朱墨本《牡丹亭》插圖／繪杜麗娘白日做夢，與柳夢梅幽會於牡丹圍中情景。

在神聖莊嚴的封建禮教模式中的個人的人性欲望作爲一種合理的存在，提升到可以令人正視、令人崇尚、令人反省的高度；正在於他將人的生命的完美實現作爲一種理想和憧憬，藝術地準確地展示出來；正在於他寫出了覺醒的個人與整個社會之間的對立和衝突；正在於他推出了一個值得幾代人去爲之奮鬥的人生主題。

就《牡丹亭》來說，如果我們不滿足於在作品所提供的文學世界的表層徜徉，就會發現，它的價值絕不是用"語言"、"人物"、"情節"等尋常尺度所能衡量的。如同衆多文學外的因素孕育了它一樣，它的意義也超越了文學的界域。

簡而言之，在價值觀上，它公開肯定了人的生命欲望，對當時控制了社會各個角落的"存天理，滅人欲"的理學觀給予了無情的抨擊和否定。無論誰都不會以爲湯顯祖只是在沒完没了地跟人閒扯一個女人愛美、傷春、

動情之類的生活瑣事。正由於作者的筆觸深入到了人的本質方面，才使杜麗娘這個普通貴族小姐的個人命運和整個社會的進程連結起來。

其次，它擺平了從來就不平等的男女之間的位置，使被壓在社會底層的女性站在了和男性比肩的同一地平線上。杜麗娘那豐富、熱烈的情感世界，她那鬱勃、蒸騰著的青春衝動，令多少道貌岸然的僞君子爲之瞠目結

明刊朱墨本《牡丹亭》插圖

舌，也引起多少婦女發自心靈深處的強烈共鳴！

在《牡丹亭》這部作品中，湯顯祖所高度弘揚的"情"，並不等同於他在《紫釵記》裏涉及的男女間的愛戀之情，也不是他在《南柯記》中所強調的人的功名欲望和政治理想之情，更不是他在《邯鄲記》中所刻意批判的人的利欲之情。吸引了湯顯祖的是另外的東西，是一種普遍的生命現象，一種發自天性的、湧動在人的內心深處的對於生命、對於自然、對於異性的情欲追求。

湯顯祖塑造的最奇麗的人物形象是杜麗娘。她是作為"情"的化身出現在人們面前的，是在湯顯祖關於"情"的哲學思考和人生體驗的交和中孕育而成的。這是一個在各個方面都得到充分展示的具體的有血有肉的人，是一個有著純淨的精神境界、有著旺盛的生命活力的人。

杜麗娘愛美，愛造物主的賜予，

愛嬌好、鮮活的生命。大自然那親近而久遠的呼喚，誘發了杜麗娘心中的春情。古老的情歌戀曲，觸動了杜麗娘那微妙的心弦，引發了她全身心的共鳴。杜麗娘那"不知所起"的情，不是她與某個具體對象的特定情愛，而是她作為一個健全人的本體生命所具有的生理和心理特性，是出於人的自身天性對於性欲的本能需求和渴望。湯顯祖寄寓在杜麗娘這一形象中的內涵，正是人的這種生命需求。

面對一位不知其所自來，不知姓氏身分但卻風流瀟灑、氣度翩翩的美少年，不需要任何的媒介，不需要點滴的儀式，在眉目企盼之間，在心靈對流之時，兩人就達到了精神的默契。從柳夢梅對杜麗娘"如花美眷，似水流年"的憐愛裏，從杜麗娘對柳生"豐姿偉妍"、"年少多情"的讚悅中，你不是十分自然地領略到了人類那原始而健康的天性，那鬱積在每一個正常人體內的蓬勃生命欲望嗎？

明刊朱墨本《邯鄲記》插圖／此書二卷，湯顯祖撰。天啓間閔光瑜刊朱墨套印本。山東盧生夢入清河富室崔家，與崔女結婚，崔家贈銀令赴考，以賄中狀元。受宇文融譖，被命開鑿黃河，用奇法成功。又令征西，大捷而歸。宇文融誣其通敵，將問斬，減罪流放邊鄙，妻沒為官婢。後上念其功，召還復官，歷二十年，為宰相，封國公，一門蔭庇，至八十餘，一病而終。卻原來是一夢，灶上黃粱尚未蒸熟。

湯顯祖對人的理解是樸素的，又是深刻的。在他的筆下，這種男女之間從來最見不得人、無法正視、難以啓齒的原始生命衝動，竟是如此地輝煌、燦爛、聖潔。這裏沒有絲毫淫穢、猥褻的色情意味，情欲的奔放中透示出來的是生命的美麗和莊嚴。讀著其中極富詩意的文字，你難道不覺得那壓抑人性、貶低生命、作踐人生的社會是何等的醜惡，而這種活脫脫的樸素而健康

的生命之泉又是何等的寶貴嗎?

有感於封建社會對於人們的精神統治，有感於禮教文化對人類本性的戕害和壓抑，湯顯祖藝術地將人的天性還原、放大，賦予其合理的存在和實現的權力。因而，企盼人的自然天性的復歸，是他在《牡丹亭》中所要揭示的人生真諦，也是他創作這部劇作的真正動因。

晚明傳奇作家

萬曆以後，雖然明王朝已經行進在衰亡的路途之中，方興未艾的傳奇創作仍然此起彼伏。文人在填詞中一逞才華的傳統一經形成，就具備了自身的延伸力，將創作之潮自動地向前推進。而曲學的精進、經驗的積累、技巧的發現和總結運用，都使這一時期的傳奇創作在藝術性上比萬曆時期更進一籌，但與之同時，時代的萎縮之氣也即開始呈現。

吳炳《粲花齋五種曲》

吳炳一生創作傳奇五種：《綠牡丹》《西園記》《畫中人》《療妬羹》和《情郵記》，合稱《粲花齋五種曲》(一名《石渠五種曲》)。

吳炳所作傳奇全部都是才子佳人劇，劇中男女主人翁的姻緣遇合皆因詩文而起。吳炳在他的劇作中提出這樣一種觀念：人的價值體現在他的詩文才華上。才子縱貧無妨，胸中須有墨致。佳人必須有才，無才稱不得佳人。在吳炳的劇中，才子佳人已經不是單純以貌互引，而都是因詩相聚。

特別突出的，是他的女主人翁雖然都出身世家，却不喜妝盒，皆好詩書; 男主角擇偶也都以才貌雙全作爲最高標準。這反映了當時的文人雅韻: 重在情戀對象的文化價值，在異性中尋求情趣一致的對話者。在這種時代思潮面前，"女子無才便是德"的傳統古訓早已喪失了其真理性。

由於吳炳在傳奇中體現了新的價值觀，於是，歷來戲曲作品男女結合的"驚艷"模式也就被打破。吳炳劇作中的男女人物的互相吸引都不主要是由於容貌，而都加入才華的因素，通常都因詩而起。前人劇作也常以詩挑情，但那只是表現情愛的一種方式，吳炳劇中則是未見其人，先睹其詩，因詩思人，見詩動情

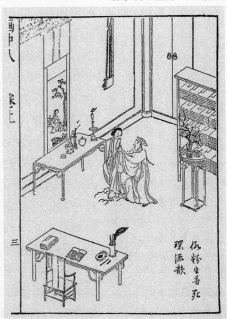

明末刊《畫中人》插圖

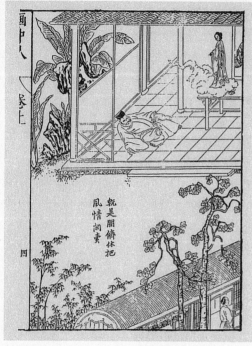

明末刊《畫中人》插圖／書生庚啓，自描意中美人於畫，掛於書房，終日焚香頂禮，呼叫"瓊枝"不置。鄭刺史之女名瓊枝，得憂鬱症，恍惚覺人喚己，魂遊庚所，自畫中飄然而下，與之結緣。鄭女容貌竟與畫中人一毫不差。後經種種悲歡離合，終於團圓。

在前，而雙方遇合反在後。這樣，吳炳劇作形成自己的新模式：常常是對於對方早已熟諳其詩，久思其人，而未睹其面，往往經歷了千磨百礪之後才得相見。這種處理一是增強了對人的價值中才學成分的強調，二是增加了劇情的婉轉曲折、一波三疊，使其劇作呈現出一種染有濃重時代色彩的新鮮面貌。

吳炳的劇作以其高超的技巧性見稱於世。吳炳的傳奇在結構上篇篇考究，雕琢精緻，情節安排都層次清晰、波迴峰轉、嚴謹有致、曲折動人，因此演來絕不平淡、絕不寡味，令人覺得有一股細膩的思致在其間流動。吳炳對於情節的設置都能做到細密編織，充分注意到細節的照應，每一個出場人物最後必然都有著落，劇情中出現的每一細節最後必然都有交代。吳炳傳奇充分注意到對情節的提煉，劇中絕無散筆漫筆，每一筆都有其寫作用意，因此它們本本都非常緊凑，雖格局狹小，但演來節奏感極強，絕無一般傳奇鬆散冗慢的弊病。

在編劇方面吳炳的一大特長是：善於運用誤會和巧合等戲劇手法來構成衝突、組織矛盾，從而製造妙趣橫生的喜劇效果。《情郵記》裏王慧娘、賈紫簫偶然與劉乾初驛亭和詩而因詩起情是巧合，巧就巧在三人先後因事必然路過此驛，絕不露人工斧鑿痕跡；《綠牡丹》裏車靜芳睹詩尋人找到假冒者柳五柳是誤會，而她差遣保姆詢問真正作者謝英、謝英因故沒有説出真名是巧合，誤會與巧合都合情合理；《西園記》裏玉真偶爾墜落梅花打在從樓下經過的張繼華頭上是巧合，張繼華將樓上另一小姐玉英認作其人是誤會，誤會與巧合繼續環環相扣，推衍出後面的玉真和玉英、真人和鬼魂的變幻莫測，構成劇情的起伏生動。吳炳劇作的情節很大程度構築在人物之間的誤會與巧合之上，令人感覺新穎奇幻、變化莫測，而他運用這些手法時，能夠從人物心理邏輯和事物發展的自然邏輯出發，使之成爲情節的內在基因，因而顯得極其自然，毫無生硬牽強之感。當然，儘管吳炳將誤會、巧合法運用得天衣無縫，顯露出高手

的風采，畢竟只是從技巧而不是從社會真實生活出發，因此他的劇作在帶給人以圓熟感覺的同時，不免流露出細膩雕琢品與生俱來的纖弱之氣。

孟稱舜《嬌紅記》

孟稱舜《嬌紅記》在晚明愛情題材的傳奇創作中顯得獨立特出，其劇作情節雖然建立於前人基礎之上，但卻在細節上有很大豐富與加工，染有作者濃厚的主觀意識，從而塗抹上了鮮明的時代色彩，主要體現在以下兩個方面。

首先，這部作品將前人"一見鍾情"、"郎才女貌"式的愛情理想向前推進了一步，構設出一種"同心子"式的愛情模式。這種愛情建立在志同道合、旨趣融洽、心心相印的基礎之上，並要求愛情雙方對於對方承擔道義責

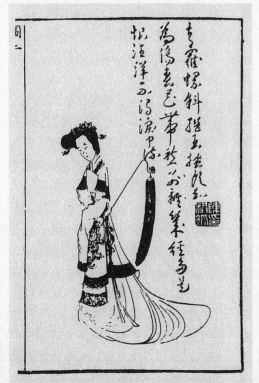

任和忠誠保證。它較之男女之間僅僅發生生理方面的吸引與衝動所誕生的愛情更為豐滿，更加接近現代性愛觀。劇中女主人翁王嬌娘所追求的就是這樣一種理想愛情模式。劇作的重點也沒有像一般傳奇作品那樣放在男女主人翁如何偷期密約、私結秦晉的過程上，而是將表現的重心移到了王嬌娘怎樣由決心自擇夫婿，到確定標準，再到對愛戀對象的反覆觀察、試探和考驗上。

與崔鶯鶯、杜麗娘的朦朧期待和不自覺追求不同，這部劇作的女主人翁王嬌娘自始至終對自己的婚姻問題有著清醒的認識。她意識到自己不能再走"古來多少佳人，匹配非材，鬱鬱而終"的老路，因而立下志願："寧為卓文君之自求良偶，無學李易安之終托匪材。"這種"自求良偶"的聲音，表現的是時代觀念對於自古

明末刊《鴛鴦冢嬌紅記》插圖／書生申純訪舅，與舅女王嬌娘一見鍾情，密約成歡。舅父見疑，逐去。申純赴考獲捷授官，前往下聘，舅許之。後帥節鎮遣人為子說親，舅悔申純親而許節鎮。嬌娘抑鬱而亡。申純聞訊亦自絕。舅將二人合葬，冢中忽出雙鴛鴦。

明末刊《鴛鴦冢嬌紅記》插圖

明末刊《鴛鴦冢嬌紅記》插圖

以來"父母之命，媒妁之言"婚姻模式的超越。以之爲前提，王嬌娘確立了自己鮮明的擇偶標準："氣勢村沙，性情惡劣"的富貴子弟不嫁，寡情薄幸、始亂終棄的負心士子也不嫁。她一心"但得個同心子，死同穴，生同舍，便做連枝共冢、共冢我也心歡悦"。當邂逅書生申純之後，她雖然真心愛之，但却沒有深陷於初戀的狂熱中不能自拔，而是冷靜地認識到："與其悔之於後，豈若擇之於初?"於是便對他進行了反覆自覺而有意識的試探，確認他的求愛不是浪蝶狂蜂的任意行爲，確認他是真正把自己作爲一生的愛戀對象，一旦發現對方的真心，她便矢志相許、至死不渝："至或兩情既愜，雖若吳紫玉、趙素馨葬身荒丘，情種來世，亦所不恨。"

其次，這部作品突破了時人傳奇套數中必有的才子及第、洞房花燭的理想結局，而代之以冰冷的現實：即使申純考中狀元，登上了龍門，在强大黑暗現實的壓迫下，他也無法保障自己愛情的順利實現，王嬌娘還是被帥子倚勢强聘而去，兩人不得不以死殉情。在當時人的心目中，中狀元就是飛黃騰達的開端，不僅意味著高官厚祿、嬌妻美妾以及一切可以想見的榮華富貴，而且，還是一把法力無邊的尚方寶劍，無論碰上什麼樣的艱難險阻、險情窘境，都能夠轉危爲安，化險爲夷。因而，士子一旦中了狀元，就一定會時運逆轉、否極泰來，一部傳奇也就該結束了。孟稱舜却刻意打破了這一模式，於是，也就升華了主題，將才子佳人戲的情愛主題，轉移到了對封建特權的抨擊上。

《嬌紅記》不僅在立意方面獨出一格，在藝術表現方面也取得了很高的成就。劇作者十分注意人物性格與心理的把握與刻畫，其人物描畫準確、生動而又豐滿。王嬌娘作爲一位嚮往自由、頗有主見的女性，在她的性格中有大膽反抗壓迫的一面。但作爲詩禮傳家、飽受教育的千金小姐，她又不可能背逆温柔敦厚的女德準則去行動，因而她的反抗也只能呈現出十分微弱的力度。這導致她在父親作出錯誤決定，拒絶了申純的求婚而將她許聘帥子之後，並不能産生激烈的對抗行爲，而只能在表面上接受並承認這一事實，默默地選擇了犧牲自身肉體的結局。也只有如此，她的悲劇才能夠形成，她的毀滅才有真實的依據，她的形象也才可愛。

阮大鋮《石巢四種曲》

阮大鋮在明末屬於政治敗類，如果衡以傳統觀念中的道德廉恥和民族氣節，可以説是一無是處。但他作爲一個技巧型的戲劇家來説，又是極其出色的。阮大鋮一生創作傳奇11部，而以《燕子箋》《春燈謎》《牟尼合》《雙金榜》知名，合爲《石巢四種曲》。這些劇作儘管在思想性方面顯得平庸，但却以極高的技巧性取勝，與阮大鋮爲同代人的張岱在《陶庵夢憶》卷八

"阮圓海戲"條稱讚他的劇作"本本出色，脚脚出色，齣齣出色，句句出色，字字出色"。他的劇作詞曲優美，情節曲折，結構巧妙，喜劇性濃厚，十分適合於場上演出。他又不愛蹈襲，專意自創，傳奇多憑空結撰而出，因此通常都新奇堪觀。

阮大鋮對於明末傳奇的貢獻主要體現在對於喜劇技巧的發揮上。他的劇作多通過建立在偶然性和假想性之上的誤會法來加強喜劇效果，在情節的進展中，依據或然性規律來設置一些特定的情境，使人物由於誤會、誤認而發生關係錯接，從而引起愛情、婚姻、倫常關係等各個方面的糾葛，建立起喜劇性。阮大鋮的劇作大多可劃入誤會喜劇的範疇，他對誤會法的運用，較之吳炳更加經常、更加頻繁，也對之更加倚重。

阮大鋮的代表作《燕子箋》的整個情節基礎就是建立在誤會之上的。唐代士人霍都梁與名妓華行雲交厚，霍繪二人"聽鶯撲蝶圖"送至禮部裝潢匠人處裝裱，誰知在取回時與禮部尚書酈安道家的"水墨觀音畫"弄錯。酈女飛雲取觀音圖瞻仰，入目的却是士子美女畫像，華行雲又與酈飛雲面貌相似，使酈春心萌發，思慕圖中少年，遂題詩一首。詩箋偶被燕子銜去，恰落入出外遊春的霍都梁手中，於是兩位年輕人陷入了彼此的相思。後逢安祿山之亂，各家走散，酈飛雲後被賈節度收爲養女，酈母則錯將華行雲認爲己女。

明刊《燕子箋》插圖／霍都梁與名妓華行雲交，畫自己與行雲春容圖一幅，誤被宦女酈飛雲所得。飛雲以圖中女子似己，偶題一詩於箋，被燕子銜至霍都梁處。後經磨難，終以一夫二妻團圓。

155

最終霍都梁因襄贊平亂的軍功和狀元及第，喜擁雙艷，與酈飛雲和華行雲團圓。其間插入小人鮮于佶的作梗播亂：他名為霍都梁的學中朋友，利用了霍的信任，掌握其隱情，羅織其罪名，冒領其功名，並調戲華行雲、騙娶酈飛雲，最終落得一個身敗名裂的下場。全劇的發展儘管險象叢生，但由於誤會時而帶給觀者的"發現"，也總會令人忍俊不禁。

阮大鋮的其他劇作也大率類此，都存在著各類大大小小的誤會和巧合，並以之組成戲劇情節的主要成分，構成他劇作喜劇性的主要基因。在串組這些誤會和巧合的過程中，阮大鋮充分做到了針線細密，結構完善，前後照應，頭尾相顧，儘量不留下人為拼湊的痕跡。儘管他的劇作通常含括的時間和空間的跨度很大，人多事繁頭緒叢生，但他都能處理得詳略得當、有條不紊，給人以山彎水轉、進退從容的感覺。當然，由於阮大鋮專門在設置誤會上下功夫，使得他的劇作又流入了固定模式，所謂"生甫登場，即思易姓；旦方出色，便要改裝"，許多誤會的設置脫離內容，一味炫奇，倒向形式主義。

阮大鋮有很高的文學造詣，所作傳奇曲辭典雅華麗，文采斐然，因而被人們列入"玉茗堂"一派。他善於熔鑄古典詩詞中的典故和意境於劇作之中，並多用烘托、對比等方法將人物的感情和心理款款摹出，盡情盡性。他還十分精通舞臺藝術的方方面面，對場次安排、關目筋節的討巧之處，都能一一照應，安排入微。在劇本的角色搭配、情節穿插、場面調劑等方面也都頗具匠心。

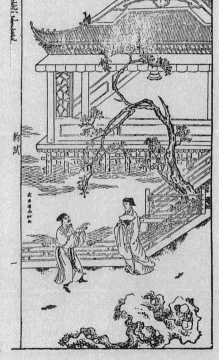

明刊《燕子箋》插圖／此書全名《懷遠堂批點燕子箋》，二卷，阮大鋮撰，陸斌清繪，項南州鐫。崇禎間刊本。

第八章

清代舞台藝術頂峰

清代戲曲聲腔的演變

中國封建社會進入清朝，已經呈現出一種夕陽殘照景象。滿清貴族入關以後，爲了維護自己的統治，在實施政治高壓的同時，又加強了在意識形態方面的控制，連興文字獄，消除文化輿論的抵抗。清朝是中國開始與世界列強發生衝撞並連遭痛創的時代，接二連三的戰敗與割地賠款，使這一腐朽的東方帝國日益走向了衰敗。然而，清朝又是一個頹靡的時代，上自皇室貴族、朝廷大臣，下至八旗子弟、市井百姓，都沉溺在戲曲笙歌的靡靡之音裏，尋求朝歡暮醉。在這一背景中，戲曲得到了最爲廣遠的傳播，在社會各個階層中產生了極爲深入的影響。

清代成爲地方戲曲廣泛傳播流衍

河南社旗山陝會館清代戲臺／臺面寬12.7公尺，進深5公尺，臺基高3公尺。

的重要時期。明末清初，弋陽、青陽等諸多南曲聲腔，因爲血緣相近，在長期的共同流傳和互相影響過程中逐漸同化了，混合爲單一的聲腔，而以高腔爲名，其得名大概是因爲和崑山腔相比，它的唱腔比較高亢直勁。高腔在長江流域如浙江、江西、安徽、湖南、湖北、四川等省形成了諸多的地方劇種，在北方也偶有遺留。北方各地流行的民間俗曲日益蓬隆糾結，終於也形成了新的聲腔系統：中原一帶地區產生了弦索腔，繁衍出了河南女

清山東年畫四根弦戲《當堂穿鞋》／高21公分，寬35公分。存姐，論姐爲救王定保，當堂穿鞋合尺，證實其無罪。

民國浙江東部窗花《白玉樓》／高22公分，寬27公分。白玉樓遭讒，被丈夫趕出家門，吃盡苦楚，後流落至駙馬家，畫出自己經歷。丈夫張彥考中狀元後，見到妻畫，終於團圓。

兒腔、山東姑娘腔、柳子腔、羅羅腔等劇種，其中以羅羅腔影響最大、流布最廣，從山西到河南、到北京、到湖廣、到揚州，足跡遍布天下。在陝西產生了西秦腔，明萬曆四十八年(1620年)傳奇劇本《鉢中蓮》裏已經出現【西秦腔二犯】的曲牌，證明至少在那時西秦腔已經十分盛行了。西秦腔在清初遍傳全國各地，向南一路傳到四川、廣西、雲南、貴州、廣東、福建、浙江、江蘇等省，向北一路走遍山西、河南、山東、河北和北京，並在各地扎下根來，形成梆子聲腔系統的眾多劇種。

　　高腔、崑腔、弦索腔、梆子腔這四大聲腔分別屬於南方系統和北方系統，其中高腔和崑腔屬於南方腔系，弦索腔和梆子腔則屬於北方腔系。當它們一起在長江沿線自湖北、安徽到江蘇一帶地區廣泛傳播時，因為當地恰恰處在南、北方言區的交界地帶，對兩種腔系的語言基礎都有更大的接受可能，因而發生融匯交流，從而又繁衍出既帶有南、北雙重特色，又用

弦索樂器伴奏的新的複合聲腔來，這就是吹腔系的樅陽腔、襄陽腔，梆子腔系的梆子秧腔，以及兩者結合的梆子亂彈腔。

　　樅陽腔產自安徽安慶地區，後來演變為徽戲，以及在江西河東戲、寧河戲、饒河戲，湖南常德戲、巴陵戲、荊河戲、祁陽戲、長沙湘劇，廣西桂劇裏都可以見到其蹤影。襄陽腔產自湖北襄陽一帶，後來發展為漢調，並傳到雲南等地。而吹腔系的影響更為遍及，我們在贛劇廣信班的"松陽調"、饒河班的"琴腔"、紹劇的"陽語"、婺劇的"蘆花調"、閩劇的"滴水"和"滂水"、湘劇的"安春調"、廣東西秦腔的梆子腔、滇劇的胡琴腔、川劇的胡琴戲、山東萊蕪梆子的亂彈等等裏面都遇到它。梆子秧腔為崑弋腔與秦腔的複合體，在乾隆年間曾極度盛行，現在只在京劇的"南梆子"裏見到它的嫡裔。梆子亂彈腔由【西秦腔二犯】和吹腔的【三五七】演變而來，曾流行浙江、江西、江蘇等地，以後繁衍出眾多後裔，諸如紹興亂彈、金華亂彈、溫州亂彈、浦江亂彈、黃岩亂彈、諸暨亂彈、處州亂彈等等。

　　上述吹腔、梆子腔、亂彈腔不斷

清人繪《盛世滋生圖》局部打花鼓演出圖／清官廷畫院貢奉徐揚繪，紙本設色。圖繪蘇州城西獅子山前戲臺上演出情況。紅氍毹上二人正在表演打花鼓。

受到秦腔新的刺激，逐漸又從它們的體制裏脫胎出新的複合腔種：二黃與西皮。二黃先出，爲安徽的樅陽腔吸收秦腔樂器胡琴後的結果，產生於皖南，影響迅速風靡，經由湖北傳播到湖南、陝西、廣西、雲南、廣東、福建等地。西皮後出，爲西秦腔傳到湖北以後，與當地聲腔結合形成的腔調。西皮與二黃進一步結合成進一層的複合聲腔，名爲皮黃，在湖北爲楚調，在安徽爲徽戲，其音樂的包容性和表現力都達到了歷史上的最高水平，遂躍居其他聲腔之上，成爲至今影響最大的聲腔之一。乾隆五十五年(1790年)，清高宗八十大壽，揚州唱二黃腔的徽班三慶班進京祝壽，正式拉開了徽班進京的序幕。以後漢調(即楚劇)藝人也逐漸北上搭班演出，把西皮腔也帶入北京。後來二黃、西皮長期連袂同臺，逐漸形成皮黃劇——京劇的一統天下。

清代地方戲形成的路徑，除了上述各種複合聲腔劇種生生繁衍變化以外，還有在民間歌舞說唱基礎上發展起來的一路。出自民間歌舞的有花鼓戲、花燈戲、秧歌戲、燈戲、採茶戲、彩調戲等，出自民間說唱的有道情戲、攤簧戲、曲子戲等。其中如花鼓戲，淵源於民間一種邊打花鼓邊做身段表演並唱歌的社火舞蹈，形成於長江流域中下游的廣大地區，逐漸演爲戲曲。相對前述聲腔和複合聲腔來說，這些民間劇種形式上都比較簡陋，出場角色少，音樂唱腔簡單明快，表演風格生動活潑而生活氣息濃厚，演出劇目也多半是比較簡單的民間生活內容，通常稱之爲地方小戲。其數量極其眾多，覆蓋地面也十分廣闊，成爲清代中、後期戲曲聲腔流派裏一個極爲重要的支流。

這樣，在清末時候，中國戲曲劇種達到了其發展的鼎盛階段，大約有300個劇種流行在全國各地。

花雅之爭

清代乾隆、嘉慶時期，中國戲曲史上發生了一件比較大的事件，即"花部"和"雅部"戲曲聲腔之間的較量與爭勝，亦即"花部"諸聲腔向以往占據統治地位的"雅部"崑曲發出了強力的挑戰。當時的清廷統治者出於政治方面的原因，出面干預了這一原本屬於民間藝術市場範疇裏的競爭，極力貶抑"花部"諸聲腔的崛起。但是，歷史的發展不以人的意志爲轉移，"花部"聲腔最終大獲全勝，開創了中國戲曲地方聲腔遍地開花的新局面。這場爭勝的結果直接影響到中國戲曲發展後期的整體面貌。

雅部與花部

明代萬曆時期，崑山腔由於士大夫階層的青睞，在劇壇上取得了"官腔"的統治地位，而其他南曲聲腔則被斥爲"雜調"。這種情形持續了200年之後，到了清代乾隆後期，開始發生重大的變化。

明末清初以來，南曲聲腔之外的眾多弦索聲腔、梆子聲腔劇種成批出

清北京戲畫《惡虎莊》／姚剛發配湖北，夜宿客店，飯食竟被當地惡霸黃一刀之妻母老虎奪走餵豬。姚剛聞黃一刀無惡不作，欲除之，乃至其肉店買肉，多方挑剔，引起惡鬥，終殺之。

河南密縣洪山廟清代壁畫《對金抓》／馬騰留給二子金抓各一支，長子馬超投劉備，次子爲黃琪收養，取名黃三耀。三耀長成尋兄，戰敗黃忠、張飛，馬超出戰，雌雄二抓相吸，遂相認，改名馬岱。

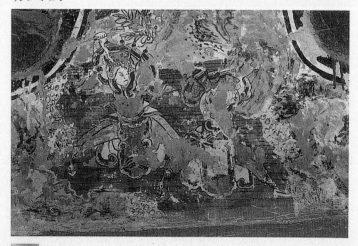

現，進一步的複合聲腔劇種又在它們的基礎上產生，劇壇上耀目的新星不斷閃現，弄得人們眼花繚亂、不知所從。這些新起的腔種，普遍有著清新、鮮活、濃郁的舞臺風貌，猶如濃鹽赤醬，帶有强烈的審美吸引力。它們一經出現，立即吸引了廣大底層觀衆的目光。而輕歌曼舞、一唱三嘆的崑腔，在其衝擊之下，逐漸爲時代所冷落。正是這種背景，造成了"花部"戲曲聲腔向"雅部"崑曲的爭勝局面。

將戲曲聲腔區分爲花、雅二部，是乾隆後期文獻中常見的做法。例如乾隆乙卯年(1795年)成書的李斗《揚州畫舫錄》卷五"新城北錄下"曰："兩淮鹽務例蓄花、雅兩部以備大戲。雅部即崑山腔，花部爲京腔、秦腔、弋陽腔、梆子腔、羅羅腔、二簧調，統謂之亂彈。"也就是說，"花部"名稱統括了除崑山腔之外的一切聲腔劇種。乾隆乙巳年(1785年)成書的吳太

初《燕蘭小譜》品評北京戲曲藝人，按照花、雅二部區分，並於卷首"例言"裏說："今以弋腔、梆子等曰花部，崑腔曰雅部。"由此可見，將戲曲聲腔劃分爲花、雅二部，是當時士大夫的通行認識。將戲曲聲腔作花、雅之分，當然體現了一種等級觀念，仍然將崑曲視爲上等，而將其他諸多聲腔劇種列爲下等。但從李斗所言"兩淮鹽務例蓄花、雅兩部以備大戲"的情形來看，"花部"已經取得了與崑曲抗衡的力量，連爲皇上準備的"大戲"裏也有它們出場了。

儘管士大夫階層仍然將"花部"視爲下等人之藝，但是它却在社會上產生了廣泛的影響力，崑曲的觀衆大多爲它所奪。清代徐孝常於乾隆二年(1737年)爲張堅《夢中緣》傳奇所作序曰："長安梨園稱盛，管弦相應，遠近不絶。子弟裝飾備極靡麗，臺榭輝煌。觀者疊股倚肩，飲食若吸鯨填壑，而所好惟秦聲、羅、弋，厭聽吳騷，聞歌崑曲，輒哄然散去。"這是北京的情

況，蘇州嘉慶三年(1798年)《欽奉論旨給示》碑則曰：「即蘇州、揚州向習崑腔，近有厭舊喜新，皆以亂彈等腔爲新奇可喜，轉將素習崑腔抛棄。」連崑曲的本土蘇州、揚州也被亂彈腔占領了市場，從中可以推見全國舞臺上「花部」全面開花的面貌。

花部的魅力

「花部」戰勝「雅部」而獲得社會的廣泛歡迎，有著深刻的內在原因。總括而論，「花部」戲曲在形式和內容兩個方面都有超越崑曲之處，這使它很容易吸引下層觀衆的注意力。

一般來說，普通小民與文人士大夫的審美情趣是不一樣的，他們不喜歡看那些掉書袋子、賣弄學問的戲。文人在崑曲傳奇中津津樂道的書生小姐的因緣艷遇，離普通人的生活太遠，也提不起他們的興趣。一般民衆喜歡看的是那些情節緊凑、故事集中、舞臺戲劇性强的戲，喜歡看動作戲、鬼戲、武戲、功夫戲。明末張岱《陶庵夢憶》卷六「目連戲」條所描寫

的徽州戲班在杭州演出目連戲的情景：閻羅地獄、血城青燈充斥，跌打相撲、雜技百戲齊出，臺下人心惴惴，面如鬼色，演到「招五方惡鬼」、「劉氏逃棚」，萬人齊聲吶喊——充分反映了普通民衆的審美情趣所在。

雅部崑曲，劇本多爲文人所寫，文詞深奧難懂，內容不出生旦傳奇，演出都在庭堂，節奏緩慢，一唱三嘆，觀衆多爲士人，而不爲大衆所欣賞。花部地方戲，劇本乃優伶自爲，語言平淺通俗，內容多爲歷史演義、悲歡離合，舞臺節奏緊促，以情節性見長，演出在茶園廟臺，受到百姓歡

清北京燈戲畫《羅成顯魂》／羅成死於淤泥河，李世民與秦瓊、徐懋功等往其靈堂致祭，羅成顯魂，向之囑託後事。

民國北京戲畫《元宵鬧》／盧俊義被捕，行將被斬，石秀獨劫法場。

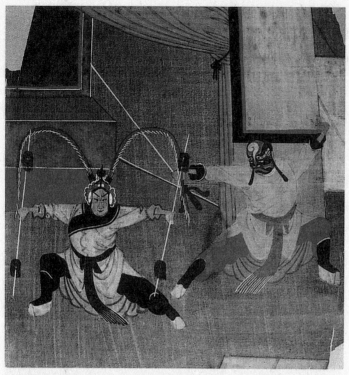

清北京燈戲畫《八大錘》/ 宋名將陸登戰死，子陸文龍及其養娘被擄，金兀朮以之為養子。陸長成出戰宋軍，無人能敵。岳飛參軍王佐乃斷臂詐降金，透過養娘安排，藉説書向陸説明身世，陸遂大戰金兵。

迎。清代焦循《花部農譚》裏準確概括了普通觀衆對於花、雅二部演出的不同反響：“蓋吳音繁縟，其曲雖極諧於律，而聽者使未睹本文，無不茫然不知所謂。其《琵琶》《殺狗》《邯鄲夢》《一捧雪》十數本外，多男女猥褻，如《西樓》《紅梨》之類，殊無足觀。花部原本於元劇，其事多忠、孝、節、義，足以動人；其詞直質，雖婦孺亦能解；其音慷慨，血氣為之動蕩。郭外各村，於二、八月間，遞相演唱，農叟漁夫，聚以為歡，由來久矣。”

焦循説出了農夫漁父愛看“花部”戲曲的原因：通俗易懂，情感豪邁。他在書中還舉出一件親身經歷的事實來説明問題：“余憶幼時隨先子觀村劇，前一日演《雙珠·天打》，觀之者漠然。明日演《清風亭》，其始無不切齒，既而無不大快，鐃鼓既歌，罔有戲色，歸而稱説，浹旬未已。”《雙

珠記》為崑腔，《清風亭》為亂彈，民間村戲演出中的反響截然不同。看過之後，就有了日常談資，農人樂於聚説，增長了知識，增添了生活情趣，焦循所謂“天既炎暑，田事餘閑，群坐柳陰豆棚之下，侈談故事，多不出花部所演”。

焦循説的是杭州農村的情形，北京也是一樣。清代楊懋建《長安看花記》説：“若二簧、梆子靡靡之音，《燕蘭小譜》所云臺下好聲鴉亂。”觀衆在看戲時情緒沸騰，連聲叫好，這種情形在崑曲中是從未出現過的。

“花部”戲曲的魅力，逐漸也吸引了士大夫階層中人的興趣。例如焦循就在《花部農譚》裏承認：“梨園共尚吳音。‘花部’者，其曲文俚質，共稱為‘亂彈’者也。乃余獨好之。”他甚至指責那種重崑腔輕“花部”的士大夫觀念，説是“彼謂花部不及崑腔者，鄙夫之見也”。焦循的見解很能代表當時一批好戲文人的看法。

在“花部”戲曲蓬勃興盛的同時，由於普通觀衆對於崑曲普遍持厭棄態度，使得崑曲無法存身，不得已的情況下，崑曲戲班只好透過改造自身的舞臺功能來向“花部”舞臺風格靠攏，以圖自保。崑班採取了一些措施，例如增加武戲：北京著名崑班保和部，就在乾隆四十九年(1784年)走了這條道路。吳太初《燕蘭小譜》卷四説：“昔保和部本崑曲，去年雜演亂彈、跌撲等劇，因購蘇伶之佳者，分文武二部。於是梁溪音節，得聆於嘔啞譴浪之間。”又如兼演花部戲：《燕蘭小譜》卷四所記雅部藝人，宜慶部的崑旦吳大保“兼學亂彈”，保和部的崑旦四喜官

"兼唱亂彈"，都是例子。但是，即使是改制之後的保和崑班，仍然不能阻止其走向衰頹的命運。同書於卷二保和武部花旦鄭三官下又説："崑曲非北人所喜，故無豪客，但爲鄉人作酒紏而已。"保和部崑班費盡氣力進行改革，仍然不能贏得都人的青睞，這也是一種歷史的悲劇。

舞臺藝術的發展

音樂體制的變革

大約一直到清代乾隆時期，中國戲曲音樂的主體結構都是曲牌聯套體，無論元雜劇、元明南戲及其各種變體如崑、弋等聲腔，其音樂體制都是相同的，甚至一直到了清代初期興起的弦索聲腔、梆子聲腔以及長江流域形成的多種複合聲腔，還都主要是以曲牌音樂爲基礎，以曲牌聯套爲主要音樂特徵的。但是，也就在清初的這些戲曲聲腔裏，情形開始發生變化，一種截然不同而又充滿生命力的新型音樂體制——板式變化體，開始悄悄地孕育，到了乾隆時期，終於脱穎而出，一時裹卷了從北京到江南的廣大地面，形成一股足以與統治劇壇數百年的曲牌聯套體音樂體制相抗衡的力量，對於以後梆子和皮黄兩個聲腔系統的眾多劇種，以及後起的許多小劇種的音樂結構，產生了重大的影響。

板式變化體音樂體制的基本結構單位是由一個對稱上下句構成的樂段，在這個樂段的基礎上，透過不同板式的變化，對其音樂旋律進行變奏，使之符合戲劇情緒變化的需要。板式變化體的基本板式有四種，即：

清人繪《香林千納圖》演戲場面／圖中於寺院大門外，隔河繪出一座戲臺，臺上正在演出，眾多僧侶圍於臺旁觀看，後臺可見懸掛髯口、帽盔等物。

戲曲史

清人繪《乾隆御題萬壽圖》局部／張廷彥等作，藏北京故宮博物院。乾隆皇帝聖誕時，各地方官員紛紛到北京贊襄勝事，在主要街道上沿途搭砌各種結構奇巧的戲臺，屆時每個戲臺上都演戲，形成萬樂競發的局面。

三眼板、一眼板、流水板、散板。三眼板的節奏較慢，其功能是長於抒情；流水板的節奏急速，其功能是長於感情宣洩；散板的節奏處於自由狀態，其功能是可以任意抒發情感。將這四種板式靈活運用，就可以造成音樂氣氛的詭譎多變，從而適應戲劇情緒變化的需要。

板式變化體的音樂體制表現在文體形式上，就是以七字句或十字句的齊言體詩行、上下對句押韻的韻律節奏，代替曲牌聯套體裏長短句、韻腳不一的曲體形式。齊言體的排偶句形式是民間説唱所樂於接受的文學形式，以易記易誦為特點，因此自唐代以後長期為各種説唱藝術如俗講、詞話、寶卷、鼓詞、彈詞等所採用。板式變化體音樂起自民間，它也很自然地採用了這種文體形式作為附載物。

因此，這是一場音樂和舞臺體制上的重大變革。板式變化體的形成徹底打破了以往曲牌聯套體音樂體制的一統天下，宣告了一種新型舞臺體制的誕生和明清傳奇舞臺體制的完結，同時也宣告了戲曲創作的從文人階段進入藝人階段，促使中國戲曲完成了

從劇本為中心向表演為中心的歷史性轉折。

舞臺體制的變革

板式變化體音樂體制的形成，促成了梆子、皮黃等聲腔的舞臺體制變革，其最主要的改變，體現在劇本形式上將傳奇的分齣改為分場，完全以人物的上下場為表演單位，而不用去顧慮是否有傷音樂結構。雖然，中國戲曲的舞臺結構完全遵循時空自由原則，人物上下場可以隨意安排，不用考慮時間、空間的制約，但是，它卻經常要考慮音樂結構的制約，真正實現舞臺上的分場自由，還是從板式變

民國浙江東部窗花《鐵弓緣》／直徑30公分。陳家茶館懸弓一柄，匡忠見而興起，將弓拉開，陳女即與之結姻。

化體的梆子、皮黃等聲腔開始。

元雜劇裏分場受到四套曲牌聯套結構的制約，雖然配角可以在主角開唱前隨意插演幾個過場戲，一旦負責歌唱的主角開唱，這一場就被納入了套曲的結構，必須待套曲(通常6～16支曲子)唱完主角才能出場。這樣，主角的登場就必須與音樂結構相統一，作者在考慮戲劇結構時就要受到音樂結構的很大牽制了。明傳奇的分場有所鬆動，各個角色都可以隨時上下場，但分齣的體制要求它仍然遵循音樂結構安排場次，因爲每一齣至少也要唱兩支以上的曲牌，這樣才能完成音樂結構上的聯套。明人王驥德《曲律·論套數第二十四》說到傳奇創作"須先定下間架，立下主意，排下曲調，然後遣句，然後成章"，指出了傳奇創作必須以音樂結構爲前提的原則。但是這樣做的結果仍要時常以犧牲戲劇性爲條件，例如清代李玉《牛頭山》傳奇第十三齣表現金兀朮追趕趙構的情景，本來只用幾次上下場的過場穿插即可奏效，但因爲必須是完整的一齣戲，李玉只好讓兩個人物一遞一個地唱曲牌，減慢了戲劇節奏，造成情節的拖沓，把緊張的氣氛都衝淡了。

板式變化體的音樂結構不以曲牌爲基礎，僅以上下對句爲基本的樂段單元，於是就賦予了劇本分場以極大的靈活性，一場戲可以有大段唱句，也可以僅僅含括兩句唱詞即告結束，甚至可以不唱一句，一切都視劇情需要而設置。這就使得劇本結構可以完全服從戲劇結構的要求，而不用再去考慮怎樣調和戲劇結構與音樂結構的

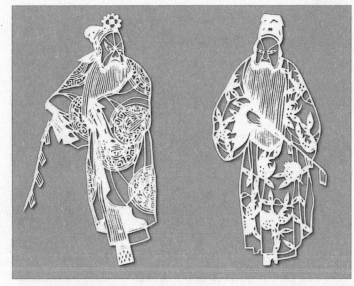

矛盾，對於戲曲創作是一大解放。板式變化體的過場戲經常是簡單交代即過，而將時間和篇幅留給需要認真發揮的地方，使全劇情節顯得緊湊，節奏顯得流暢，有助於戲劇性的提煉。例如清代前中期楚曲劇本《英雄志》25場裏，完全不唱的過場戲有5場，僅唱兩句的有5場，而第十三場"觀魚"是塑造諸葛亮形象的重點場子，一共唱了88句。又如《祭風臺》28場裏，完全不唱的有6場，只唱兩句的有兩場，而第二十五場"擋曹"，表現曹操對關羽使用攻心術，就連唱了118句。從唱句比例的安排上，我們可以窺見板式變化體音樂已經與劇本的戲劇性實現了緊密結合。

表演藝術的精進

清代戲曲表演行當的區分日趨清晰明確和精細，清代李斗《揚州畫舫錄》卷五"新城北錄下"記載了當時崑、弋等腔通行的"江湖十二角色"名目，說是："梨園以副末開場，爲領班。副末以下老生、正生、老外、大面、二

清河北豐寧剪紙《捉放曹》/高20公分，寬22公分。曹操刺董卓不遂逃走，陳宮棄官同行。遇曹父執呂伯奢，呂爲殺猪置酒食，操聞磨刀聲，疑圖己，殺呂全家，後知殺錯，倉皇出逃，遇呂沽酒歸來，操復殺之以絕後患。陳宮惡操爲人，不辭而別。

州 荊 回

清楊柳青年畫《回荊州》

清楊柳青年畫《龍虎鬥》

鬥 虎 龍

面、三面七人，謂之男角色。老旦、正旦、小旦、貼旦四人，謂之女角色。打諢一人，謂之雜。此江湖十二脚色。」這些角色的形成時間大約在明代萬曆以後，它們基本滿足了表演的需要，因而被相對固定下來。

明清之際衆多複合聲腔、梆子聲腔、皮黃聲腔興起以後，其表現內容日益由生旦家庭傳奇向歷史征戰傾斜，其表現對象逐漸由普通的書生小姐向歷代政治軍事門爭的風雲人物過渡，這種變化向原有的戲曲角色體制提出了

新的要求：必須有一些發展更爲健全的行當來概括新的人物類型。另外，由於表現內容的拓寬，舞臺上出現的各路人物大爲增多，需要更多臨時充役的角色來扮任。於是我們看到，在這些聲腔的舞臺上，角色分工及其功能開始發生變化。「江湖十二角色」的排列，與明萬曆時期王驥德《曲律·論部色第三十七》裏儼然以正生、正旦爲統領的情形，已經大不相同，其中對於大面、二面、老生、老外等角色的突出強調，已經透示出了傳奇內容的時代性變化。

舞臺演技在清代的長足發展，主要表現在武打技巧的精進上。清代戲曲舞臺上著重發展了武技，這一方面與普通觀衆愛好熱鬧場面、不愛看文縐縐的舊式傳奇有關，一方面又與各路聲腔都將注意力投向宏闊的政治歷史門爭題材、戲曲的表現手段必須更加適宜於展現政治風雲與歷史征戰有關。

武打戲通常表現爲兩種面貌，一種是範圍較小的兩人或數人的空手或執器械格鬥，另外一種則是在舞臺上展現大規模的軍事行動場面，如兩軍對壘、戰陣廝殺等。元雜劇對於表現闊大的戰爭場面還顯得捉襟見肘，只能做些簡單的"調陣子"，也就是草率擺列一下樣子，並不能讓觀衆直接感受到戰陣的酷烈，反而需要在戰爭結束後再用歌唱的手段來追述其氣氛和場面。明代南戲在這方面有所發展，可以透過走過場和對打來直接表現戰爭場面，但一般還都比較簡單，隨時需要唱詞念白的輔助。中國戲曲舞臺上最徹底地解決這一任務，還是在清代花部戲曲興起以後。

清代演技的精進還表現在藝人對於舞臺時空處理的得心應手上，例如他們已經可以在舞臺上展示二度空間，讓兩個不同的場面在舞臺上同時出現，使之產生鮮明的對比效果。這是我國戲曲藝術在空間與時間處理上獨具特色的表現手法，它在清代地方戲中已經被成功地運用了。

扮相藝術的提高

戲曲扮相的一個重要內容是臉譜的繪製。清代以後臉譜發展總的趨勢是紋路和色彩日漸複雜多變，並日益走向圖案化和象徵化。清人由於剃去前額頭髮，使得演員面部輪廓增大，可以被臉譜利用的空間也增大，因此清人開始在額頭上加添各種花紋，這也就成爲清代臉譜的一個特色。臉譜的繪製有著約定俗成的規定。大概來說，生、旦面部的扮相原則主要體現在運用紅白顏色來增強五官的明暗對

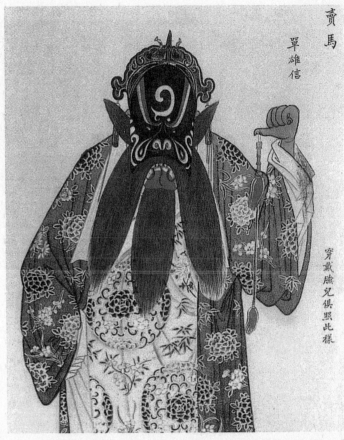

賣馬

單雄信

穿戴臉兒俱照此樣

比上，丑角的臉譜主要是運用黑白色在眼睛和鼻凹處添加墨跡和粉塊來打破面部的和諧。淨角的面部化妝才是臉譜藝術最爲突出的創造，它千姿百態、變化無窮，其構圖敷色的原則既參考人物的社會身分，又依據人物性格。一些著名人物的臉譜基本色調大概是在明代的基礎上相對固定下來的，例如關羽、趙匡胤的紅臉，尉遲恭、包公的黑臉，趙高、曹操的白臉，秦英、呼延贊的花臉等，但在不同時期和不同地方劇種裏有不同的細部演化和變遷。各個劇種臉譜的繪製有著各自的風格特點，一般來說，崑曲和皮黃的臉譜比較莊重凝練，而一些地方劇種的臉譜則誇張變形比較大，顯得粗獷火爆。依照今天比較普遍的認

清宮扮相譜《賣馬》／爲清代宮廷畫師繪戲齣扮相譜，供宮廷演戲扮相時參考用。絹本，設色，高27公分，寬21.5公分。繪《賣馬》一劇中的單雄信，題字"穿戴臉兒俱照此樣"。

清宮戲衣宮裝／長145
公分，兩袖通長224公
分。爲清代傳世品。藏
中央工藝美術學院。

識，皮黃臉譜的類型主要可以分爲整臉、三塊瓦臉、十字門臉、六分臉、碎臉等，而各地方劇種臉譜由於變化很大，其準確分類尚爲困難之事。

戲曲扮相的另外一個內容是服飾裝扮，也就是戲衣的穿戴。清代戲曲舞臺在服飾裝扮方面取得了長足的進步。

表演對於豐富的戲衣以及其他舞臺雜物的需求，使戲曲行頭的內容較前代有了很大的擴充，元代戲班挑著負著即能趕場的簡單行頭早已不能滿足演出的需要，明末以來逐漸形成的戲班行頭四箱之制，在清代得到了充分的貫徹。《揚州畫舫錄》卷五"新城北錄下"裏詳細描述了戲班跑碼頭演出所必備的"江湖行頭"的內容，所謂："戲具謂之行頭。行頭分衣、盔、雜、把四箱。"戲班行頭四箱之制，在清代成爲通行的慣例。

著名藝人及其演技

康熙年間優秀崑曲演員，有一位陳明智極其出色。陳明智是吳郡長洲

人，大淨，開始在一個鄉村戲班裏挑大梁，城裏的士大夫都不知道他。當時郡城裏的戲班極其眾多，而以寒香、凝碧、妙觀、雅存四部爲最著，衣冠宴集，非這四部的戲不看。一次寒香班給人演戲，臨時缺一淨角，管衣箱的人找遍城中戲班都補不上，無奈之中，恰遇陳明智進城，就拉他替補。全班演員見陳衣裳襤褸，形體矮小，

清代地方戲臉譜／爲雲南白劇演出三國戲時，人物姜維的化妝臉譜。繪形粗獷、質樸，反映了民族地方戲的特色。

口又不善言，一起詬罵領他來的人，而對陳極其不禮貌。演出時主人點《千金記》，正是淨角戲，且難於表演，全班一片恐慌。大家對他說：你要不能演，咱們就請求主人換戲，報酬照樣付給你。陳說：這個戲我常演，就是不知道演得好不好。於是，他用棉抱肚把自己加胖，用厚底靴把自己加高，用墨把臉襯大，穿上大靠，儼然一個魁梧雄壯的楚霸王項羽！於是，他"振臂登場，龍跳虎躍，旁執旗幟者咸手足忙亂而勿能從；聲喉高歌，聲出鉦鼓鐃角上，梁上塵土簌簌墮餚饌中。座客皆屏息，顏如死灰，靜觀寂聽。俟其出竟，乃更哄堂笑語嗟嘆，以爲絕技不可得"。過後全班爲他擺酒賠罪，並邀請他入班，從此他成爲寒香班的挑梁之角。康熙南巡，江蘇織造貢獻寒香班給皇上演戲，得到賞識，陳明智被選入內廷，教習上林法部二十年(見焦循《劇說》卷六)。

秦腔最爲著名的藝人是魏長生，他曾經因爲自己的成就而改變了當時天下的戲曲形勢，引起了各地戲曲聲腔的分化與融合，其影響之大是此前任何戲曲藝人都無法比擬的。魏長生，字婉卿，排行第三，四川金堂人，旦角。乾隆四十四年(1779年)進京隸雙慶班，所唱腔調惹耳酸心，以《滾樓》一劇，名動京師，其他劇目也都妖冶淫穢，引得豪兒士大夫心醉，致使京腔六大名班幾乎無人過問，有的被迫解散，而京城各戲班藝人紛紛起而仿效他。三年而遭到清廷禁止，後重新登臺，隸永慶班，臺風較以前嚴肅，演貞烈之劇，聲容真切，令人欲泣。乾隆五十年(1785年)禁演崑、弋

以外腔調，魏長生被迫離開北京，前往揚州投靠名紳江鶴亭，當時他40歲。在揚州，他的聲名重新鵲起，演戲一齣，報酬千金，揚州風塵衆妓都以不能面見長生爲恨。

乾隆五十五年(1790年)揚州三慶班進京爲高宗祝八十大壽，是爲徽班進京之始。三慶班領班最初爲余老四，而且角臺柱子是高朗亭，高後來又接任班主。高朗亭在班裏年齡稍大，體態豐厚，顏色老蒼，但氣質天然，平時又對生活體會精微，裝扮起來，在舞臺上的一舉一動都能得女子的神韻，無分毫做作。即使是日常生活中，一顰一笑一起一坐，也在在使人忘記他是一位假婦人。清代小鐵笛道人《日下看花記》說他能與魏長生相比，而爲"二簧之耆宿"。

嘉慶以後，漢調藝人進京搭班演唱，把西皮帶入北京，其知名者有米喜子、王洪貴、李六，其中米喜子最爲出色。米喜子即米應先(1780~1832)，湖北崇陽縣人，約在乾、嘉之際，十五六歲時入京進春臺班，爲正生，聲振二十餘年。李登齊《常談叢錄》說他，"每登場，聲曲臻妙，而神情逼真，輒傾倒其坐。遠近無不知有米喜子者，即高麗、琉球諸國之來朝貢或就學者，亦皆知而求識之"。楊懋建《夢華瑣簿》說他練藝"刻意求精，家設等身大鏡，日夕對影徘徊，自習容止。積勞成疾，往往吐血"。米喜子

清漢調藝人米應先雕像／木雕，高30公分。頭原戴冠，已朽落。製作年代不詳。現擺放在湖北省崇陽縣白泉村米氏祖宅牌位案上。

清光緒沈容圃《同光十三絕》

爲皮黃在北京的立足奠定了基礎。

道光以後，京劇在北京正式形成，一時名角如林，史不絕書。其最初的著名演員有"老生三鼎甲"，即程長庚、余三勝、張二奎。以後又有後老生三鼎甲，他們是譚鑫培、汪桂芬、孫菊仙。其他如旦行、生行、丑行等都湧現出一批傑出藝人。光緒年間有畫師沈容圃把同治、光緒年間極負盛名的藝人13人，按照他們各人在拿手劇目裏的扮相，畫爲戲裝寫真圖，時稱同光十三絕，他們是：程長庚(飾《群英會》魯肅，老生)、張勝奎(飾《一捧雪》莫成，老生)、盧勝奎(飾《戰北原》或《空城記》諸葛亮，老生)、徐小香(飾《群英會》周瑜，小生)、梅巧玲(飾《雁門關》蕭太后，旦)、譚鑫培(飾《惡虎村》黃天霸，武生)、時小福(飾《桑園會》羅敷，青衣)、余紫雲(飾《彩樓配》王寶釧，旦)、朱蓮芬(飾《玉簪記》陳妙常，旦)、郝蘭田(飾《行路訓子》康氏，老旦)、劉趕三(飾《探親家》鄉下媽媽，丑)、楊鳴玉(飾崑劇《思志誠》明天亮，丑)、楊月樓(飾《四郎探母》楊延輝，鬚生)。儘管這裏所敘及的演員不及萬一，但也大致反映了當時京劇舞臺奇艷紛呈、衆伎競長的局面。

劇場的繁盛

清代盛行各種劇場形式，其中，城市商業劇場茶園，是清代獨有的專業劇場，而清宮劇場則是規模宏偉、設備獨特的劇場。

茶園劇場

清代前期都市商業戲班的主要經營形式是利用酒館進行演出，這就使明代以來興起的酒館戲園得到發展。康熙時期酒館戲園達到極盛，乾隆中期以後，由於茶園的興起而走向衰落。

茶坊戲曲清唱見於元時記載，清代以後，當酒樓演戲不能再繼續適應公衆欣賞戲曲的要求時，茶園開始引起重視。因爲茶園裏僅僅備有清茶和點心，供客人消閒磨牙，沒有酒桌上

清光緒北京茶園圖／圖繪茶園內部情景。戲臺上正在演出武戲，6人在打鬥，伴奏樂器有拍板、板鼓、二胡、鑼、鼓等。大廳中擺放桌椅，坐有衆多茶客，飲茶觀劇。兩側有樓梯上到二層。

那種喧鬧聲,比較適於人們觀賞戲曲演唱,所以成爲更受歡迎的觀劇場所。

茶園建築的整體構造爲一座方形或長方形全封閉式的大廳,廳中靠裏的一面建有戲臺,廳的中心爲空場,牆的三面甚至四面都建有二層樓廊,有樓梯上下。

茶園裏的戲臺靠一面牆壁建立,設有一定高度的方形臺基,向大廳中央伸出,三面觀演。臺基前部立有兩根角柱或四根明柱,與後柱一起支撑起木製添加藻飾的天花(有些爲藻井),有些臺板下面埋有大甕,天花藻井和大甕都是爲聲音共鳴用的。戲臺朝向觀衆的三面設雕花矮欄杆,柱頭雕作蓮花或獅子頭式樣。臺頂前方懸園名匾。晚清以後,通常在木柱的上方串連一根鐵棍,供演武戲(如《盜銀壺》《盜甲》《花蝴蝶》《艷陽樓》等)時表演雙飛燕、倒掛蠟等表現飛檐走壁的

絕技時用。戲臺後壁柱間爲木板牆,有些造爲格扇或屏風式樣,兩邊開有上下場門,通向後面的戲房。

茶園劇場對於觀衆席位進行了精心設置和安排。首先,茶園建築把觀衆席和戲臺都包容在一個整體封閉的空間裏,使演出環境排除了氣候的干擾,這是對於神廟露天劇場建築的一種進步。其次,茶園觀衆座位已經按照設置區域和舒適程度嚴格分成數等,並按等收費。樓上官座爲一等,樓下散座爲二等,池心座爲三等。普通民衆多是在池心看戲,官座則大多爲富豪官宦占去。

清人繪《廣慶茶園圖》/臺上演《秋胡戲妻》,擺有桑樹、桑籃道具。伴奏樂器有鑼、鼓、胡琴等。

清吳友如《申江時下勝景圖説》"貓兒戲"/"貓兒戲"爲小劇場演出。由圖可以看出,其設施僅一大廳,大廳一頭設上下場門,但没有戲臺,只在地上鋪有一方地毯,作爲表演區。茶座也不多。

北京清宮寧壽宮"暢音閣"大戲臺／位於故宮外東路，始建於乾隆三十六年(1771年)，完成於乾隆四十一年(1776年)。臺基高1.2公尺，總高度達20.71公尺。其下層壽臺面寬3間，進深3間，有柱子12根，相當於普通戲臺的9個臺面。壽臺天花板上有天井3個，地井5個，地井通後臺，中有水井一口。南面(對面)爲閱是樓，上下兩層，通常皇帝和后妃坐在下層堂屋裏觀看演出，上層有陽臺也可看戲。東西北三面都用兩層圍樓圍繞，宮女內侍或外臣賜宴就都在兩側樓的廊下看戲。

官座設在左右樓上靠近戲臺的區域，每座之間用屏風互相隔開，其性質類似包廂，左右樓各有三四個包廂。比官座次一等的座位爲"散座"，設在樓下兩邊的樓廊內，一般設有桌子，客人圍桌而座。茶園裏最普通的座位則爲"池座"，設在大廳中間，戲臺與周圍樓廊環繞的空場中，其間擺有許多條桌和條凳。

茶園裏的燈光照明，採用懸掛燈籠的辦法。由於茶園內部形成一個封閉的空間，不受天氣影響，點燈照明十分方便，所以普遍靠燃燒油燈或蠟燭生光，爲了照顧到演出效果，尤其在戲臺周圍集中懸掛。後來，一些茶園上部開始安裝玻璃窗戶，用以引進自然光。隨著建築技術的發展，窗戶越裝越多，劇場內部也就越來越明亮，輔以燈光，就能更清晰地看到戲臺上的演出了。

茶園劇場是比較理想的演出場

地，對於演出和觀眾的安置都做到了充分的注意，集晚清戲曲之大成的京劇藝術在北京的成熟實在和茶園提供了便利的條件有關，而民眾也在茶園觀劇活動中形成了獨特的習慣和欣賞心理。但是，限於科學水平，茶園演出仍有很多問題沒有克服，例如場內仍然過於嘈雜，通風設備不好，這些都影響到演出的質量。

宮廷劇場

宋元以後，宮廷演戲成爲常設項目，於是宮廷劇場逐漸發展起來，而在清代達到高潮。在北京故宮及其旁邊的花園以及各地行宮裏，建有許多戲臺，這些戲臺中有一部分一直保存到今天，使我們看到宮廷戲臺的實際樣式。

清宮戲臺大體可以分爲三類：一、較爲普通的戲臺，即在建築規模和建築形制上與一般民間戲臺近似的戲臺。如故宮重華宮漱芳齋庭院戲臺、北海漪瀾堂東側晴欄花韻院裏的戲臺，南海中央的純一齋戲臺(又名"水座")，熱河行宮如意洲的"一片雲"戲臺、圓明園裏的敷春堂和武陵春色附近的戲臺、頤和園裏的聽鸝館戲臺以及京城中的南府(升平署)戲臺等等，

供平時的年節、初一、十五等日常承
應演出用。二、有著特殊構造的三層
大戲臺，如故宮寧壽宮暢音閣戲臺和
壽安宮戲臺、熱河行宮福壽園清音閣
戲臺(已毀)、圓明園裏同樂園清音閣
戲臺和壽康宮戲臺(已毀於英法聯軍)、
頤和園內德和園戲臺等。其建築工程
浩大，規模宏偉，專門用於演出乾隆
以來宮廷詞臣編纂的連臺大戲，在帝
后生日、婚禮、戰爭告捷、宴請藩王
等重大慶賀活動時使用。三、小戲臺，
如故宮重華宮漱芳齋室內戲臺、寧壽
宮倦勤齋室內戲臺、寧壽宮景祺閣戲
臺、寧壽宮閱是樓小戲臺、長春宮怡
情書史室內戲臺、儲秀宮麗景軒室內
戲臺、南海春藕齋戲臺等，供帝后平
日飲食消遣時看八角鼓、太平歌、雜
耍和素裝戲時用，有時皇上來了興
致，也偶爾在此過過戲癮，例如乾隆
皇帝就曾在風雅存演過戲。

　　清宮三層大戲臺的構造和設備十
分複雜，代表了中國戲臺建築的最高
水平。它的特殊點在於比普通戲臺多
出二三重臺面，演出時可以在多重臺
面上同時進行，從而表現複雜的場
景。三層大戲臺在明面上建有三層樓
閣，每一層樓閣就是一層臺面，從上
到下分別被稱爲福臺、祿臺和壽臺。
但實際上另外還有一層臺面，那就是
在底層壽臺的後部還建有一個二層
臺，名爲仙樓，也是一層表演臺面。這
樣，三層大戲臺實際上就有四層表演
區。四層表演區都有自己的上下場
門，而各層之間又有通路彼此勾連：
從壽臺上仙樓有明間擺放的四個木製
樓梯(稱爲磞墱)相連，從仙樓上祿臺
也有兩邊明間安放的兩個磞墱相通，

而福、祿、壽三層臺面之間又各有隱
藏在後臺的磞墱相接續。這樣，四層
表演區就被勾連起來，便於臨場時隨
機應用。

　　除了磞墱之外，還有一種勾通各
層臺面之間的設備就是天井。第一層
福臺和第二層祿臺的地板上都開有天
井，平時蓋合，用時可以打開，人物
可以透過天井上下於各層臺面之間，
表示升天或降落人世。從第二層祿臺
下通的天井有5個：中間一個大的，四
角4個小的，其中前面兩個小的和中
間一個大的可以下到壽臺上，後面兩
個小的可以下到仙樓上。用來幫助藝
人從各臺間變化場地——上升或降落
的裝置爲雲兜、雲椅、雲勺或雲板。提
升雲兜雲板的機械是升降器，以繩牽
引，透過多個滑輪的作用，達到極大
的提升力。天井也用於設置神奇砌
末。壽臺的臺板下又設有地井，一共
5個，中間一個大的，四角4個小的。
平時地井蓋是蓋著的，用時打開。地
井也可以作爲演員的進出通道。一般
來說，地井經常作爲妖怪、地獄鬼神、

北京清宮寧壽宮倦勤齋
室內戲臺／木質，四角
攢尖頂，面寬3.3公尺，
進深3.4公尺，頂高2.2
公尺。

北京清宮漱芳齋戲臺／位於故宮西路重華宮東側。臺基用磚石壘砌，平面方形，周圍有木製欄杆，立柱12根，上面爲重檐攢尖頂，雕飾極其華麗。戲臺天花板上設有天井，臺板下面有一口大井。

龍宮水族的上下場通道。地井裏還可以安裝噴水設備。利用各臺面的調度和機械裝置，可以自如地表現神佛鬼魅鬥法變化的場面。

除了三層大戲臺以外，清宮裏的一些普通戲臺也建有天井等設備，例如漱芳齋戲臺天花板上也有天井，可以下雲兜之類的道具。漱芳齋戲臺的兩重屋檐之間有一層樓閣，專供安置升降設備用。南府戲臺也有天井和地井的設備。漱芳齋和南府戲臺都建立得比較早，大概都在三層大戲臺以前，所以可以把它們的天井地井等設備看作是大戲臺的先聲。

清宮劇場是中國宮廷演劇的產物，它是在中國傳統戲臺基礎上形成的，來源於民間的神廟戲臺，又借鑒了當時城市戲園劇場的構造，而根據皇室演出的需要，發展到一個更高的階段。清宮劇場建築又受到歐洲劇場構造的明顯影響，特別是充分體現了中西結合建築風格的圓明園裏建築的大戲臺，在這方面有著鮮明的象徵意義。清宮戲臺建築無論是在使用功能上抑或是造型美學風格上都達到了中國傳統戲臺構造藝術的頂峰，是在戲曲發展到成熟時期爲適應戲曲表演的需要而形成，又反過來對於戲曲舞臺藝術實現登峰造極起到了推波助瀾的作用。北京舞臺上，清前期曾形成崑弋腔——京腔的一統天下，清中葉以後皮黃劇又繼之而稱霸，並逐漸演變爲集唱、做、念、打爲一體的優秀京劇藝術，其中不能説沒有清宮戲臺的陶冶之功——京腔十三絶藝人，京劇藝術的先驅程長庚、譚鑫培，都是清宮戲臺上的常年出演者，他們的表演藝術都不可避免地嵌入了宮廷戲臺造型的影子。清宮戲臺可説是和活躍於北京舞臺上的戲曲藝術共消長、同命運的。

木偶戲和影戲的發展

木偶戲

清代是木偶戲獲得全國性發展的時期。清代全國流行的木偶樣式主要有三種: 杖頭木偶、布袋木偶和提線木偶。杖頭木偶由演員手舉杖竿操縱，分布在黑龍江、遼寧、陝西、河南、湖北、江蘇、四川、湖南、廣東、

廣西以及北京、上海等地。由操縱方式又可分爲兩類，一類是演員藏身幕後，只讓木偶和觀衆見面，這是通常的做法；另一類是演員和木偶同時上臺，演員和木偶一起和觀衆發生感情交流。布袋木偶是一種最爲簡單的木偶，僅由木偶頭和布袋樣的衣服組成，演出時演員用一隻手的手指和手

掌操縱，俗稱"掌中戲"，道具簡陋易挪移，一擔即可挑起。布袋木偶分布於河北、河南、湖北、四川、湖南等地。其中也有比較複雜的，例如福建晉江布袋木偶，製作精細，雕刻精美，有的偶頭眼睛、嘴巴可以活動，還有手腳，操縱也困難得多。提線木偶是用線懸吊操縱的木偶，在陝西、福建、浙江、江蘇、廣東、湖南等地都有它的踪影。

　　木偶戲最初興盛於唐朝，唐朝的都城長安(今西安)應該是它的中心，因此清代陝西、山西以及川北一帶都受到其直接傳承影響，形成一個系統。南宋時期木偶戲的活動中心是杭州，因此清代浙江木偶可能是從南宋時期傳習下來的，提線、杖頭、布袋幾種形式俱全，而江浙、福建一帶的木偶戲大概都受到其影響。清代北方幾省流行的扁擔戲是形式最爲簡陋的

木偶戲，只由一人肩挑戲具四處趕場，演出時的表演伴奏唱念等也都由一人承擔，北京人稱之爲"苟利子"，和清人李斗《揚州畫舫錄》裏所說的安徽鳳陽"肩擔戲"形式接近。北京在清代有提線木偶、杖頭木偶以及一種叫"推偶"的演出。木偶戲又被稱爲宮戲，因爲清代前期常被征入內廷供奉，當其盛時，也有四大名班之說，其中金鱗班一直演到民國初年。宮戲演出常有當時的南府內學太監和內廷供奉名伶在幕後代唱，稱爲"鑽筒子"，宮戲有一位著名木偶製造師名戴文魁。

　　木偶戲最初大概是運用說唱曲調來演唱的。清代以來，由於地方戲曲的興盛和受到地方觀眾的熱烈歡迎與愛好，各地的木偶戲大多逐漸採用了地方戲聲腔來演唱，從而成爲各地劇種的附屬，例如京劇、評劇、秦腔、晉劇、閩劇、豫劇、漢劇、湘劇、贛劇、川劇、粵劇等唱腔，都有自己的木偶戲。然而也有個別地區的木偶戲發展起自身獨具的音樂唱腔，反過來

清代四川梓潼陽戲提線木偶／梓潼陽戲爲儺戲一種，其中有提偶演出的形式。此爲武將，身披鎧甲，其頭、手、鎧甲皆用木製成。

清錢廉成繪布袋木偶／圖繪一布袋木偶戲藝人，立於長凳上，身裹被單，肩扛紙糊戲臺模型，用手耍弄布袋木偶。其前方有4人觀看。

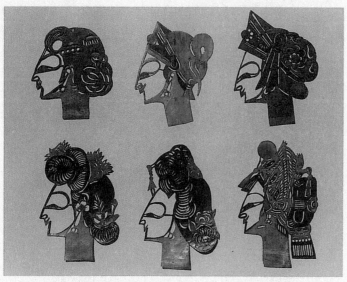

民國河北唐山皮影旦角頭

民國河北唐山皮影丑旦頭／各種丑旦造型生動別致、性格鮮明。

影響到地方戲曲劇種，例如陝西的合陽線戲就從木偶戲唱腔基礎上形成，福建的打城戲也搬用了泉州提線木偶的音樂。

影 戲

　　入清以後，影戲在民間逐漸重新興盛起來，並屢見於史書的記載。

　　北方最爲著名的影戲流派爲灤州影戲。據説它的創始人名黃素志，爲明萬曆間人(一説爲嘉靖間人)，他屢試不第，遊學關外，在當地創造了彩色紙影戲，後又改用羊皮，欲以藉神道設教的形式來驚醒奸詐淫邪社會裏的愚民衆生。1958年在河北省樂亭縣發現的明萬曆抄本影卷《薄命圖》，是灤州影戲最早的劇本之一，也是它的獨有劇目。灤州影戲最初的樂器只有一個木魚，念誦劇本稱爲"宣卷"，可見它與講説佛經有著深刻的淵源關係。後雜取弋陽腔，清代雍正年間開始吸收崑曲，乾隆末年添加四弦琴。道光年間，樂亭縣小高莊高述堯著手改革灤州影戲，改造音樂，創作劇本，使灤州影戲走向一個新的階段——樂亭影戲階段。樂亭影戲具備了獨具特色的音調唱腔——灤州影調，它是在吸收了樂亭境內的民歌、民謠、俚曲、叫賣、哭喪調等鄉土音調基礎上形成。清末民初時，樂亭縣有40多個影戲班子。灤州影戲最後定型爲以驢皮雕刻，其影響遍及冀東、東北各地。

　　北京影戲分爲兩個系統，一爲王府影戲，一爲民間影戲。王府影戲爲清人入關時從關外帶來，其最早的源頭可能上溯到金人克汴時從汴京帶到關外的北宋影戲，而直接源頭則是灤州影戲。清禮親王從東北進北京時，曾隨帶一班影戲，在其邸第裏長期演出。其府中專司影戲的有8人，每月給工銀5兩。當然這種影戲北京居民是看不到的。民間影戲則長期演出於寺院法會和佛徒之家，藝人坐在蒲團上演唱，故被稱爲"蒲團影"，唱涿州調，淵源大概是河南、四川等地(一説爲陝西)的影戲。內容以宣講佛經爲主，幾乎類同於"宣卷"。道光、咸豐

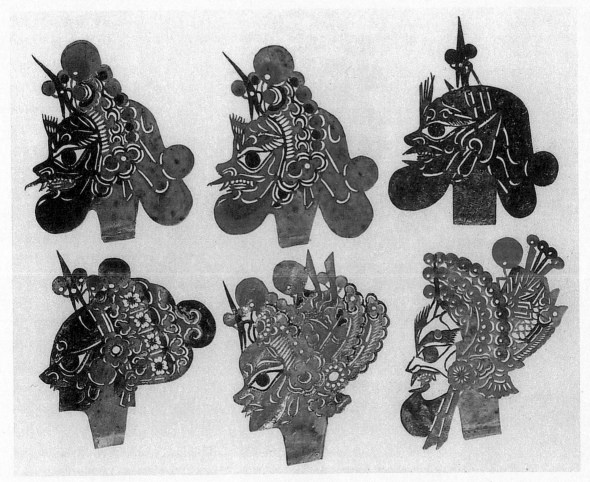

後，灤州影人進京演出，占領東城，涿州影戲退居西城，由此北京影戲分爲東、西兩派。近人崇彝《道咸以來朝野雜記》曰："又有影戲一種，以紙糊大方窗爲戲臺，劇人以皮片剪成，染以各色，以人舉之舞。所唱分數種，有灤州調、涿州調及弋腔。晝夜臺內懸燈映影，以火彩幻術諸戲爲美，故謂之影戲。"據此，北京影戲也有唱弋陽腔的。北京人喜歡影戲，可從下引資料看出來：道光二年(1822年)曾有密雲副都統呵隆呵於國服之內在衙門裏看影戲被革職，發往新疆烏魯木齊，又有佐領富升以職官在市中看影戲被革職。光緒中期，北京影戲有14個影

箱，藝人90餘人。北京的王府裏也常演影戲，《灤州影戲小史》說："從前各王公府多好影戲，如怡王、肅王、禮王、莊王、車王等府，皆有影戲箱及吃錢糧之演員，尤以肅王介弟善二爲最，府中有抄本子者二人，雕彩人者四人，皆係長年僱用。"

陝西影戲歷史極其悠久，甘肅、青海、四川等省的影戲都是清代從陝西傳入的，屬於它的支派，以牛皮雕刻爲其特徵。陝西影戲有十多種腔調，較爲普及的有五大調：老腔、時腔、阿宮腔、弦板腔和秦腔。其中最爲古老的是東路碗碗腔皮影(老腔、時腔)，曾長期在渭北流行。原爲"拍板

民國河北唐山皮影花臉頭／各種花臉造型粗豪魯莽、勇武雄壯，稟性則或忠或奸，區別分明。

民國河北唐山皮影花臉頭／三個頭戴武生巾人物，個個形態不同，神情逼真。

燈影"，乾隆以前演唱類似於説書，至今人們還稱其唱者爲"説戲的"，其最具特點的一種樂器是一塊説書道具——醒木，這就是其名稱的由來。由此可以猜測，碗碗腔是由説書直接過渡來的一種影戲。乾隆中葉，渭南舉人李桂芳(1748～1810)會試不中，感時憤世，退而編寫碗碗腔影戲劇本，爲之創作了保留劇目"十大本"，長期演唱。爲配合新劇本的演唱，藝人對碗碗腔音樂進行改革，吸收崑曲的成分，使之一變過去的粗獷單調爲柔媚婉轉。改革後的碗碗腔被稱爲"時腔"，而仍沿襲過去唱法的就被稱爲"老腔"。清末時陝西華縣有影戲二三十班，乾縣則形成劉子和、楊五、天訓子、換印子四大名班。

山西的孝義紙窗影戲可能是在本地從金元一直流傳下來的土生影戲，用小嗩吶伴奏，奏吹腔。吹腔是清代前期遍及大江上下的一種流行戲曲腔調，孝義紙窗影戲可能受到了它的影響。山西另外一種紗窗影戲則是從陝西傳入的碗碗腔影戲。光緒初年，陝西碗碗腔影戲傳入山西，在曲沃的一支，受蒲劇、郿鄠等地方戲曲的影響，逐步形成南路碗碗腔；在孝義的一支，受中路梆子和孝義吹腔紙窗影戲的影響，逐步形成北路碗碗腔。清末民初，孝義有近40個皮影班。

明末清初的川北山鄉間流行著一種"土燈影"。乾隆初，陝西渭南影戲傳入川北。到咸豐年間，川西的民間藝人將傳入的川北土燈影和渭南影戲相結合，創作了結構最爲複雜的成都皮影，遂至風靡整個四川。四川是皮影戲最爲發達的省份之一，另外一個省是湖南，清代曾達到100多個皮影劇團。

影戲音樂和木偶一樣，很多都依附於各地的地方戲曲音樂，但也有具備自己獨立體系的，北方如灤州影戲的"影調"，陝西影戲的弦板腔、安康弦子腔、碗碗腔、老腔，南方如湖北沔陽、湖南常寧、衡山等地的漁鼓皮影等。也有木偶戲採用影戲音樂的，如陝西大荔、華陰，山西新絳、曲沃等地的木偶同屬碗碗腔，樂器中設銅碗和月琴，風格獨特，曲調婉轉悅耳。後來碗碗腔也被戲曲劇團採用。

清代的戲曲創作

清代戲曲創作在一個相當長的時期內保持了明末的餘勢，此時文人的創作經驗已經達到純熟階段，對於傳奇一往情深，因此大量文人投入這一領域，大量作品被創作出來。然而，中國封建社會進入清朝，已經呈現出一種夕陽黃昏的沒落氣象，生活在這一時期的戲劇作家們，感受到了將使萬物零落的"秋氣"，不自覺地產生了憂患人生的遲暮之感，巨大的時代陰影總是籠罩在他們的心頭。我們從整個劇壇交響樂中聽到的，是反覆詠嘆、不絕如縷的綿綿哀音。在經歷了傳奇創作的最後高峰乾隆時期之後，中國戲曲走入了藝人主導階段，此時典型的劇本創作意識淡漠了，在多數情況下直接性的舞臺創作發揮了巨大作用，而跨越或忽視過案頭階段，這使中國古典戲曲的創作進入一個新的時期。

鼎革的學生心理印痕

正當明末的文人傳奇創作進入洶湧澎湃、爐火純青階段，大廈忽然傾塌，異族入侵、江山易主的慘痛一下子落到了全部劇作家的頭上。於是，一場氣節考驗、心理承受力測試、人生態度衡量就擺在了人們面前。在歷史的鐵的準繩面前，文人劇作家被量出了人格的高下，他們的作品也成爲其志行的最好體現。

由明入清的劇作家裏有一個創作團體的成就耀人眼目，那就是蘇州作家群。他們一般都是下層文人，其傳奇作品社會內容豐富，生活氣息濃厚，適合演出，數量也很多。其代表人物爲李玉。李玉在明朝滅亡之後絕意仕進，對清廷表現了不合作的態度，而在戲劇創作中則一變他過去歌哭笑罵、衝鋒陷陣的驍將形象，換上了一副愁苦哀傷的面容，其作品內容由對社會現實的直接映照變爲對歷史陳跡的返觀，其作品風格也由慷慨激昂的呼號改爲深沉低迴的詠嘆。他的傳奇劇本《千鍾祿》最能體現他的這種變化，也最能代表這一批劇作家對於國破廈傾的悲劇性體

清順治刊李漁傳奇《比目魚》插圖／圖繪水邊戲臺演出場景。戲臺一側臨水，臺口朝向水中，水裏有船，内有人席坐觀劇。

清惠山泥塑《漁家樂》

發李相公
外送寶朋
見秋蓮姐
一人微動特

清陝西刺綉《春秋配》/傳世品，藏寶雞市群衆藝術館。圖綉少女姜秋蓮遭後母虐待，與乳母郊外撿柴，力不能勝，書生李春發見而憐之，贈銀而別。

驗。

《千鍾祿》只是一個代表，事實上，當時很多劇作家都存在相同的創作傾向。與李玉同時的蘇州作家中，葉稚斐有《遜國誤》，亦寫建文事跡而責其遜國誤國，朱㿟有《萬壽觀》《漁家樂》，也都寫的是由於亡國而太子被迫流亡的故事。原爲南明弘光朝光祿卿、入清不仕的陸世廉寫有《西臺記》傳奇，歌頌文天祥、張世傑抗擊元軍、兵敗殉國的壯舉，氣氛悲烈，分明渲染了作者自己的切身感受。至於尤侗《吊琵琶》、薛旦《昭君夢》寫王昭君故事而側重出塞後，一反前人所爲，前者臆加蔡文姬對昭君家的憑弔，後者虛構昭君在匈奴夢迴漢宮舊苑，不正是他們現實心理的寫照？昭君身入異域的心境與他們身入異朝的感觸有著相通之處，而昭君憶昔思舊、懷念故國的夢幻，不也正是他們

自己日夜縈懷的眷戀嗎？

清初戲曲創作的特點之二是那些變節事主之人所抒發的内心之痛。如果説，以上列舉的是對大清帝國持精神抵制和不合作態度者的作品，那麽，一些變節仕清的劇作家則寫出了深沉的懺悔作品，如吳偉業的《秣陵春》傳奇、《通天臺》雜劇，丁耀亢的《赤松遊》傳奇等。當自身的墮落與傳統文化所賦予的道德意識、正統觀念發生了矛盾時，一方面在行動上寬恕自己的懦弱和無能爲力，一方面在良心上進行自責自譴，並希圖在内心所創造的凛然大義的英雄形象中求得某種心理上的勝利與平衡，這就是清初一群變節作家創作出此類劇作的心理動因。

還有一些作家的作品在地方戲舞臺上長期傳演，例如徐石麒的《胭脂虎》，陳二白的《雙冠誥》，朱雲從的《二龍山》《龍燈賺》，許逸的《五虎山》，李調元的《春秋配》等。其中尤以《雙冠誥·教子》一齣的影響廣遠。

愁緒思又一代

清代戲曲作家普遍懷有的哀感悲涼情緒，不僅體現在那些由明入清的遺老們的劇作中，也體現在入清以後出生的那一代劇作家的作品裏。和明末遺老痛定思痛的亡國之泣相比，入清以後出生的那批劇作家的興亡感覺似乎顯得超脱一些，當然，也更深層一些。它更多地表現爲一種對歷史的哲理性返觀，而不是基於現實動蕩的感性激憤。

在這方面最有代表性的當然要數康熙時代的著名傳奇作家洪昇和孔尚

任。他們二人都沒有親身經歷那場傾覆之災，他們對於舊王朝的瞭解和認識，都是透過親友、師長的講述和回憶，以及藉助於讀書和遊歷而實現的。由於他們身處的社會環境仍舊是異族統治的現實，當他們各自在仕途、功名道路上遭受到挫折和不順，就會加倍激發其對於現實的不滿，又由憎惡現實而去追懷歷史，於是自然而然就產生了痛悼歷史興亡的作品。

儘管洪昇、孔尚任都想爲他們心目中那個正統社會的重新恢復而總結經驗，但歷史畢竟已經像不可遏止的長河一般向前流去。他們也感到了這一點，因而在其劇作中，更多流瀉的却是他們心緒的悲涼。《長生殿》的調子是低沉的，洪昇用了幾乎一半的篇幅來描寫他的主人翁在失去了一切之後的淒苦心境，那種"尋尋覓覓，冷冷清清，淒淒慘慘戚戚"的無可奈何。《桃花扇》最感動人心的則是那種透過王朝興衰傳遞出來的悲天憫人的強烈歷史悲劇意識。

勸懲救世

如果説，對易代之悲感受強烈的劇作家帶著特定歷史階段的特定思想感情來進行自審，把批判的目光凝注於忠奸鬥爭的話，那麼，當歷史拉開了距離，人們淡去了大廈傾覆的陰影，所面對的却是一個更加難以接受的事實：延續了幾千年的封建統治的大廈已經被蠹蟲蛀蝕得千瘡百孔、搖搖欲墜了。一種更深沉的大廈將傾的恐懼向人們的心靈襲來，引起陣陣顫慄。個人品質的優劣決定王朝的興亡，社會道德的優劣決定社會的能否長治久安，於是，更多劇作家將自審的目光投視於道德風化。

生活於乾隆盛世的楊潮觀是運用戲曲創作對社會進行勸懲教化的主要作家。他熟讀儒家經典，篤信封建禮教，在多年的仕宦生涯中，他深感道德風化在世人生活中的重要作用，希圖利用創作來諷世。楊潮觀創作的筆觸，集中在對理想中官清吏廉的清明政治的頌揚上，集中宣揚了他的政治理想，爲現實中的官僚階級樹立起可供效法的廉明政治和道德楷模的形象。他希圖透過弘揚傳統美德來達到爲封建末世補天的效果。

當時的另一位戲曲大家蔣士銓的作品則突出宣揚了"忠義"，從完美人格理想出發來對人們進行道德宣傳。值得注意的是他的《冬青樹》一劇，歌頌宋代民族英雄文天祥"人生自古誰無死，留取丹心照汗青"的凜然氣節。在國家將亡之時，知其不可爲而爲之，致力恢復，歷盡艱辛轉戰、間關

明崇禎刊李玉傳奇《人獸關》插圖／蘇州財主桂薪，家道中落，欠賬難還，賣妻鬻女也無法渡過難關，於是前往虎丘劍池投水自盡，爲義商施濟所救。施濟問明緣由，贈銀三百兩並園屋一處。桂薪贖回妻女，入住園中，於園內紫荊樹下掘出藏銀萬兩。後來施家中衰，施子向桂薪求救，桂薪夫婦不但不救助，反而百般凌辱。後施子得祖金而富，應考中探花。桂薪則妻、子皆變爲犬。

忍死，終至戰敗被擒。其時宋室已亡，他身陷囹圄，依然浩歌正氣、志節凜凜，最後在柴市慷慨就義，以身殉國。劇中的慷慨之氣直可與《桃花扇》相伯仲，爲此一時期最有特色的作品。但他的其他劇作如《空谷香》《香祖樓》等，則是寫的節婦義夫之類的勸懲故事，境界不高。

對勸懲教化提倡的更進一步，就是忠孝節義觀的大泛濫。清代劇作家中以振興"三綱五常"爲己任的人是數也數不清的，幾乎在每一位清代戲劇家的集子裏都能夠找到一些與道德宣教相關的作品。又有從正面誘導人們讀經潔行的。嘉慶道光年間的大儒石韞玉，曾經自出資金廣爲搜求離經叛道的書籍盡行燒毀，其雜劇集《花間九奏》中充滿了呆板腐朽的説教氣。例如《伏生授經》一劇寫漢代大儒伏生將自己的學問和經書全部傳授給求學士子晁

錯，立意於"聖賢事業今相付，不枉却朝廷求取，分付那子子孫孫勤讀書"。他的其他作品也都是藉歷史上的名人佚事來勸誠世人，以維護封建綱常名教。

應該説，清代劇作中這類以道德教化來"補天"的作品，無論從數量上還是從規模上來看，都是其他朝代所無法比擬的。儘管勸説風化早在戲曲初始時期即已成爲其功用之一，所謂"不關風化體，縱好也徒然"，但只有有清一代，自覺運用其教化功能普濟衆生才成爲衆多劇作家孜孜以求的目的。

戲劇媚世及其他

《長生殿》和《桃花扇》都引起了文字禍，這種事實給後來的戲曲創作產生極其不利的反面影響，於是，歌功頌德一時成了許多劇本創作的基本旋律。康熙時期的劇作家張大復已經作有《萬壽慶典承應雜劇》6種，即《萬國梯航》《萬家生佛》《萬笏朝天》《萬

清福建漳州年畫《珍珠塔》／吏部尚書之子方卿，因父死家貧，投奔姑母，為姑嫌貧逐出，姑家女翠蓮得悉，招入繡房敘話，贈其珍珠塔。後方高中，授巡按，假扮道人到姑家唱道情責姑，終與翠蓮畢姻。

流同歸》《萬善合一》《萬德祥源》，僅從名字就可以看出，這些都是專供統治者賞樂的頌聖類作品。至乾隆朝以後，這類作品的規模越來越大，如張照的《九九大慶》包括40餘種雜劇，《月令承應》也包括20種，《法宮雅奏》包括30餘種。其他還有蔣士銓的《西江祝嘏》、吳城的《群仙祝壽》、厲鶚的《百靈效瑞》、王文治的《迎鑾樂府》、呂星垣的《康衢樂府》等等。這類作品的內容，多爲藉神仙故事以歌頌承平，大肆排比頌揚詞句以博得統治者的歡心，其場面力求煊赫，道具力求輝煌，行頭力求華麗，多與當時出現的《鼎崎春秋》《忠義璇圖》《升平寶筏》《勸善金科》《昭代簫韶》等大型連臺本戲一起，在宮廷連年累月地演出，在清代劇壇上形成一股占有相當比重的潮流。清代中期的劇作家們，積極主動地創造機遇，施展自己

的才華，對統治者投其所好，以求得到賞識。一時間，歌舞昇平、頌聖詠德之作充斥了劇壇。

這類劇作，從藝術的角度來衡量，其價值確實微乎其微；從戲劇的道德教化功能來看，也談不上有多大意義；如果從反映現實的程度來評價，它們就更不入流。不過，如果從社會學的角度來觀察，却能從個人與社會的關係角度，看到清代戲劇家的心理變化，從參與社會的角度，看到清代戲劇家面對僵化的科舉制度對自身所作出的調整，在這些方面，它們倒具備其他劇作所不具備的特殊價值。但是，畢竟清代文人戲曲創作的氣數已盡，日益顯露出日薄西山、氣息奄奄的脈象來。

清代中期也有一批無名氏的傳奇作品，後來在地方戲舞臺上的影響很大，不能不在這裏提一筆，儘管它們

民國浙江東部窗花《珍珠塔》

的過渡環節中，唐英的《古柏堂傳奇》起了特殊的推動作用，值得在此敘述一下。唐英生活的乾隆時期，是地方戲與崑曲爭競未已的時代，作爲封建士大夫的一員，唐英血管中也先天地流動著愛好崑曲的基因，但他同時也留意地方戲，對於其中許多有意義的劇目抱有極大的興趣。由此引發，唐英做了許多從地方戲改編崑曲劇目的工作，他的《古柏堂傳奇》裏有10種劇目的内容來源都是地方戲。在各地方戲劇種拼命吮吸崑曲營養液、從中翻改出大量劇目的同時，唐英能夠成爲唯一一位反其道而行之的劇作家，將地方戲的營養反哺到奄奄待斃的崑曲中去，爲崑曲增添一些新鮮血液，這不能不説是唐英的慧眼識珠。

的藝術成就不見得很高。主要有：《天緣記》《搖錢樹》《珍珠塔》《鐵弓緣》《滿床笏》，其他還有《瓊林宴》《白羅衫》《玉蜻蜓》《梅玉配》《倒銅旗》等。這些劇目，或者由於倫理場面感人，或者由於情節關目生動，或者由於舞臺場面熱鬧，都得到了民間觀眾的青睞。另外，楊恩壽的《鴛鴦帶》也很流行。

　　清代中期以後，隨著崑曲的衰落和地方戲的興起，主要依附於崑曲演出的文人創作已經大多不能搬上舞臺，日漸變成純粹的案頭之作。這以後，中國戲曲創作的戲劇文學時代宣告結束，開始進入以藝人爲主的舞臺創作時期。在這兩個時期

　　這以後，中國戲曲的地方戲時代到來，戲曲創作進入舞臺融和階段，也就是説，地方戲劇目的產生主要是對既有故事内容的加工、改編、移植，少有獨立性的創作，單純從文學角度來評測戲劇創作的時代已經走向了終結。

民國浙江東部窗花《春秋配》／剪紙表現的是李春發騎馬經過，見到姜秋蓮和乳母在撿柴，憐而垂問的情形。

李玉與李漁

李玉與李漁都是生不逢時又生逢其時。作爲生活在明清鼎革之際的劇作家，他們經歷了其他朝代的人所不曾經歷的末世衰頹、戰亂頻仍、新主登基等歷史動蕩過程。社會的變革，以其强悍無比、不容選擇的力量，衝擊著每一個人的物質生活和精神生活，並逼迫著每一個人對其作出道德、歷史或藝術的回答。他們的一生，都未嘗享受安逸而飽歷戰亂艱辛，他們失去了很多，但得到了更多。這種生活經歷使他們得以用自己的筆，忠實地記錄下歷史舞臺上的種種世態人情，並依照自己所遵循的價值觀念對之進行認真的思考和評判。

李 玉

李玉作有傳奇42種，以"一、人、永、占"（《一捧雪》《人獸關》《永團圓》《占花魁》）和《千鍾祿》《清忠譜》爲代表。

處身於社會的動蕩之中，李玉目睹了傳統道德觀的迅速滑坡，看到了官無忠義、士無廉恥、賣身求進、害友求榮的大量社會惡行，心中有著說不出的焦灼與憂慮。基於修補社會道德體系、敦化世風的渴求，李玉作品的焦點總是放在對人物立身行事的道德評判上。

李玉的系列劇作，大都由兩類截然相反人物的行爲與品行組成，一類是齷齪丑類，一類是敦樸良類，他們之間分野明確、對比鮮明。李玉總是在他的作品裏狠命鞭笞那些社會敗類的形象，而在其對立形象中尋找道德的寄託與精神的皈依，"一、人、永、占"和《清忠譜》等皆是如此。可以說，李玉的劇作主要都是從敦化道德的角度來選取題材、結構故事、刻畫人物的。值得注意的是，李玉將他熱情的讚美，給了那些出身卑賤、處於社會底層的奴婢、僕隸們，對之進行盡情的謳歌。這是由李玉的出身所決定的。他認爲真正的倫理楷模在民間而不在官場。

最能體現出李玉道德意識的傳奇是《一捧雪》，其中刻畫了兩組在道德水準上截然相反、對比鮮明的人物。一類遭到作者憤怒鞭笞的人物是嚴世蕃和裱褙匠湯勤，另一類得到作者極力讚揚和褒獎的人物是莫懷古的僕人莫誠、侍妾雪艷等人。作者運用集中渲染的筆法，將兩類人物間的道德差距盡力拉大，使之變成水火不相容的兩極，藉以引發人們的世事慨嘆，激起人們的道德憂患。

强烈的道德意識導致了李玉激切的社會意識和歷史

明崇禎刊本《占花魁》插圖

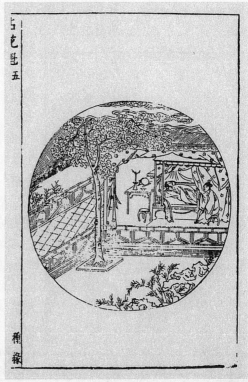

明崇禎刊本《占花魁》插圖／賣油郎秦種仰慕花魁莘瑶琴姿色，終年攢銀，以求一宿。至日瑶琴醉歸自睡，秦種一夜扶持未眠，接唾奉茶。次日瑶琴知而感動。後瑶琴遭惡人欺辱，被拋在雪中，得秦種救歸，因而最終嫁與秦種。

明崇禎刊本《占花魁》插圖

意識，他的創作永遠保持著對於社會政治問題的關注，爲了體現這一目的，李玉對於歷史劇情有獨鍾，他的傳奇很多都有確切的歷史背景，透過特定的場景設置來痛寫歷史變故，大量描寫朝綱紊亂、奸臣當道、貪權納賄、陷害忠良的內容，發抒自己對歷史和政治的激憤。在這方面，《清忠譜》是最好的代表。

李玉的劇作在劇壇上一出現，立即受到他的時代的普遍歡迎，尤其爲當時廣大的底層民眾所喜愛。他的作品給人的感覺是清新、質樸、別有境界，在晚明以來的傳奇創作中自成一家、獨出一格，與其他文人傳奇的創作風格大不相同。具體説來，李玉的突破在於對傳奇境界的開拓，其成功之處主要有三：一是將目光投向廣泛的現實生活和歷史生活，從中結撰故事、提煉情節，從題材上突破了明末劇壇生旦傳奇、才子佳人故事的局限，使傳奇從卿卿我我的窄小天地裏走出來，面向更廣闊的人生。二是將許多社會下層人物作爲在劇中起重要作用的正面角色搬上舞臺，他們的身分有奴婢、市民、江湖俠客等等。這些人物不僅以其各異的品性和情懷，在傳奇創作中構成嶄新的形象系列，而且以其粗獷、質樸、本色、雄強的個性風貌，摻和入書生才女們的纖弱與嬌柔，

從而使傳奇改變了慣常的儒雅敦情。三是大量選擇運用從日常生活中提煉出來的活生生的個性化語言，而不是像以往的文人傳奇那樣滿足於案頭上的典故堆砌和掉書袋子，從而使作品顯現出生動、自然的風貌。

李玉在他的傳奇創作中，對結構藝術和技巧高度重視。他熟知如何按照傳奇的體制和規律，把一系列生活素材、人物、事件、場面進行巧妙的組合、配置，使之成爲一個有機的完整藝術品。他的傳奇情節安排精練嚴謹，人物命運發展一波三折，衝突、懸念設置充分，故事推進過程中的頭尾、開合、點線、繁簡、主次、疏密等都被認真考慮、精心設計。

《清忠譜》可以説是李玉結構藝術的典範。它不僅對於主線與副線進行了合理的調配與組織，不僅運用重複、對比等手段使開頭與結尾、場子與場子之間互相聯繫、呼應，而且對每一場戲的開頭與結尾都進行了精心

的謀劃和推敲，使它們既成爲上一場戲的必然結果和發展，又成爲下一場戲的緣由和契機。此外，《占花魁》中的雙線結構、《永團圓》中的懸念設置以及《萬里圓》中對於各類場面的自如駕馭，都顯示了李玉作爲一位傑出劇作家的結構才能。

李玉的劇作之所以能夠廣泛流傳，與他對於舞臺的"當行"分不開。最重要的一點，就是他在創作時能夠針對戲劇是特殊的傳達藝術這一特點，從觀眾的欣賞心理和審美需求出發，在場面的冷熱調劑、每場戲的長短分配、各類角色的穿插互襯方面，都作出合理安排。

李 漁

李漁有《笠翁十種曲》，盛行一世。

在明、清易代之際的戲劇家群體中，李漁既有成就而又獨特。面對家國之痛，他既不像陸世廉、李玉之類的遺民那樣慷慨激昂，痛哭流涕，而

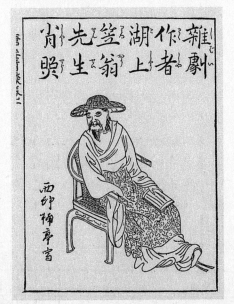

入清後，他又不屑仕進，沒有吳偉業、張聲玠那樣的易節者內心的苦痛和自譴。他似乎生活在他們的圈子之外，只顧自地賣賦糊口，逗笑媚世。而他在清初的戲劇創作中自成一家，別創異體，足以自立於文壇而傳之後世。

李漁在戲曲領域裏的成就最爲卓著，而他的戲曲創作，在在顯現出其生活觀念、個人心態和情趣境界的深刻烙印——李漁的劇作幾乎都可看作是他生活的直接映射，這也是李漁一個明顯的特點。

李漁的劇作皆境界狹小，津津於個人和家庭的生活瑣事，即使是在喪亂之中，也沒有分心去關注一下嚴峻的社會現實，目光仍然放在一夫多妻、天倫共享的家庭安逸享樂上。他的第一部劇作《憐香伴》就以自己妻妾相和事跡爲模。此劇作於順治五、六年(1648、1649)，其時浙東爲清兵占領不久，時局尚未平定，明末遺民正驚對這一歷史巨變，不知所以。而

187

清順治刊本《奈何天》
插圖／財主闕里侯，人
物粗蠢，相貌極醜，先
後娶婦三人，皆不堪其
醜，各自以書房爲淨
室，念佛修行，拒不出
屋。後闕氏因多行善
事，且輸銀餉邊，受朝
廷封，並被天帝易形爲
美男子。

清康熙刊本《慎鸞交》
插圖

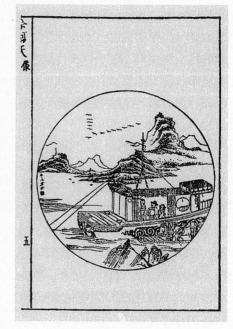

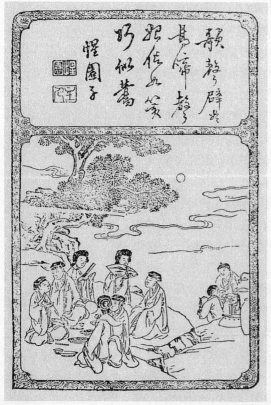

李漁被清人强行剃髮也才兩三年，瞬即平復下來，竟有閑心來寫這樣一部作品，其卑瑣心態可知了。

雖説是在清兵擄掠中受到極大驚嚇，李漁的作品中却幾乎没有表現社會動蕩的絲毫意思。其劇作《巧團圓》的背景正是明清易代，描寫的是在戰亂中清兵掠人拍賣的醜惡行徑。李漁却詭其辭，稱作闖王之事。而且在行文中絲毫没有譴責喪亂，反而津津樂道主人翁姚繼亂中得福的奇遇，宣揚只要人存善念，就會歷戰亂而不驚，遭動蕩而不損，最終仍然闔家團聚、共享榮華富貴。

李漁的戲曲創作一仍晚明才子佳人的格套，却缺乏其清新研警的格調，徒有其美男麗女的形式。李漁靠賣文糊口，自然極爲重視其市場效益，注意觀者的口味，因而他的作品皆奇巧而淺顯，走得過頭了就是媚俗。他的劇本皆重嬉笑諧趣。我們讀他的文字，常常覺得他把一些原本嚴肅悲痛的事情寫成了輕鬆愉快的喜劇，而且處理得使你覺察不到一點點憂

思。

即使像《比目魚》這樣以愛情悲劇爲題材的劇作，也没有一丁點怨憤、痛切之情，却因爲主人翁得神助出人頭地而使悲劇轉換成喜劇。即使像《玉搔頭》這樣以宮闈鬥爭爲背景的劇作，也没有絲毫莊重、凛烈之氣，反而將嚴峻複雜的政治局面付之以油滑之筆。故而睡鄉祭酒在第三齣“分任”眉批裏説：“是劇止有嘉祥，絶無凶咎，奏雅樂於燕喜之家，莫善於此。無怪家弦而户頌也。”即使像《巧團圓》這樣以戰爭離亂爲背景的劇作，也没有半縷傷感哀痛之思，而充滿了意外的喜劇情結，一椿椿的喜出望外相連，一直走向最後的闔家團圓。

然而李漁却也有自己的好處，那就是：他的創作絶不因襲前人，拾人唾餘，他的作品全部都是自己的創新之作。他極其强調創作題材的新奇，所謂“新也者，天下事物之美稱也”，“有奇事方有奇文”（《閑情偶寄》）。所

以，他的戲曲都可説是故事新穎，情節奇巧。但他過分逐奇弄異，就露出明顯的人工雕琢痕跡，使作品失去了真實性。其作品結構嚴謹，主線明確，針線細密，前後照應周到，然而却過於雕琢，傷於做作。他的語言貴淺顯，生動流暢，談吐詼諧，涉筆成趣，但却失之輕佻庸俗，"未免時有流蕩子出言不擇的惡趣"(《閑情偶寄》)。

洪昇《長生殿》

《長生殿》曾經三易其稿，從最初落筆到最後定稿，其間歷時十餘年，清晰映現了洪昇思想發展的曲折脈絡。

29歲那年，洪昇已經在寄食依人生活裏困頓了好幾年，與人對坐閑聊，"談及開元、天寶間事，偶感李白之遇，作《沉香亭》傳奇"(《長生殿例言》)。這就是《長生殿》的前身。可以看出，此時洪昇的注意力集中在李白的失意不遇上，由憐才而自憐，而自傷身世。這時他的境界還比較狹小，僅僅注目於一己的興衰浮沉，感慨也不是很深。

35歲那年，因爲好友毛玉斯説他的《沉香亭》傳奇"排場近熟"，他删去李白事，而加入李泌輔助肅宗中興事，改名爲《舞霓裳》。此時他已名聞京師，但長久鬱鬱，在居京和歸鄉之間徘徊不定，而父親得罪的事情已經開始。《舞霓裳》矚目於安史之亂樂極哀來的歷史進程，已將個體的命運與家國社會聯繫起來，而寄希望於有朝一日的否極泰來，在賢人幫助下實現中興。

《長生殿》成於康熙二十七年(1688年)，當時洪昇44歲，已經先後在北京和各地寄食依人20年，早已看不到希望，而人也到了對愁苦"欲説還休"的年齡。此時的洪昇，已經不滿足於在作品裏單純描繪歷史的輪廓，而是將筆觸深一步地探向人物的心靈幽境，就這個題材來説，就是把目力聚焦於人物的幻滅感和無盡的幽思，從中尋找自己的共鳴點，而藉李楊情緣的深摯痛切來抒發。

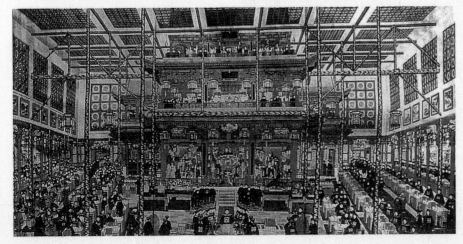

清宮大戲臺搭設天棚演出圖／清人繪，所繪大戲臺爲哪一座不詳。圖中可見用坊木、隔板等材料在院中搭設起一座臨時大棚，將原來的露天庭院變成大廳，其中廣設桌席。正中爲皇帝面北立，將向看堂裏的太后行叩拜禮，臺上演出王母祝壽，三層皆滿布角色。藏中央工藝美術學院。

民國天津泥人張《長生殿》泥塑／爲天津泥人張第三代藝人張景鈷作品，共塑5人，高29～31.5公分。藏中國藝術研究院戲曲研究所。

於是，我們就理解了，爲什麼洪昇寫有那麼多的劇本，却惟獨將《長生殿》視爲自己最珍愛的一部；爲什麼他寫劇本一向很快，惟獨這一本却先後用了十幾年的時間——他是將自己的生命溶進去了。

在洪昇《長生殿》之前，"李楊情

清人繪《萬壽景點圖》局部

緣"曾經長期成爲歷代文人熱衷吟詠的傳統題材。多數李楊故事都把其情緣視爲家國悲劇的根本原因，因而在處理二人關係時往往潑之以污水，甚至在描寫中懷著陰暗心理極力誇飾其宮廷淫亂。洪昇則自稱《長生殿》是對歷史的翻案之作，而要使李楊情緣完美起來，就必須改變以往所有有關作品的寫法，重新構思。他的難點在於馬嵬之變，因爲這是最基本的歷史事實，不可迴避，但他却巧妙地進行了構思，從而使他手下的李楊情緣成爲一種全新的風貌。這也就是《長生殿》在衆多同類題材中能夠不蹈故轍、另闢蹊徑的原因。

洪昇在《長生殿》裏歌詠了情緣，但他所著力刻畫的却不是情緣的美麗與華貴；洪昇在其中也描寫了歷史事件，但他所刻意强調的却不是歷史事件的曲折與奇異。他的情感支點，並不在於歷史事件和人物情緣關係所結成的那種獨特生存狀態，而在於它的結果，在於它給劇作主人翁所帶來的無窮盡的綿綿惆悵。而他，則在人物的悲劇命運中咀嚼人生的苦澀，在對歷史的反觀裏品味時代的悲哀。

恰如洪昇在《長生殿·序》中所說，他所描繪的是一個"逞侈心而窮人欲，禍敗隨之"的過程，而體現的是歷史"樂極哀來"的幽思——悲劇主人翁在失去了一切之後那種"怨艾之深"的失落情緒。《長生殿》的立意就在於對這種悲劇過程的展開，而落筆在它給人帶來的慘痛心靈經歷和揮之不去的失落意緒。

受這種整體構思的制約，洪昇在劇本前半部先拓出歷史生活的寬度，由人物間伸展出糾葛交叉的關係，繼而漸次加長、延展下去，在適當的地方相遇，結於第二十五齣"埋玉"的高潮——至此，兩位主要人物之一的楊玉環已經玉殞香消，魂歸仙境，剩下的只是唐明皇自己沉浸在傷感孤獨的內心世界裏而吟詠【雨淋鈴】了。然而，全劇才剛剛進行了一半！

在《長生殿》的後半部裏，洪昇化用和豐富了民間故事傳說和前人劇作中的情節場面，把唐明皇的失落情緒，方方面面、一層一縷地具象地展示在觀眾面前，並反覆吟詠、一唱三嘆，作了極盡其力的渲染。後半部傳奇全部沉浸在這種失落情緒中，利用回憶、夢境、遊仙等種種非現實手法來加濃主人翁的情感悲痛，從而造成回還往復、一唱三嘆的沉重效果。至於歷史事件在後半部的繼續延續，恰恰爲烘托這種悲劇情緒構成特定氛圍。

至此，洪昇完成了他《長生殿》的全部構思，透過對李楊情緣樂極哀來過程的詳盡描寫，著意渲染了一種人生失意無法排遣不可挽回的情緒，並運用一唱三嘆循環往復的手法，使之

達到了無限纏綿無比沉痛的程度。

洪昇在《長生殿》裏同情唐明皇、楊貴妃以及形形色色的各色人等，不僅僅因爲他們心地和性格中有真誠美好的一面，也是基於這樣一種思索：無論是貴爲天子的帝王或其妃子，也無論是身爲賤民的下層人物，有誰能夠逃脫命運的撥弄呢？有誰能夠一生毫無遺憾而不失落什麼呢？這種認識自然是根基於洪昇自己的人生失意情緒。當然，洪昇的失落不同於唐明皇、楊貴妃兩情交合那種大喜大悲、所謂

清人臨本《清明上河圖》局部/宋張擇端《清明上河圖》中無戲臺圖樣，此臨本中戲臺明顯摹自明人繪《南中繁會圖》，爲明代搭臺式樣。

"樂極哀來"式的失落，也不同於普通百姓日常生活中那種患得患失式的失落。在洪昇那歷經劫難的寒倫生命的深處，透示出來的是一種由舊有思維方式和行爲方式所帶來的人生艱辛與心靈淒涼，這是一種歷史和文化觀念上的失意感，一種士大夫式的精神失落。

孔尚任《桃花扇》

一部《桃花扇》，成就了孔尚任的曲壇盛譽，集兩百年傳奇創作之大成，集五百年戲曲創作之大成，與洪昇《長生殿》共同形成清代戲曲視野中的雙峰並峙，從而結束了文人創作戲曲的時代。《桃花扇》在戲曲舞臺上長久盛演不衰，一直延續至今，成爲千古絕唱。

《桃花扇》的成功，得力於它把南明覆亡的整個歷史過程搬上了當時風靡天下的崑劇舞臺。其時去明朝滅亡不遠，漢族士人痛定思痛，追憶當年歷史烟雲，定會在心裏追問：何以三百年之大明基業，會毀於一旦？這成爲當時人們思考的焦點。於是乎，大量探究明朝覆亡原因的議論出來了，成批記載南明掌故的野史著作出現了。然而，議論終是清談，史料畢竟枯澀。能夠把歷史人物和歷史過程形象地展現在舞臺上，讓觀衆隨之而激憤、而切齒、而歌哭、而嘆息，《桃花扇》之功也。

《桃花扇》把歷史人物的活動還原在當時的具體環境中，把他們的風貌心態展現在舞臺上，使得南明滅亡的整個過程及其前因後果都在觀者眼

孔尚任像／孔尚任（1648～1718），字聘之、季重，號東塘、岸堂、雲亭山人。山東曲阜人，爲孔子第六十四代孫。弱冠進學，納捐爲監生，曾爲康熙皇帝講經並導駕遊孔廟、孔林，擢爲國子監博士，轉户部主事、員外郎，後罷官。著述極富，有傳奇《小忽雷》（與顧彩合著）、《桃花扇》。

前歷歷過目，無疑能調動起觀者的巨大感情波瀾——這是孔尚任駕馭傳奇文體所獲得的成功。

孔尚任對歷史人物的針砭是透過舞臺形象來實現的，無論是福王的庸碌沉糜、馬士英的陰狠貪鄙、阮大鋮的無恥下賤，還是史可法的忠肝義膽、力挽狂瀾，都在他們的行動中表現出來。人物借助於角色更加放大了其本質色彩，忠者更忠，奸者益奸，令觀者快目暢心，扼腕揎拳，激發其更加真切逼近的審美愉悦。

崑曲舞臺是長於表現生旦綢繆、悲歡離合的藝術天地，普通觀衆進入劇場也是希圖聲色之娛。因而要獲得成功，孔尚任不可避免地必須把南明覆亡的歷史過程納入生旦個體的命運之中來表現。他的天才在於巧妙地挖掘了侯方域、李香君兩個普通歷史人物，點染宣揚他們生平身世的傳奇色彩，並透過他們的行踪足跡，與當時當地的軍國大事處處掛連，從而襯托出南明一朝大廈將傾的整個歷史背景。所謂"南朝興亡，遂繫之桃花扇底"（《桃花扇·本末》）。桃花扇者，侯

清徐揚《盛世滋生圖》局部／圖繪蘇州城胥門外懷胥橋畔一戶人家堂會演出的場景。抱廈下的紅氍毹上，一份扮作漁婦的演員正在表演，正堂內一官員在觀看。

清人繪堂會演戲圖／堂屋兩側擺設桌椅，賓主列坐盛宴。屋子正中地面鋪設地毯，用作表演場地，上面一旦、一末正在演出，伴奏樂器有提琴、三彌、笙、笛、雲鑼和鼓。内眷女客居於内室，垂簾向外觀看。四處宮燈懸垂，紅燭高燒，以便照明。

李定情之扇也。才子稽遲，紅顏薄命，個體命運的悲歡離合方易於引惹觀者眼淚。此是《桃花扇》大成功處，成功在巧妙的運思組織。

孔尚任的時代，正是崑曲方興未艾、風行南北之時。孔尚任自己就曾在山西平陽(今臨汾地區)看到過當地人唱"申衙白相不分明"的崑腔。孔尚任巧妙駕馭了這一戲曲形式，利用它的傳播力來擴大自己作品的影響，同時又把它的舞臺表現力發展到極致，不能不説是匠心獨運。

孔尚任在寫作時擔心劇本寫得"不諧歌者之口"，專門參考崑曲產地吳人王壽熙身邊帶的曲本套數，專挑那些當時戲子們唱熟了的曲調依譜填詞，完全不用生僻曲子，以便藝人能"入口成歌"。每填一曲，"必按節而歌，稍有拗字，即爲改制"(《桃花扇·本末》)。《桃花扇》得以廣爲流傳，也不能不説是孔尚任的精心運籌所致。

孔尚任對當時流行的多種戲曲聲腔以及民間曲藝的嫻熟駕馭，也是他成功的因素之一。我們看他劇本裏忽

而弋腔，忽而北曲，又是彈詞，又是巫歌，凡唱則率皆符合劇中人物身分，才知道他對於如何加强《桃花扇》演出的舞臺效果，早已冥思於心，做了充分準備。

於是，《桃花扇》在當時文壇和劇壇上一舉成功，獲大名於京都，播盛譽於天下。孔尚任自己在《桃花扇·本末》裏提到當時外省上演《桃花扇》的就有兩處，一是北嶽恒山劉雨峰太守衙門，一是楚地容美田舜年家中。無論在哪裏，只要人們知道《桃花扇》的作者到了，就一定會競相上前與之交接，"爭以杯酒爲壽"。

孔尚任的創作傾向至少受到三個方面的影響。首先，他的出身影響了他對題材的選擇。孔尚任之所以一開始還在石門山隱居的時候就選定了南明史實作爲他第一部傳奇創作的内容，應該説是由他對明清輪替的深沉感慨所決定。這種感慨自然來源於他衍聖公世族漢室正統的觀念，來源於他作爲明末遺民而不食周粟的父親的影響，來源於他所讀歷代詩書所傳授給他的興亡觀念。其次，孔尚任在出山以後接觸了大量南明遺老，憑弔了衆多南明史跡，從思想感情上不斷受到薰陶，這使他原有的興亡感慨不斷加深加濃。這日益激發起他的創作衝動而促使他將無法遣釋的深重感情寄託在《桃花扇》裏。其三，治水之役使孔尚任接觸了社會下層，透視了官場，看到了康熙時代鼎盛光環籠罩下的末世之兆。經歷了河工之役的孔尚任對剛剛開國的清王朝完全失望了。

所以，《桃花扇》裏流露出無限的故國之思、黍離之悲。這種公然的憤

懲幽思情緒傾瀉向歌臺舞榭，與當世粉飾昇平的靡靡之音構成强烈的不諧和格調。因而，孔尚任犯了忌，被清廷罷了官。

地方戲劇目

乾隆以後，崑曲衰落，各地方聲腔劇種崛起並隨地域繁衍流播，造成清代地方戲大繁榮。各地方戲都產生了自己的眾多劇目，並互相借鑒、彼此滲透，或從古老劇種裏汲取營養，蔚爲地方戲劇目的壯觀，其內容已經將整部中國歷史，從上古一直到近世，全部覆蓋，這在世界戲劇中是獨一無二的文化現象。

把清代各個地方戲裏的劇目集中在一起，可以看到，其內容的時間跨度從上古一直延續到近代，幾乎含括了中國傳統文化中所有的歷史、神話、傳説、逸事，龐雜紛繁，林林總總，縱貫橫連，蔚爲大觀，形成了古代文化裏一個特殊而又奇妙的部類，積聚了豐富的文化遺產。當時普通百姓的歷史和文化知識大多來自戲曲，其中滲透著對中華文化雖不精確但卻更爲逼真貼近的瞭解。如果我們把各地方戲的劇目全部聚集起來，將其內容按照時間順序排列，就可以開出一張從上古開始、中經各朝各代、一直到達近代，通貫全部中國歷史的長長表格。

周秦漢劇目

地方戲的題材最早集中在周代殷紂的征伐故事上，其本事來源多爲《封神演義》《武王伐紂平話》等小説。其中最爲民間所樂道的劇目爲《陳塘關》《哪吒鬧海》《渭水訪賢》《反五關》《摘星樓》等。《渭水訪賢》表現西伯侯姬昌(周文王)在陝西渭水河畔尋訪賢人姜子牙，請其出山輔佐滅商的故事，在民間最受歡迎，所謂"姜太公釣魚，願者上鈎"的成語即由此出。

春秋戰國故事是另外一個得到重點表現的題材，其時列國紛爭，戰事頻仍，朝政更迭，人世變遷，社會的動蕩幅度很大，對於人們思想和心理的觸動也很大，當時人的事跡和遭遇爲後人充分提供了經驗與借鑒。由於古代史傳文學爲這一時期的歷史留下了卷帙浩繁的著作，從《春秋三傳》《戰國策》《史記》到《吳越春秋》《東周列國志》，而這些著作許多被作爲古代啓蒙必讀的教科書傳誦，因此其中的許多故事都家喻戶曉，後來就被地方戲廣泛地搬到舞臺上進行演出。其中如《伐子都》《焚綿山》《清河橋》《絕纓會》《連環陣》《八義圖》《海潮珠》《臨潼會》《戰樊城》《過昭關》《浣紗女》《魚腸劍》《蝴蝶夢》《善保莊》《桑園會》《五雷陣》

民國浙江東部窗花《姜太公釣魚》/殷商末年，姜子牙隱於渭水河邊，以直鈎垂釣。後西伯侯姬昌訪賢，至渭水河邊請其出山輔佐。

清楊柳青年畫《宇宙鋒》／奸臣趙高有異圖，將已嫁女送給秦二世作妃，趙女不願，上殿裝瘋。

《慶陽圖》《六國封相》《黃金臺》《澠池會》《將相和》等故事都很有名，一些在宋元戲文、元雜劇和明清傳奇裏曾被反覆採用，地方戲裏更是廣爲普及。

秦代短命，但有一個出色的劇目出現，即表現趙高篡政內容的《宇宙鋒》。隨後楚漢的沙場征戰再一次吸引了地方戲的注意力，著名的《鴻門宴》《蕭何月夜追韓信》《取滎陽》《霸王別姬》都是從宋元戲文雜劇到明傳奇到地方戲長期承傳的劇目。另外一組應該重點提到的劇目，是張揚東漢光武帝劉秀及其功臣中興之功的戲，主要有《斬經堂》《取洛陽》《白蟒臺》《上天臺》等。漢代題材裏還有許多經常被演出的劇目，如《蘇武牧羊》《張敞畫眉》《朱買臣休妻》《文君私奔》《昭君出塞》《董永遇仙》《班超投筆》

民國北京戲畫《轅門射戟》／彎弓射箭爲呂布，左側三人爲劉備、關羽、張飛，右側一人爲袁術大將紀靈。

《漁家樂》《惡虎莊》等。

三國六朝劇目

三國故事是地方戲特別是梆子、皮黃系統劇種極爲熱衷採用的題材，它們也可説是得到戲曲舞臺最爲集中表現的歷史內容之一，其中的軍事鬥智和武打場面充滿了智慧、樂觀、熱烈和驚險的觀賞因素，爲百姓所喜聞樂見。三國故事早在元雜劇裏就已經成爲一個突出的主題，經過了以表現生旦愛情悲歡離合爲主的明代傳奇階段以後，又在清代地方戲裏更加興盛起來，受到小説《三國志平話》和《三國演義》的影響，常常演爲連臺本戲，清宮大戲《鼎峙春秋》的出現更加強了這種趨勢。常爲人們矚目的段落有如下幾部分：

一、漢末之亂和英雄輩出。展現漢末局勢動蕩，權臣專權，朝內忠奸鬥爭加劇，天下英雄紛紛聚義，三分天下之勢的苗頭出現等風雲際會場面，主要劇目如《三結義》《捉放曹》

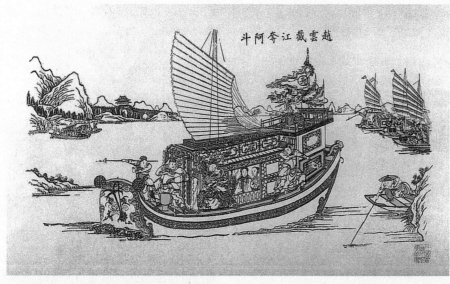

趙雲奪江截阿斗

清楊柳青年畫《趙雲奪阿斗》／東吳詐稱孫母病危，孫夫人帶阿斗急乘船歸。趙雲苦勸不從，截下阿斗。

《三戰呂布》《連環計》《借趙雲》《轅門射戟》《戰宛城》《白門樓》《擊鼓罵曹》《古城會》《三顧茅廬》《衣帶詔》《火燒新野》《長坂坡》等，都集中在這個主題下。其中《連環計》《古城會》有明代傳奇演出，其他則爲清代地方戲劇目，《三結義》《三顧茅廬》《長坂坡》等故事爲民間所樂道。

二、劉備採納諸葛亮計策聯吳拒曹並與東吳暗鬥。曹操勢成，挾天子以令諸侯，擁有占絕對優勢的兵力，試圖分別平滅東吳和劉備。諸葛亮出聯吳拒曹計，並親自赴東吳作說客，說服孫權、周瑜，彼此聯手，憑長江拒戰，火燒曹操八百戰船，使之落敗而逃。其重要劇目有《舌戰群儒》《草船借箭》《蔣幹盜書》《打黃蓋》《借東風》《赤壁鏖兵》等。之後劉備擴大地盤，謀求立足，諸葛亮憑神機妙算，與東吳智鬥，多次勝過周瑜，取得成果，最終將其氣死。主要劇目爲《取南郡》《戰長沙》《甘露寺》《回荊州》《黃鶴樓》《蘆花蕩》《柴桑口》《截江》等。上述劇目表現的是三國故事中最爲有聲有色的一章，在三國戲裏也成爲最抓取人心的部分，集中表現了諸葛亮的個體智慧和風雲變幻的歷史圖卷。

三、劉備入川立足，三分局勢形成。這一部分劇目的內容以征戰爲主，一方面表現劉備征四川的戰事，如《西川圖》《過巴州》《葭萌關》《夜戰馬超》《對金抓》等，一方面表現魏、蜀、吳三分政權之間的拉鋸戰爭等，如《單刀會》《百壽圖》《定軍山》《陽平關》《祭長江》。其主題分散在各個

清河南開封朱仙鎮年畫《對金抓》／右蓄鬚者爲兄長馬超，左年輕者爲弟弟馬岱，二人見面而不識，彼此大戰，卻發現所用兵器相同，皆爲父親遺贈之金抓，遂相認。

197

清蘇州桃花塢年畫《花碧蓮捉猴》／灢一萬之猴逃上四望亭，駱宏勛遣僕余千捉之不獲，適花振芳攜女花碧蓮至，令碧蓮登亭。亭塌毀一角，碧蓮墜下，爲駱宏勛接住，碧蓮乃心許之。

劇目裏，分別表現勇武英雄們的業績。

四、諸葛亮受劉備托孤，六出祁山伐魏，鞠躬盡瘁而死。這一部分又以表現諸葛亮的絶頂智慧爲主，一系列劇目共同組合成一曲孔明的頌歌，頗帶悲劇意味，如《鳳鳴關》《天水關》《空城記》《戰北原》《七星燈》等等，其中寫諸葛亮神機妙算談笑却敵的《空城記》最爲人們所樂道。

六朝故事戲裏出名的有《周處除三害》《梁山伯與祝英臺》等，都是在民間傳説基礎上形成。

隋唐劇目

隋唐征戰故事是又一個地方戲所樂於表現的題材，在《説唐全傳》《隋唐演義》《征西演義》等流行小説的影響下普及開來。其中一些英雄人物如秦瓊、程咬金、羅成、單雄信、尉遲恭、薛仁貴、秦英、羅章，女英雄樊梨花等，最爲人們所津津樂道。

程咬金、秦瓊、羅成、單雄信等爲隋末瓦崗寨綠林英雄，後來其中一些輔佐秦王平定天下，功封王侯，是民間愛好的人物，描寫他們事跡的劇目有《臨潼山》《賣馬》《秦瓊發配》《三

清楊柳青年畫《鎖陽城》

擋楊林》《打登州》《羅成賣絨線》《程咬金招親》《虹霓關》《雙投唐》《斷密澗》《白璧關》《鎖五龍》《羅成顯魂》等。另有《南陽關》表現隋末故事。

尉遲恭、薛仁貴、樊梨花、秦英都是唐初勇士，其事跡流傳民間。尉遲恭曾在御果園單鞭救駕，薛仁貴曾從征遼東而三箭定天山，樊梨花爲女將，勇猛無人能敵，秦英是唐太宗的外孫，年少勇武。表現他們幾人事跡的劇目有《御果園》《敬德裝瘋》《白良關》《三箭定天山》《獨木關》《淤泥河》《摩天嶺》《汾河灣》《敬德鬧朝》《鬧山》《蘆花河》《金水橋》《乾坤帶》《鎖陽城》等。羅章是秦英部將，出征遇女將被困，因有《羅章跪樓》一劇。另有同時歷史劇目《宫門帶》《法場换子》等。

還有一套寫唐朝故事的連臺本戲

《宏碧緣》十分盛行，起因是它改編自清代流行的劍俠小説《綠牡丹全傳》。其故事內容無非打鬥格殺，但因爲清代舞臺上盛演表現翻跌腰腿功夫的武戲，這類劇以其有力的動作性和強烈的刺激性而擁有觀眾，因而《宏碧緣》一類戲遂盛演不衰。其中流行劇目有《花碧蓮捉猴》《刺巴杰》《四杰村》《花碧蓮奪狀元》等。

唐代連臺本戲裏的《西遊記》自然是非常醒目可愛的，有幾十種劇目，也有連臺本戲的演齣，一直受到廣泛歡迎。

唐代內容戲裏還有一些十分流行的劇目，例如《太白醉寫》《金馬門》，展現詩仙李白的橫溢詩才和落拓行徑，充滿了喜劇風味。另一齣喜劇是《打金枝》，描寫公主駙馬彼此不服生嗔鬥氣的內容。《彩樓配》一劇則以貧士薛平貴從軍長久不歸，宰相女王寶釧獨守寒窑苦等十八載爲中心環節，推衍出悲歡離合的故事，其中重點劇目有《三擊掌》《探窑》《趕三關》《回龍鴿》《大登殿》等。同期流行劇目還有《牧羊圈》《二度梅》《金琬釵》《胭脂虎》《繡襦記》《浣花溪》等。

五代宋元劇目

唐末藩鎮割據，戰事又起，小説《殘唐五代史演義》又成爲戲曲改編的好題材。其中表現李克用、李存孝父子征戰事跡的《珠簾寨》《雅觀樓》《飛虎山》《太平橋》《反五侯》等劇目十分受歡迎。五代戲《汴梁圖》也很流行。

宋代又是一個戲曲題材集中的時期。由於其時中國的小説和戲曲正好都獲得成熟並得到極大的發展，當時發生的諸多歷史事件就格外地受到了青睞，被大量和詳盡地採入它們的題材。宋代戲曲的內容分布出現了幾個著名的高峰，首先是五代、宋的征戰故事，接著是楊家將故事，然後是一批與包公有關的故事，隨之有水滸故事，最後是岳飛故事。下面分別敘述。

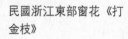

民國浙江東部窗花《打金枝》

朝代更迭時期的群雄蜂起、互相征伐內容歷來是戲曲喜歡表現的題材，五代、宋的征戰過程也沒有被放過。宋太祖趙匡胤及其身旁的名將功臣鄭恩、趙普等成爲人們注目的對象。元人羅貫中《龍虎風雲會》雜劇和明代小説《北宋志傳》《飛龍全傳》《殘唐五代史演義》成爲後來地方戲取材的源泉。流行戲齣有《千里送京娘》《打瓜園》《三打陶三春》《風雲會》《高平關》《陳橋兵變》《斬黃袍》《銅錘換帶》《下河東》《飛虎山》《龍虎鬥》等，長期活躍在民間舞臺上。

北宋前期的心腹之患是雄居北疆的遼國，由於遼國的強硬進犯，宋真宗曾被迫於澶淵與之簽

清北京戲畫《龍虎鬥》／呼延贊爲報父呼延壽廷之仇，興兵河東，宋將皆不敵。趙匡胤親自出戰，二人頭上各現金龍、猛虎，呼延贊歸降。

清山東濰縣年畫《鬧幽州》

訂屈辱的"澶淵之盟"，因而抗遼將士的英雄業跡成爲人們歌頌的主題，而焦點集中在楊家將身上。楊家將故事由於小説《楊家將演義》的普及和流傳而深入民心，戲曲早就取作題材，清代以後由於清宮大戲《昭代簫韶》和《鐵旗鎮》《雁門關》等連臺本戲的影響，更是形成龐大的陣容。其內容以楊家三代人北上防邊抗遼爲主線，穿插奸臣潘洪、王欽若對楊家陷害的針線，唱出一曲忠勇保國的讚歌。按照楊家三代先後爲國獻身的事跡，戲齣又可大致分成三段。

首段以楊繼業爲主人翁，從寫楊繼業成親的《佘塘關》開始，中間有《金沙灘》《七郎八虎鬧幽州》《五郎出家》等，一直到楊繼業殉難的《李陵碑》告一段落，最後還有將奸臣潘洪正法的《拿潘洪》《陰審》作結。

第二段以六郎楊延昭爲主人翁，從楊延昭出鎮邊庭開始，流行戲齣有《天波樓》《三岔口》《寇準背靴》《青龍棍》《楊排風》《九龍峪》《擋馬》《孟

良盜骨》《牧虎關》等，內容圍繞抗敵和遭讒展開。中間穿插《四郎探母》《三關排宴》故事，表現降遼爲駙馬的楊四郎身處矛盾之中的困難情景，十分感人，是盛演不衰的戲齣。

第三段以穆桂英爲主人翁，展現

清四川夾江年畫穆桂英／高36公分，寬17.5公分。繪穆桂英頭戴雉翎、身扎靠旗、腰掛寶劍、手持大刀形象，英姿颯爽，威風凜凜。

了女英雄的颯爽英姿、恢宏氣度，是楊家將故事裏最吸引人的一部分，在民間廣爲傳誦。從《穆柯寨》穆桂英與楊宗保結親開始，中間有《轅門斬子》《大破天門陣》《破洪州》《穆桂英掛帥》等戲齣，把穆桂英的豐功偉績渲染得淋漓盡致，最後則以佘太君百歲掛帥的《楊門女將》作爲楊家將全部故事的結束。

接於楊家將故事之後有《珍珠烈火旗》和《延安關》，表現宋代名將狄青事跡。然後是一批與包公有關的戲，渲染包公的神奇明察和鐵面無私，其中有以包公爲主人翁的，如《黑驢告狀》《烏盆記》《鍘包勉》《赤桑鎮》，也有最後包公出場來了結故事的，如寫陳世美負心的《秦香蓮》《鍘美案》，如出於小說《三俠五義》的《五鼠鬧東京》《三矮奇聞》《五花洞》《拿花蝴蝶》，如出於連臺本戲《狸貓換太子》的《斷后》《打龍袍》，如寫天仙張四姐的《搖錢樹》等等。

北宋後期一個流行的題材是水滸故事戲，由於小說《水滸傳》的普及，以及清宮大戲《忠義璇圖》的影響，水滸戲也形成大型的連臺本戲，擁有衆多民衆愛好的劇目，水滸英雄們的姓名、綽號及其事跡也爲人們所熟知。常演劇目有《翠屏山》《花田錯》《祝家莊》《時遷盜甲》《大名府》《貪歡報》《李逵大鬧忠義堂》《神州擂》《青峰嶺》《慶頂珠》《昊天關》《艷陽樓》《通天犀》等。另外又有同期《白綾記》《雙沙河》《洛陽橋》等單齣戲。

金人入侵汴京，占去半壁河山，造成北宋淪亡，於是南宋初期抗金名將岳飛的業績成爲另外一個集中的戲曲主題，其內容大多依據小說《說岳全傳》，著名的如《岳母刺字》《牛頭山》《岳家莊》《金蟬子》《鎮潭州》《九龍山》《八大錘》等。又有散戲《趙家樓》。

元末征戰戲有《武當山》《取金陵》《戰太平》《擋亮》等，表現明太祖朱元璋的武功，多出自小說《大明英烈傳》。

明清劇目

明代以後，主要是兩類戲占了主導地位。一類是一些民間傳說故事

清河南開封朱仙鎮年畫《二進宮》／李妃抱幼主聽政，命父攝政，徐延昭苦諫李妃不聽，乃用御賜銅錘痛打李父。

嵩》《蝴蝶杯》《南天門》《五人義》等，都受到民間的傳誦。其中表現明穆宗駕崩後，忠臣楊波、徐延昭爲保社稷與李妃之父李良鬥爭的戲最爲普及，其劇目如《大保國》《嘆皇陵》《二進宮》，再加上一個《御林郡》，在各個地方戲裏傳演不衰。《珍珠塔》《鐵弓緣》也是受到各地廣泛歡迎的戲齣。

清代內容戲一個突出的特徵是俠義打鬥戲的陡增。當時社會上俠義小說充斥，以及戲曲舞臺上時興武戲、功夫戲的時代背景，是這類戲目大量出現的主要原因。僅從連臺本戲《三俠劍》《施公案》《佟家塢》《施公新傳》《兒女英雄傳》《明清八俠》《雍正劍俠傳》這一系列的名字上，就可以看到當時的風氣所在。最爲流行的戲目是和俠客黃天霸有關的內容，黃天霸原爲綠林豪傑，武藝高强，後被江都知縣施仕倫擒獲不殺，感其恩德，成爲施之助手，助施平滅諸多豪强草莽。主要戲齣有《蓮花湖》《英雄會》《九龍杯》《拿九花娘》《溪皇莊》《四霸天》《惡虎村》《霸王莊》《拿羅四虎》《殷家堡》《北極觀》《八蠟廟》《連環套》等。

戲，內容一般不涉及當政，而津津樂道於對鴻福艷遇、奇聞逸事的傳播。例如《胭脂褶》《遇龍封官》《永樂觀燈》《游龍戲鳳》《三進士》《金鷄嶺》等。其中也有一些表現了較爲複雜的社會內容，如《雙冠誥》《金玉奴》《玉堂春》《春秋配》《梅玉配》等。這些戲的傳播都很廣泛，許多達到了家喻戶曉。另有一個喜劇《辛安驛》，因爲在舞臺上展現了女强盜的形象，受到人們的注目和喜愛。

另一類戲是反映明代激烈的黨爭和宮闈傾軋、表現忠奸鬥爭的，內容比較嚴肅，例如《忠孝全》《法門寺》（《拾玉鐲》）《四進士》《一捧雪》《打嚴

清天津楊柳青年畫《蓮花湖》